贾平凹 著

贾平凹精选集

等着一个送醴泉的人

人民日报出版社

目 录
CONTENTS

第一辑 我不是个好儿子

喝酒 …………………………………… 3

祭父 …………………………………… 6

纺车声声 ……………………………… 16

我不是个好儿子 ……………………… 28

说美容 ………………………………… 34

怀念路遥 ……………………………… 36

哭三毛 ………………………………… 39

再哭三毛 ……………………………… 42

我的老师 ……………………………… 48

朋友 …………………………………… 51

藏者 …………………………………… 54

饮者 …………………………………… 56

弈人 …………………………………… 59

我的小学 ……………………………… 63

西大三年 ……………………………… 68

静虚村记 ……………………………… 71

灵山寺 …………………………… 75
茶事 ……………………………… 79
佛事 ……………………………… 85

第二辑　我有一个狮子军

陶俑 ……………………………… 91
古土罐 …………………………… 96
丑石 ……………………………… 99
我有一个狮子军 ………………… 101
云雀 ……………………………… 104
燕子 ……………………………… 107
小楚 ……………………………… 110
一只贝 …………………………… 112
文竹 ……………………………… 114
一棵小桃树 ……………………… 117
陋室 ……………………………… 121
黄土高原 ………………………… 124
秦腔 ……………………………… 129
五味巷 …………………………… 136
延安街市记 ……………………… 141
在米脂 …………………………… 144
通渭人家 ………………………… 147
进山东 …………………………… 154
清涧的石板 ……………………… 159

入川小记 …………………………… *163*

抚仙湖里的鱼 ……………………… *168*

走进塔里木 ………………………… *172*

夏河的早晨 ………………………… *177*

晚雨 ………………………………… *180*

风雨 ………………………………… *182*

落叶 ………………………………… *184*

天上的星星 ………………………… *186*

荒野地 ……………………………… *189*

第三辑　生活的一种

残佛 ………………………………… *193*

月迹 ………………………………… *196*

对月 ………………………………… *199*

关于树 ……………………………… *201*

静 …………………………………… *202*

夜籁 ………………………………… *205*

孤独地走向未来 …………………… *210*

生活的一种 ………………………… *212*

敲门 ………………………………… *214*

说话 ………………………………… *217*

观沙砾记 …………………………… *219*

"卧虎"说 …………………………… *221*

说生病 ……………………………… *223*

说舍得 …………………………… 226

第四辑　安妥我灵魂的这本书

读张爱玲 …………………………… 229
好读书 ……………………………… 231
安妥我灵魂的这本书 ……………… 234
《高老庄》后记 …………………… 242
我的诗书画 ………………………… 247

第一辑　我不是个好儿子

第一辑　我不是个好儿子

喝酒

我在城里工作后，父亲便没有来过，他从学校退休在家，一直照管着我的小女儿。从来我的作品没有给他寄过，姨前年来，问我是不是写过一个中篇，说父亲听别人说过，曾去县上几个书店、邮局跑了半天去买，但没有买到。我听了很伤感，以后写了东西，就寄他一份，他每每又寄还给我，上边用笔批了密密麻麻的字。给我的信上说，他很想来一趟，因为小女儿已经满地跑了，害怕离我们太久，将来会生疏的。但是，一年过去了，他却未来，只是每一月寄一张小女儿的照片，叮咛好好写作，说："你正是干事的时候，就努力干吧，农民扬场趁风也要多扬几锨呢！但听说你喝酒厉害，这毛病要不得，我知道这全是我没给你树个好样子，我现在也不喝酒了。"接到信，我十分羞愧，便发誓再也不去喝酒，回信让他和小女儿一定来城里住，好好孝顺他老人家一些日子。

但是，没过多久，我惹出一些事来，我的作品在报刊上引起了争论。争论本是正常的事，复杂的社会上却有了不正常的看法，随即发展到作品之外的一些闹哄哄的什么风声雨声都有。我很苦恼，也更胆怯，像乡下人担了鸡蛋进城，人窝里前防后挡，唯恐被撞翻了担子。茫然中，便觉得不该让父亲来，但是，还未等我再回信，在一个雨天他却抱着孩子搭车来了。

　　老人显得很瘦,那双曾患过白内障的眼睛,越发比先前滞呆。一见面,我有点惶恐,他看了看我,就放下小女儿,指着我让叫爸爸。小女儿斜头看我,怯怯地刚走到我面前,突然转身又扑到父亲的怀里,父亲就笑了,说:"你瞧瞧,她真生疏了,我能不来吗?"

　　父亲住下了,我们睡在西边房子,他睡在东边房子。小女儿慢慢和我们亲热起来,但夜里却还是要父亲搂着去睡。我叮咛爱人,把什么也不要告诉父亲,一下班回来,就笑着和他说话,他也很高兴,总是说着小女儿的可爱,逗着小女儿做好多本事给我们看。一到晚上,家里来人很多,都来谈社会上的风言风语,谈报刊上连续发表批评我的文章,我就关了西边门,让他们小声点,父亲一进来,我们就住了口。可我心里毕竟是乱的,虽然总笑着脸和父亲说话,小女儿有些吵闹了,就忍不住斥责,又常常动手去打屁股。这时候,父亲就过来抱了孩子,说孩子太嫩,怎么能打,越打越会生分,哄着到东边房子去了。我独自坐一会儿,觉得自己不对,又不想给父亲解释,便过去看他们。一推门,父亲在那里悄悄流泪,赶忙装着眼花了,揉了揉,和我说话,我心里愈发难受了。

　　从此,我下班回来,父亲就让我和小女儿多玩一玩,说再过一些日子,他和孩子就该回去了。但是,夜里来的人很多,人一来,他就又抱了孩子到东边房子去了。这个星期天,一早起来,父亲就写了一个条子贴在门上:"今日人不在家",要一家人到郊外的田野里去逛逛。到了田野,他拉着小女儿跑,让叫我们爸爸,妈妈。后来,他说去给孩子买些糖果,就到远远的商店去了。好长的时候,他回来了,腰里鼓囊囊的,先掏出一包糖来,给了小女儿一把,剩下的交给我爱人,让她们到一边去玩。又让我坐下,在怀里掏着,是一瓶酒,还有一包酱羊肉。我很纳闷:父亲早已不喝酒了,又反对我喝酒,现在却怎么买了酒来？他使劲用牙启开了瓶盖，说："平儿，我们喝些酒吧，我有话要给你说呢。你一直在瞒着我，但我什么都知道了。我原本是不这么快来的，可我听人说你犯了错误了，不知道到底是什么情况，怕你没有经过事，才来看看你。报纸上的文章，我前天在街上的报栏里看到了，我觉得那没有多大的事。你太顺利了，不来几次挫折，你不会有大出息呢！当然，没事咱不寻事，出了事但不要怕事，别人怎么说，你心里要有个主见。人生是三节四节过的，哪能一直走平路？搞你们这行事，你才踏上步，你要安心当一生的事儿干了，就不要被一时的得所迷惑，也不要被一时的失所迷惘。这就是我给你说的，今日喝喝酒，把那些烦闷都解了去吧。来，你喝喝，我也要喝的。"

他先喝了一口，立即脸色通红，皮肉抽搐着，终于咽下了，嘴便张开往外哈着气。那不能喝酒却硬要喝的表情，使我手颤着接不住他递过来的酒瓶，眼泪唰唰地流下来了。

喝了半瓶酒，然后一家人在田野里尽情地玩着，一直到天黑才回去。父亲又住了几天，他带着小女儿便回乡下去了。但那半瓶酒，我再没有喝，放在书桌上，常常看着它，从此再没有了什么烦闷，也没有从此沉沦下去。

祭父

　　父亲贾彦春,一生于乡间教书,退休在丹凤县棣花。年初胃癌复发,七个月后便卧床不起,饥饿疼痛,疼痛饥饿,受罪至第二十七天的傍晚,突然一个微笑而去世了。其时中秋将近,天降大雨,我还远在四百里之外,正预备着翌日赶回。

　　我并没有想到父亲的最后离去竟这么快。以往家里出什么事,我都有感应,就在他来西安检查病的那天,清早起来我的双目无缘无故地红肿,下午他一来,我立即感到有悲苦之灾了。经检查,癌已转移,半月后送走了父亲,天天心揪成一团,却不断地为他卜卦,卜辞颇吉祥,还疑心他会创造出奇迹,所以接到病危电报,以为这是父亲的意思,要与我交代许多事情。一下班车,看见戴着孝帽接我的堂兄,才知道我回来得太晚了,太晚了。父亲安睡在灵床上,双目紧闭,口里衔着一枚铜钱,他再也没有以往听见我的脚步便从内屋走出来喜欢地对母亲喊:"你平回来了!"也没有我递给他一支烟时,他总是摆摆手而拿起水烟锅的样子,父亲永远不与儿子亲热了。

　　守坐在灵堂的草铺里,陪父亲度过最后一个长夜。小妹告诉我,父亲饲养的那只猫也死了。父亲在水米不进的那天,猫也开始不吃,十一日中午猫悄然毙命,七个小时后父亲也倒了头。我感动着猫的忠诚,我和我的弟妹都在外工作,晚年的父亲清淡寂寞,猫给过他慰藉,猫也随他去到另一个世界。人生的短促和悲苦,大义上我全明白,面对着父亲我却无法超脱。满院的泥泞里人来往作乱,响器班在吹吹打打,透过灯光我呆呆地望着那一棵梨树,还是父亲亲手栽的,往年果实累累,今年竟独独一个梨子在树顶。

父亲的病是两年前做的手术,我一直对他瞒着病情,每次从云南买药寄他,总是撕去药包上"癌"的字样。术后恢复得极好,他每顿已能吃两碗饭,凌晨要喝一壶茶水,坐不住,喜欢快步走路。常常到一些亲戚朋友家去,撩了衣服说:"瞧刀口多平整,不要操心,我现在什么病也没有了。"看着父亲的豁达样,我暗自为没告诉他病情而宽慰,但偶尔发现他独坐的时候,神色甚是悲苦,竟有一次我弄来一本算卦的书,兄妹们都嚷着要查各自的前途机遇,父亲走过来却说:"给我查一下,看我还能活多久?"我的心咯噔一下沉起来,父亲多半是知道了他得的什么病,他只是也不说出来罢了。卦辞的结果,意思是该操劳的都操劳了,待到一切都好。父亲叹息了一声:"我没好福。"我们都黯然无语,他就又笑了:"这类书怎能当真?人生谁不是这样呢!"可后来发生的事情,不幸都依这卦辞来了。

先是数年前母亲住院,父亲一个多月在医院伺候,做手术的那天,我和父亲守在手术室外,我紧张得肚子疼,父亲也紧张得肚子疼。母亲病好了,大妹出嫁,小妹高考却不中,原本依父亲的教龄可以将母亲和小妹的户口转为城镇户民,但因前几年一心想为小弟有个工作干,自己硬退休回来,现在小妹就只好窝在乡下了。为了小妹的前途,我写信申请,父亲四处寻人说情,他干了几十年教师工作,不愿涎着脸给人家说那类话,但事情逼着他得跑动,每次都十分为难。他给我说过,他曾鼓很大勇气去找人,但当得知所找的人不在时,竟如释重载,暗自庆幸,虽然明日还得再找,而今天却免去一次受罪了。整整两年有余，小妹的工作有了着落，父亲喜欢得来人就请喝酒，他感激所有帮过忙的人，不论年龄大小皆视为贾家的恩人。但就在这时候，他患了癌病。担惊受怕的半年过去了，手术后身体一天天好起来，这一年春节父亲一定要我和妻子女儿回老家过年，多买了烟酒，好好欢度一番，没想年前两天，我的大妹夫突然出事故亡去。病后的父亲老泪纵横，以前手颤的旧病又复发，三番五次划火柴点不着烟。大妹带着不满一岁的外甥重又回住到我家，沉重的包袱又一次压在父亲的肩上。为了大妹的生活和出路，父亲又开始了比小妹当年就业更艰难的奔波，一次次的碰壁，一夜夜的辗转不眠。我不忍心看着他的劳累，甚至对他发火，他就再一次赶来给我说情况时，故意做出很轻松的样子，又总要说明他还有别的事才进城的。大妹终于可以吃商品粮了，甚至还去外乡做临时工作，父亲实想领大妹一块去乡政府报到，但癌病复发了，终未去成。父亲之所以在动了手术后延续了两年多的生命，他全是为儿女要办完最后一件事，当他办完事了竟不肯多活一月就悠然长逝。

俗话讲，人生的光景几节过，前辈子好了后辈子坏，后辈子好了前辈子坏，可父亲的一生中却没有舒心的日月。在他的幼年，家贫如洗，又常常遭土匪的绑票，三个兄弟先后被绑票过三次，每次都是变卖家产赎回，而年仅七岁的他，也竟在一个傍晚被人背走到几百里外。贾家受尽了屈辱，发誓要供养出一个出头的人，便一心要他读书。父亲提起那段生活，总是感激着三个大伯，说他夜里读书，三个大伯从几十里外扛木头回来，为了第二天再扛到二十里外的集市上卖个好价，成半夜在院中用石锤砸木头的大小截面，那种"咣咣"的响声使他不敢懒散，硬是读完了中学，成为贾家第一个有文化的人。此后的四五十年间，他们兄弟四人亲密无间，二十二口的大家庭一直生活到六十年代，后来虽然分家另住，谁家做一顿好吃的，必是叫齐别的兄弟。我记得父亲在邻县的中学任教时期,一直把三个堂兄带在身边上学,他转到哪儿,就带在哪儿,堂兄在学生宿舍里搭合铺,一个堂兄尿床,父亲就把尿床的堂兄叫去和他一块睡,一夜几次叫醒小便,但常常堂兄还是尿湿了床,害得父亲这头湿了睡那头,那头暖干了睡这头。我那时和娘住在老家,每年里去父亲那儿一次,我的伯父就用箩筐一头挑着我,一头挑着粮食翻山越岭走两天,我至今记得我在摇摇晃晃的箩筐里看夜空的星星,星星总是在移动,让我无法数清。当我参加了工作第一次领到了工资,三十九元钱先给父亲寄去了十元,父亲买了酒便请了三个伯父痛饮,听母亲说那一次父亲是醉了。那年我回去,特意跑了半个城买了一根特大的铝盒装的雪茄,父亲拆开了闻了闻,却还要叫了三个伯父,点燃了一口一口轮流着吸。大伯年龄大,已经下世十多年了,按常理,父亲应该照看着二伯和三伯先走,可谁也没想到,料理父亲丧事的竟是二伯和三伯。在盛殓的那个中午,贾家大小一片哭声,二伯和三伯老泪纵横,瘫坐在椅子上不得起来。

"文化大革命"中,家乡连遭三年大旱,生活极度拮据,父亲却被诬陷为历史反革命关进了牛棚。正月十五的下午,母亲炒了家中仅有的一疙瘩肉盛在缸子里,伯父买了四包香烟,让我给父亲送去。我太阳落山时赶到他任教的学校,父亲已经遭人殴打过,造反派硬不让见,我哭着求情,终于在院子里拐角处见到了父亲,他黑瘦得厉害,才问了家里的一些情况,监管人就在一边催时间了。父亲送我走过拐角,却将缸子交给我,说:"肉你拿回去,我把烟留下就是了。"我出了院子的栅栏门,门很高,我只能隔着栅栏缝儿看父亲,我永远忘不了父亲呆呆站在那儿看我的神色。后来,父亲带着一身伤残被开除公职押送回家了,那是个中午,我正在山坡上拔草,听到消息扑回来,父亲已躺在床上,一见我抱了我就说:"我害了我娃了!"放声大哭。父亲是教了半辈子书的人,他胆小,又自尊,他受不了这种打击,回家后半年内不愿出门。但家庭从政治上、经济上一下子沉沦下来,我们常常吃了上顿没有下顿,自留地的苞谷还是嫩的便掰了回来,苞谷棵儿和穗儿一起在碾子上砸了做糊糊吃,麦子不等成熟,就收回用锅炒了上磨。全家唯一指望的是那头猪,但猪总是长一身红绒,眼里出血似的盼它长大了,父亲领着我们兄弟将猪拉到十五里的镇上去交售,但猪瘦不够标准,收购站拒绝收。听说二十里外的邻县一个镇上标准低,我们决定重新去交,天不明起来,特意给猪喂了最好的食料,使猪肚撑得滚圆,我们却饿着,父亲说:"今日把猪交了,咱父子仨一定去饭馆美美吃一顿!"这话极大地刺激了我和弟弟,赤脚冒雨将猪拉到了镇上。交售猪的队排得很长,眼看着轮到我们了,收购员却喊了一声:"下班了!"关门去吃饭。我们迭声叫苦,没有钱去吃饭,又不能离开,而猪却开始排泄,先是一泡没完没了的尿,再是翘了尾巴要拉,弟弟急了,拿脚直踢猪屁股,但最后还是拉下来,望着那老大的一堆猪粪,我们明白那是多少钱的分量啊。骂猪,又骂收购员,最后就不骂了,因为我和弟弟已经毫无力气了。直等到下午上班,收购员过来在猪的脖子上捏捏,又在猪肚子上揣揣,头不抬地说:"不够等级!下一个——"父亲首先急了,忙求着说:"按最低等级收了吧。"收购员翻着眼训道:"白给我也不收哩!"已经去验下一头猪了。父亲在那里站了好大一会儿,又过来蹲在猪旁边,他再没有说话,手抖着在口袋里掏烟,但没有掏出来,扭头对我们说:"回吧。"父子仨默默地拉猪回来,一路上再没有说肚子饥的话。

在那苦难的两年里,父亲耿耿于怀的是他蒙受的冤屈,几乎过三天五天就要我来写一份翻案材料寄出去。他那时手抖得厉害,小油灯下他讲他的历史,我逐字书写,寄出去的材料百分之九十泥牛入海,而父亲总是自信十足。家贫买不起纸,到任何地方一发现纸就眼开,拿回来仔细裁剪,又常常纸色不同,以致后来父子俩谈起翻案材料只说"五色纸"就心照不宣。父亲幼年因家贫害过胃疼,后来愈过,但也在那数年间被野菜和稻糠重新伤了胃,这也便是他恶变胃癌的根因。当父亲终于冤案昭雪后,星期六的下午他总要在口袋里装上学校的午餐,或许是一片烙饼,或是四个小素包子,我和弟弟便会分别拿了躲到某一处吃得最后连手也舔了,末了还要趴在泉里喝水涮口咽下去。我们不知道那是父亲饿着肚子带回来的,最最盼望每个星期六傍晚太阳落山的时候。有一次父亲看着我们吃完,问:"香不香?"弟弟说:"香,我将来也要当个教师!"父亲笑了笑,别过脸去。我那时稍大,说现在吃了父亲的馍馍,将来长大了一定买最好吃的东西孝敬父亲。父亲退休以后,孩子们都大了,我和弟弟都开始挣钱,父亲也不愁没有馍馍吃,在他六十四岁的生日我买了一盒寿糕,他却直怨我太浪费了。五月初他病加重,我回去看望,带了许多吃食,他却对什么也没了食欲,临走买了数盒蜂王浆,叮咛他服完后继续买,钱我会寄给他的,但在他去世后第五天,村上一个人和我谈起来,说是父亲服完了那些蜂王浆后曾去商店打问过蜂王浆的价钱,一听说一盒八元多,他手里捏着钱却又回来了。

父亲当然是普通的百姓,清清贫贫的乡间教师,不可能享那些大人物的富贵,但当我在城里每次住医院,看见老干部楼上的那些人长期为小病疗养而坐在铺有红地毯的活动室中玩麻将,我就不由得想到我的父亲。

在贾氏家族里,父亲是文化人,德望很高,以至大家分为小家,小家再分为小家,甚至村里别姓人家,大到红白喜丧之事,小到婆媳兄妹纠纷,都要找父亲去解决。父亲乐意去主持公道,却脾气急躁,往往自己也要生许多闷气。时间长了,他有了一定的权威,多少也有了以"势"来压的味道,他可以说别人不敢说的话,竟还动手打过一个不孝其父的逆子的耳光,这少不得就得罪了一些人。为这事我曾埋怨他,为别人的事何必那么认真,父亲却火了,说道:"我半个眼窝也见不得那些龌龊事!"父亲忠厚而严厉,胆小却嫉恶如仇,他以此建立了他的人品和德行,也以此使他吃了许多苦头,受了许多难处。当他活着的时候,这个家庭和这个村子的百多户人家已经习惯了父亲的好处,似乎并不觉得什么,而听到他去世的消息,猛然间都感到了他存在的重要。我守坐在灵堂里,看着多少人来放声大哭,听着他们哭诉"你走了,有什么事我给谁说呀"的话,我欣慰着我的父亲低微却崇高,平凡而伟大。

在我小小的时候,我是害怕父亲的,他对我的严厉使我产生惧怕,和他单独在一起,我说不出一句话,极力想赶快逃脱。我恋爱的那阵,我的意见与父亲不一致,那年月政治的味道特浓,他害怕女方的家庭成分影响了我,他骂我,打我,吼过我"滚"。在他的一生中,我什么都听从他,唯那件事使他伤透了心。但随着时代的变化,家庭出身已不再影响到个人的前途,但我的妻子并未记恨他,像女儿一样孝敬他,他又反过来说我眼光比他准,逢人夸说儿媳的好处,在最后的几年里每年都喜欢来城中我的小家中住一个时期。但我在他面前,似乎一直长不大,直到我的孩子已经上小学了,一次他来城里,见面递给我一支烟来吸,我才知道我成熟了,有什么事可以直接同他商量。父亲是一个普通的乡村教师,又受家庭生计所累,他没有高官显禄的三朋,也没有身缠万贯的四友,对于我成为作家,社会上开始有些虚名后,他曾是得意和自豪过。他交识的同行和相好免不了向他恭贺,当然少不了向他讨酒喝,父亲在这时候是极其慷慨的,身上有多少钱就掏多少钱,喝就喝个酩酊大醉。以至后来,有人在哪里看见我发表了文章,就拿着去见父亲索酒。他的酒量很大,原因一是"文革"中心情不好借酒消愁,二是后来为我的创作以酒得意,喝酒喝上了瘾,在很长的日子里天天都要喝的,但从不一人独喝,总是吆喝许多人聚家痛饮,又一定要母亲尽一切力量弄些好的饭菜招待。母亲曾经抱怨:家里的好吃好喝全让外人享用了!我也为此生过他的气,以我拒绝喝酒而抗议,父亲真有一段时间也不喝酒了。一九八二年的春天,我因一批小说受到报刊的批评,压力很大,但并未透露一丝消息给他。他听人说了,专程赶三十里到县城去翻报纸,熬煎得几个晚上睡不着。我母亲没文化,不懂得写文章的事,父亲给她说的时候,她困得不时打盹,父亲竟生气得骂母亲。第二天搭车到城里见我,我的一些朋友恰在我那儿谈论外界的批评文章,我怕父亲听见,让他在另一间房内休息,等来客一走,他竟过来说:"你不要瞒我,事情我全知道了。没事不要寻事,有了事就不要怕事。你还年轻,要吸取经验教训,路长着哩!"说着又返身去取了他带来的一瓶酒,说:"来,咱父子都喝喝酒。"他先倒了一杯喝了,对我笑笑,就把杯子交给我。他笑得很苦,我忍不住眼睛红了,这一次我们父子都重新开戒,差不多喝了一瓶。

自那以后,父亲又喝开酒了,但他从没有喝过什么名酒。两年半前我用稿费为他买了一瓶茅台,正要托人捎回去,他却来检查病了,竟发现患的是胃癌。手术后,我说:"这酒你不能喝了,我留下来,等你将来病好了再喝。"我心里知道,父亲怕是再也喝不成了,如果到了最后不行的时候,一定让他喝一口。在父亲生命将息的第十天,我妻子陪送老人回老家,我让把酒带上。但当我回去后,父亲已经去世了,酒还原封未动。妻说,父亲回来后,汤水已经不能进,就是让喝酒,一定腹内烧得难受,为了减少没必要的痛苦,才没有给父亲喝。盛殓时,我流着泪把那瓶茅台放在棺内,让我的父亲在另一个世界上再喝吧。如今,我的文章还在不断地发表出版,我再也享受不到那一份特殊的祝贺了。

父亲只活了六十六岁,他把年老体弱的母亲留给我们,他把两个尚未成家的小妹留给我们,他把家庭的重担留给了从未担过重的长子的我。对于父亲的离去,我们悲痛欲绝,对于离去我们,父亲更是不忍。当检查得知癌细胞已广泛转移毫无医治可能的结论时,我为了稳住父亲的情绪,还总是接二连三地请一些医生来给他治疗,事先给医生说好一定要表现出检查认真,多说宽心话。我知道他们所开的药全都是无济于事的,但父亲要服只得让他服,当然是症状不减,且一日不济一日,他说:"平呀,现在咋办呀?"我能有什么办法呀,父亲。眼泪从我肚子里流走了,脸上还得安静,说:"你年纪大了,只要心放宽静养,病会好的。"说罢就不敢看他,赶忙借故别的事走到另一个房间去抹眼泪。后来他预感到自己不行了,却还是让扶起来将那苦涩的药面一大勺一大勺地吞在口里,强行咽下,但他躺下时已泪流满面,一边用手擦着一边说:"你妈一辈子太苦,为了养活你们,舍不得吃,舍不得穿,到现在还是这样。我只说她要比我先走了,我会把她照看得好好的……往后就靠你们了。还有你两个妹妹……"母亲第一个哭起来,接着全家大哭,这是我们唯有的一次当着父亲的面痛哭。我真担心这一哭会使父亲明白一切而加重他的负担,但父亲反倒劝慰我们,他照常要服药,说他还要等着早已订好的国庆节给小妹结婚的那一天,还叮咛他来城前已给菜地的红萝卜浇了水,菜苗一定长得茂密,需要间一间。就在他去世的前五天,他还要求母亲去抓了两服中草药熬着喝。父亲是极不甘心地离开了我们,他一直是在悲苦和疼痛中挣扎,我那时真希望他是个哲学家或是个基督教徒,能透悟人生,能将死自认为一种解脱,但父亲是位实实在在的为生活所累了一生的平民,他的清醒的痛苦的逝去使我心灵不得安宁。当得知他在最后一刻终于绽出一个微笑,我的心多多少少安妥了一些。可以告慰父亲的是,母亲在悲苦中总算挺了过来,我们兄妹都一下子更加成熟,什么事都处理得很好。小妹的婚事原准备推迟,但为了父亲灵魂的安息,如期举办,且办得十分圆满。这个家庭没有了父亲并没有散落,为了父亲,我们都在努力地活着。

按照乡间风俗,在父亲下葬之后,我们兄妹接连数天的黄昏去坟上烧纸和燃火,名曰"打怕怕",为的是不让父亲一人在山坡上孤单害怕。冥纸和麦草燃起,灰屑如黑色的蝴蝶满天飞舞,我们给父亲说着话,让他安息,说在这面黄土坡上有我的爷爷奶奶,有我的大伯,有我村更多的长辈,父亲是不会孤单的,也不必感到孤单,这面黄土坡离他修建的那一院房子不远,他还是极容易来家中看看;而我们更是永远忘不了他,会时常来探望他的。

纺车声声

如今,我一听见"嗡儿,嗡儿"的声音,脑子里便显出一弯残月来,黄黄的,像一瓣香蕉似的吊在那棵榆树梢上;院子里是朦朦胧胧的,露水正顺着草根往上爬;一个灰发的老人在那里摇纺车,身下垫一块蒲团,一条腿屈着,一条腿压在纺车底杆上,那车轮儿转得像一片雾,又像一团梦,分明又是一盘磁音带了,唱着低低的,无穷无尽的乡曲……

这老人,就是我的母亲,一个没有文化的,普普通通的山地小脚女人。

那年月,正是"文化大革命"中期,我刚刚上了中学,当校长的父亲就定为"走资派",拉到远远的大深山里"改造"去了。那是一座原始森林林场,方圆百里是高山,山上是莽林,穿着"黑帮"字样衣服的"改造"者,在刺刀的监督下,伐木、运木、运木、伐木;即便是偶尔逃跑出来了,也走不出这林海就会饿死的。这是后话,都是父亲后来告诉我的;他在那里"改造"了七年。七年里,家里只有母亲,我,和一个弟弟、两个妹妹。没有了父亲的工资,我们兄妹又都上学,家里就苦了母亲。她是个小脚,身子骨又不硬朗,平日里只是洗、缝、纺、浆,干一些针线活计。现在就只有没黑没明地替人纺线赚钱了。家里吃的,穿的，烧的，用的，我们兄妹的书钱，一应大小开支，先是还将就着应付，麦里遭旱后，粮食没打下，日子就越发一日不济一日了。我瞧了母亲一天一天头发灰白起来，心里很疼，每天放学回来，就帮她干些活：她让我双手扩起线股，她拉着线头缠团儿；一看见她那凸起的颧骨，就觉得那线是从她身上抽出来的，才抽得她这么般的瘦；尤其不忍看那跳动的线团儿，那似乎是一颗碎了的母亲的心在颤抖啊！我说：

"妈，你歇会儿吧。"

她总给我笑笑，骂我一声：

"傻话！"

夜里，我们兄妹一觉睡醒来，总听见那"嗡儿，嗡儿"的声音，先觉得倒中听，低低的，像窗外的风里竹叶，又像院内的花间蜂群，后来，就听着难受了，像无数的毛毛虫在心上蠕动。我就爬起来，说：

"妈，鸡叫二遍了，你还不睡？"

她还是给我笑笑，说：

"棉花才下来，正是纺线的时候，前日买了五十斤苞谷，吃的能接上秋了，可秋天过去，你们又是一个新的学期呀……"

我想起上一学期，我们兄妹一共是二十元学费，母亲东借西凑，到底还缺五元；学校里硬是不让我报名，母亲急得发疯似的，嘴里起了火泡，热饭吃不下去，后来变卖了家里一只铜洗脸盆，我才上了学，已经是迟了一星期的了。现在，她早早就做起了准备……我就说：

"妈，我不念了，回来挣工分吧！"

她好像吃了一惊，纺车弦一紧，正抽出的棉线"嘣"的一声断了，说：

"胡说！起了这个念头，书还能念好？快别胡说！"

我却坐起来，再说：

"念下去有什么用呢？毕了业还不是回来当农民？早早回来挣工分,我还能养活你们哩!"

母亲呆呆地怔在那里了,好久才说:

"你说这话,刀子扎妈的心。你不念书了,叫我怎么向你爸交代呀?"

一提起爸爸,她就伤心了,大颗大颗的眼泪滚下来。我看得害怕了,就再不敢说下去,赶忙向她求饶:

"妈,我再不敢说这话了,我念,我一定好好念。"

她却扑过来,紧紧地搂住了我,搂得那么紧,好像我是一块冰,她要用身子暖化成水儿似的。油灯芯跳了几下,发出了土红色,我要爬过去添油,她说:

"孩子,别添了;妈听你的,妈要睡呀。"

这一夜,她一直搂着我。

秋里雨水很旺,庄稼难得的好长势,可谁也没有料到,谷子饱仁的节候,突然一场冰雹,把庄稼全都砸趴到泥里去了。收成没了指望,母亲做饭更难了。一天三顿,半锅水下一小瓢儿米面,再煮一把豆子。吃饭时,她总是拿勺捞着豆子倒在我们碗里,自己却撇上边的汤喝;我们都夹着豆子要让她吃,她显得很快活,却总是说:

"我是嫌那有豆腥气,吃了反胃的。"

母亲那时是真有胃病的;可我们却傻,还以为她说的是实情哩。

日子是苦焦的,母亲出门,手就总是不闲,常常回来口袋里装些野菜,胳肘下夹一把两把柴火。我们也就学着她的样,一放学回来,沿路见柴火就捡,见野菜就挑,从那时起,我才知道能吃的菜很多:麦瓜龙呀,芨芨草呀,灰条,水蒿的。这一天傍晚,我和弟弟挑了一篮子灰条,高高兴兴地回来,心想母亲一定要表扬我们了,会给我们做一顿菜团团吃了,可一进门,母亲却趴在炕上呜呜地哭。我们全都吓慌

了,跪在她的身边,不知道发生了什么事,她突然一下子把我们全搂在怀里,问:

"孩子,想爸爸吗?"

"想。"我们说,心里咚咚直跳。

"爸爸好吗?"

"好。"我们都哭开了。

"你们不能离开爸爸,我们都不能离开爸爸啊!"她突然大声地说,并拿出一封信来。我一看,是爸爸寄来的,我多么熟悉爸爸的字呀,多少天来,一直盼着爸爸能寄来信,可是这时,我却害怕了,怕打开那封信。母亲说:

"你五叔已经给我念过了,你再念一遍吧。"

我念起来:

"龙儿妈:我是多么想你们啊!我写给你们几封信,全让扣压了,亏得一位好心的看守答应把这封信给你们寄去……接到信后,不要为我难过,我一切都好。

"算起来,夫妻三十年了,谁也没料到这晚年还有那么大的风波!我能顶住,我相信党,也相信我个人。活着,我还是共产党人,就是死了,历史也会证明我是共产党的鬼。可是现在,我却坑害了你们。我知道你和孩子正受苦,这是使我常常感到悲痛的事,但你们要活下去,而且要活得好!所以,我求你们忘掉我,龙儿妈,还是咱们离了婚好……"

我哇的一声哭了,弟弟妹妹也哭了起来,母亲却一个一个地拉起我们说:

"孩子,不要哭,咱信得过你爸爸,他就是坐个十年八年牢,咱等着他!龙儿,你给你爸爸回封信吧,你就说:咱们能活下去,黄连再苦,咱们能咽下!"

母亲牙齿咬着,大睁着两眼,我们都吓得不敢哭了,看着她的脸,像读着一本宣言。母亲的那眼睛、那眉峰、那嘴角,从那以后,就永生永世地刻在我的心上了。

这天夜里,天很黑,半夜里乌云吞了月亮,半空中响着雷,电也在闪,像魔爪一样在撕抓着,是在试天牢不牢吗?母亲安顿我们睡下了,她又坐在灯下纺起线来。那纺车摇得生欢,手里的棉花无穷无尽地抽线……鸡叫二遍的时候,又一阵炸雷,她爬过来,就悄悄地坐在我们身边,借着电光,端详起我们每一张脸,替我们揩去脸上的泪痕,当她给我揩泪的时候,我终忍不住,眼泪从闭着的眼皮下簌簌流下来,她说:

"你还没睡着?"

我爬起来,和母亲一块坐在那里;母亲突然流下泪来,说:

"咳,孩子,你还不该这么懂事的呀!"

我说:

"妈,你儿子已经长大了哩!"

母亲赶忙擦了擦眼泪说:

"孩子,我有一件想给你说,我作难了半夜,实在不忍心,可也只有这样了。今年年景不好,吃的、烧的艰难,我到底是妇道人家,拿不来多少;你爸不在,弟弟妹妹都小,现在只能靠得上你了,你把书拿回来抽空自学吧,好赖一天挣些工分,帮我一把力吧。"

我说:

"我早该回来了,你别担心,我挣工分了,咱日子会好过哩。"

此次,我就退学务农了。生产队给我每天记四分工,算起来,每天不过挣了二角钱,但我总不白叫母亲养活了!母亲照样给人纺线,又养了猪,油、盐、酱、醋,总算还没断过顿的。

但是,这年冬天,母亲的纺车却坏了。先是一个轮齿裂了,母亲用铁丝缠了几道箍,后来就是杆子也炸了缝,一摇起来,就呱啦呱啦响,纺线没有先前那么顺手了:往日一天纺五两,现在只能纺三两。母亲很是发愁,我也愁,想买一辆新的,可去木匠铺打问过了,一辆新纺车得十五元。这十五元在哪儿呢?

这一天,我偷偷跑上楼,将爸爸藏在楼角的几大包书提了下来,准备拿到废纸收购店去卖了。正提着要出门,母亲回来了,问我去干啥,我说卖书去,她脸变了,我赶忙说:

"卖了,能凑着给你买一辆新纺车啊……"

母亲一个巴掌就打在我的脸上,骂道:

"给我买纺车?我那么想买纺车的?!唉!"

"不买新的,纺不出线,咱们怎么活下去呀?"我再说。

"活?活?那么贱着活?为啥全都不死了?!"她更加气得浑身发抖,嘴唇乌青,一只手死死抓着心口,我知道她胃疼又犯了,忙近去劝她,她却抓起一根推磨棍,向我身上打来,我一低头,忙从门道里跑出来,她在后边骂道:

"你爸一辈子,还有什么家当?就这一堆书,他看得命样重,我跟了他三十年,跑这调那,我带什么过?就这一包袱一包袱背了书走!如今又为这书,你爸被人绳捆索绑,我把它藏这藏那,好不容易留下来,你却要卖?你爸回来了还用不用?你是要杀你爸嘛!"

听了母亲的话,我才知道自己错了。我不敢回去,跑到生产队大场上,钻在麦秸堆中呜呜地哭了一场。哭着哭着,便睡着了,一觉醒来,竟是第二天早上了,拍打着头上的麦草,就往回走。才进巷口,弟弟在那里嘤嘤泣哭,一见我,就喜得不哭了,给我笑笑,却又哭开了,说:昨天晚上,全家人到处找你,崖沟里看了,水塘里看了,全没个影子,母亲差不多快要急疯了,直着声哭了一夜,头在墙上都撞烂了。

"哥哥,你快回去吧,你一定要回去!"

我撒脚就往回跑,跪在母亲面前,让她狠狠骂一顿,打一顿,但是,母亲却死死搂住我,让我原谅她,说她做妈的不好。

中午,隔壁刘五叔到家里来,给我们送了半口袋苞谷面,他是一位老实庄稼人,常常来家里走动,说他历史清白,世代贫农,到"黑帮"家里来,不怕被开除了农民籍。他问了父亲的近况,叹息了一番,就和母亲唠叨起家常,说到今年的收成,说到柴火茶饭,末了,就说起买纺车的事,他便出了主意:让我进山砍柴去卖吧。柴价上涨,一次砍五六十斤吧,也可以卖到二元钱哩。母亲先是不同意,我在旁紧紧撺掇,她沉吟了一会儿,说:

"他五叔,这行吗?孩子太嫩啊,有个三长两短,我对得起他爸吗?"

五叔说:

"这有什么办法呢?总要活呀!你放心吧,孩子交给我,我护着他,包没甚事的。"

母亲总算同意了,就帮我收拾了背笼、砍刀,天一黑,早早催我去睡了。半夜里,她摇我醒来,炕头上已放了碗热腾腾的糊涂饭,说是吃早饭。我怨她做饭做得稠,她说这是去出力呀,可不比平日。我给她盛了一碗,她硬不吃;逼紧了,扒拉两口,却把弟弟妹妹全摇醒,分给他们吃了。末了,我和五叔出门,她给我装了一手巾烤洋芋,一直送着出了村,千叮咛万叮咛了一番,方才抹着泪回去了。

在山上砍柴,实在不是件轻松事,我们弯弯曲曲地在河沟钻了半夜,天放亮的时候,才赶到砍柴地方。我们将干粮压在石板底下,五叔说,这样才不会让老鸹叼走的;就爬上崖上去砍那些枯蒿野棘的。崖很陡,我总是爬不上去,五叔拉我上去了,却害怕地挪不开脚来。一棵野棘没有砍倒,手上就打了血泡,衣服也划破了,五叔就让我别砍了,他身子贴在崖壁上,砍得很是凶,满山满谷都是回音。我帮他整理柴堆,整到一块了,他捆成捆儿,就从山上推下沟去了。中午的时候,我们便溜下沟,拾掇了背笼,吃了干粮,欢天喜地地往回赶了。

回来的路显得比去时更长,走不到几程,小腿就哗哗直抖,稍不留神,就会跪倒下去了。路是顺河绕的,时不时还要过河面上的列石:走一步,心就在喉咙处跳一下;我一步一颠地,好容易过了最后一块列石,使劲往岸下一蹲,没想一步没踩稳,便"扑"地倒下了。五叔忙过来拉我,好容易从柴堆下爬起来,腿却碰破了,血水往外流。五叔就在山上撕一把蓝蓝芽草,在嘴里嚼烂了,敷在上面。血是不流了,但疼得厉害,五叔就让我只身走,他将两个背笼来回转背着。我看着心里不安,硬嚷着要背,他便让我背了在后边慢慢走,他将他的背笼背一程了,回来再接我。这样一直到了太阳西下,我们总算钻出了山沟,离家只有八里路了吧。我心里很高兴,时不时抬头看看前边:过了这个村,到了哪个庄呢?离家还能有多远呢?这一次刚一抬头,就看见前边走来一个人,背着一个空背笼,头发被风刮披在后肩,样子很是单薄。啊,这不是母亲吗?我大声叫道:

"妈!妈——"

果然是母亲!她是来接我的。一看见我背了这么多的柴,喜欢得什么样的;再一见我腿上的伤,眼泪就流了下来,我说:

"妈,这一定有六十斤哩,可以卖二元钱哩,再去砍上五六次,就可以买个新纺车了哩!妈,你也应该高兴呀!"

母亲就对我努力地笑笑,分了一半柴背了,娘儿俩一路说不完的话。

这背笼柴,第三天的集市上便卖了,果然卖了二元钱。一家人捏着那票子,一张一张蘸着唾沫数了,又用红布包了,压在箱子底里。打这以后,打柴给了我希望和力量,差不多隔三天就进一次山。头几次倒要五叔照顾,后来自己也练出来了。柴打回来,是我最有兴致的时候,总是不歇,借杆秤称了,一根一根在门前垒齐了,就给母亲和弟妹讲山上的故事;我讲多长,他们就听多久。

就在那月底,我们全家人都到木匠铺去,买回来了一辆新的纺车。最高兴的莫过于母亲了,她显得很年轻,脸上始终在笑着,把那纺车一会儿放在中堂上,一会儿又搬到炕角上,末了,又移到院中的榆树下去纺。她让我给爸爸写信,告诉他这是我的功劳,说孩子长大了,真的长大了,让他什么也别操心,好好珍重身子,将来回来了,儿子还可以买个眼镜给他,晚上备课就不眼花了。最后,硬要弟弟、妹妹都来填名,还让我握着她手在信上画了字。这一次,她在新纺车上纺了六两线,那"嗡儿,嗡儿"的声音,响了一天半夜,好像那是一架歌子,摇摇任何地方,都能发出音乐来的。

母亲的线越纺越多,家里开始有了些积攒,母亲就心大起来,她从邻居借了一架织布机,织起布来卖了。终日里,小院子里一道一道的绳子上,挂满了各色二浆线;太阳泛红的时候,就喜欢经线、线筒儿一摆儿插在那里,她牵着几十个线头,魔术似的来回拉着跑,那小脚踮踮地,像小姑娘一样的快活了。晚上,机子就在门道里安好了,她坐上去,脚一踏,手一搬,哐哩哐当,满机动弹:家里就又增加起一种音乐了。

母亲织的布,密、光、白的像一张纸,花的像画一样艳,街坊四邻看见了,没有一个不夸的。布落了机,就拿到集市去卖,每集都能买回来米呀,面呀,盐呀,醋呀,竟还给我们兄妹买了东西:妹妹是一人一面小圆镜;我和弟弟是一人一支钢笔,说以后还要再买些书,让我们好好自学些文化。

我照例还去砍柴。没想有一次砍了漆树,竟中了毒,满脸满身上长出红疹子,又肿起来,眼睛都几乎看不见了。不几天,弟弟妹妹和母亲也中毒,脸都肿得发亮。听人说,用韭菜水洗能洗好,母亲就到处找韭菜,熬了水一天三次给我们洗。可她,还是照样纺线,照样织布,当织完一个布下来,她眼睛快肿成一个烂桃儿样了。我拿了这布去卖,没想,那集上来了民兵小分队,说是要刹资本主义妖风,就开始包围了集市检查。集市炸了,人们没命地惊跑,我抱了布慌慌张张跑进一个巷去,那巷却是条死巷,就叫小分队将布收走了。我哭着回来,又不敢回家,只坐在村口哭。母亲知道了,把我拉了回去,弟弟妹妹在家里也哭作一团,眼看太阳压山了,中午饭也没心思去做。母亲让弟弟做,弟弟说他不饿,让我去做,我说肚子发鼓胀,母亲叹了一口气,自己去舀水起火,但很快又从厨房出来,端了一盆韭菜水放在我们面前,说:

"不许哭!都洗洗脸!"

我们都止了哭,洗了脸。

母亲就拉了我们向镇子上走去,一直走到镇中一家饭馆里,让我们坐了,买了五碗粘饭,一盘大肉,一盘豆腐,一盘粉条,说:

"吃吧,孩子,这饭可香哩!"

我们都不吃,她就先吃起来,大口大口的,吃得很香;我们也就都吃起来,但觉得并不香。母亲问:

"香吗?"

弟弟摇摇头,我赶忙递过一个眼色,于是我们都齐声说:

"好香。"

吃罢饭,母亲说她到民兵小分队部去一趟,让我把弟弟妹妹领回去,再好好洗洗韭菜水。这一夜,她便没有回来,我们都提心吊胆的。第二天一早,她回来了,满脸的高兴,说她把布要回来了,可走到半路,就又出售,接着就手揣在怀里,说:

"你猜,我给你买了什么?"

"烧饼!"我说。

"再猜。"她笑着说。

"帽子!"我想这一下一定猜对了。

母亲还是摇摇头,突然一亮手,原来是一本语文课本。她喜欢地说:

"孩子,日子能过得去了,就要把学习捡起来,要不爸爸回来了,看见一个校长的儿子是文盲,他会怎么个伤心呢?"

我说:

"学那有什么用场!"

她生气了:

"再不准你说这没出息的话!文化还有瞎的地方?"

我问起布是怎么还给的,她只笑笑,说句"我要的",就罢了。后来我才打听到,原来母亲去要布时,人家百般训斥,拿难听的话骂她,她只是不走,人家就下令:要取回布,必须把分队部门前的一条排水沟挖通。她咬了咬牙,整整在那里挖了一夜……可她,我的好母亲,至今没有给我们说过这一段辛酸事儿。

有了笔,又有了书,一抽空,我就狠命地学习起来。每天晚上了,我要是看书,母亲就纺着线陪我;她要是纺线,我就看着书陪她。这样,分两处点油灯,煤油用得很费,母亲就把纺车搬到我的房间来纺,可那纺车"嗡儿、嗡儿"的响,她怕影响我,就又把纺车搬到院里的月光下去纺了。每当我看书看得身疲意懒,就走出门来,站在台阶上看母亲纺线,那"嗡儿、嗡儿"的响声,立刻给我浑身一震,脑子也就清醒多了,返身又去看书。

几乎就从那时起,我便坚持自学,读完了初中课程,又读完了高中课程,还将楼上爸爸的那几大包书也读了一半。"四人帮"一粉碎,爸爸"解放"回来了,那时他的问题才着手平反,我就报考了大学,竟被录取了。从此,我就带着母亲为我做的那套土布印花被子,来到了

大城市,开始了新的生活;几年间,再没有见到我的母亲。后来,父亲给我来了信,信上说:

"我的问题彻底落实了,组织上给平了反,恢复了职务,又补发了二千元工资。但你母亲要求我将一千元交了党费,另一千元买了一担粮食,给救济过咱家的街坊四邻每家十元,剩下的五百元,全借给生产队买了一台粉碎机。她身体似乎比以前还好,就是眼睛渐渐不济了,但每天每晚还要织布、纺线……"

读着父亲的信,我脑子里就又响起那"嗡儿,嗡儿"的声音了。啊,母亲,你还是坐在那院中的月光底下,摇着那辆纺车吗?那榆树梢上的月亮该是满圆了吧?那无穷无尽的棉线,又抽出了你多少幸福的心绪啊,那辆纺车又陪伴着你会唱出什么新的生活之歌呢?母亲!

我不是个好儿子

在我四十岁以后,在我几十年里雄心勃勃所从事的事业、爱情遭受了挫折和失意,我才觉悟了做儿子的不是。母亲的伟大不仅在生下血肉的儿子,还在于她并不指望儿子的回报,不管儿子离她多远又回来多近,她永远使儿子有亲情,有力量,有根有本。人生的车途上,母亲是加油站。

母亲一生都在乡下,没有文化,不善说会道,飞机只望见过天上的影子。她并不清楚我在远远的城里干什么,唯一晓得的是我能写字,她说我写字的时候眼睛在不停地眨,就操心我的苦,"世上的字能写完?!"一次一次地阻止我。前些年,母亲每次到城里小住,总是为我和孩子缝制过冬的衣物,棉花垫得极厚,总害怕我着冷,结果使我和孩子都穿得像狗熊一样笨拙。她过不惯城里的生活,嫌吃油太多,来人太多,客厅的灯不灭,东西一旧就扔,说:"日子没乡下整端。"最不能忍受我打骂孩子,孩子不哭,她却哭,和我闹一场后就生气回乡下去了。母亲每一次都高高兴兴来,每一次都生了气回去,回去了,我并未思念过她,甚至一年一年的夜里不曾梦着过她。母亲对我的好是我不觉得了母亲对我的好,当我得意的时候,忘记了母亲的存在,当我有委屈了就想给母亲诉说,当着她的面哭一鼻子。

母亲姓周,这是从舅舅那里知道的,但母亲叫什么名字,十二岁那年,一次与同村的孩子骂仗——乡下骂仗以高声大叫对方父母名字为最解气的——她父亲叫鱼,我骂她鱼,鱼,河里的鱼!她骂我:蛾,蛾,小小的蛾!我清楚了母亲叫周小娥的。大人物之所以大人物,是名字被千万人呼喊,母亲的名字我至今没有叫过,似乎也很少听老家村子里的人叫过,但母亲未是大人物却并不失却她的伟大,她的老实、本分、善良、勤劳在家乡有口皆碑。现在有人讥讽我有农民的品性,我并不羞耻,我就是农民的儿子,母亲教育我的忍字使我忍了该忍的事情避免了许多祸灾发生,而我的错误在于忍了不该忍的事情,企图以委曲求全未能求全。

七年前,父亲做了胃癌手术,我全部的心思都在父亲身上,父亲去世后,我仍是常常梦到父亲,父亲依然还是有病痛的样子,醒来就伤心落泪,要买了阴纸来烧。在纸灰飞扬的时候,突然间我会想起乡下的母亲,又是数日不安,也就必会寄一笔钱到乡下去。寄走了钱,心安理得地又投入到我的工作中了,心中再也没有母亲的影子。老家的村子里,人都在夸我给母亲寄钱,可我心里明白,给母亲寄钱并不是我心中多么有母亲,完全是为了我的心理平衡。而母亲收到寄去的钱总舍不得花,听妹妹说,她把钱没处放,一卷一卷塞在床下的破棉鞋里,几乎让老鼠做了窝去。我埋怨过母亲,母亲说:"我要那么多钱干啥?零着攒下了将来整着给你。你们都精精神神了,我喝凉水都高兴的,我现在又不至于就喝着凉水!"去年回去,她真的把积攒的钱要给我,我气恼了,要她逢集赶会了去买个零嘴吃,她果然一次买回了许多红糖,装在一个瓷罐儿里,但凡谁家的孩子去她那儿了,就三个指头一捏,往孩子嘴里一塞,再一抹,孩子们为糖而来,得糖而去,母亲笑着骂着:"喂不熟的狗!"末了就呆呆地发半天愣。

母亲在晚年是寂寞的,我们兄妹就商议了,主张她给大妹看管孩子,有孩子占心,累是累些,日月总是好打发的吧。小外甥就成了她的尾巴,走到哪儿带到哪儿,一次婆孙到城里来,见我书屋里挂有父亲的遗像,她眼睛就潮了,说:"人一死就有了日子了,不觉是四个年头了!"我忙劝她,越劝她越流下泪来。外甥偏过来对着照片要爷爷,我以为母亲更要伤心的,母亲却说:"爷爷埋在土里了。"孩子说:"土里埋下什么都长哩,爷爷埋在土里怎么不再长个爷爷?"母亲竟没有恼,倒破涕而笑了。母亲疼孩子爱孩子,当着众人面要骂孩子没出息,这般的大了夜夜还要噙她的奶头睡觉,孩子就羞了脸,过来捂她的嘴不让说,两人绞在一起倒在地上,母亲笑得直喘气。我和妹妹批评过母亲太娇惯孩子,她就说:"我不懂教育嘛,你们怎么现在都英英武武的?!"我们拗不过她,就盼外甥永远长这么大。可外甥如庄稼苗一样,见风生长,不觉今年要上学了,母亲显得很失落,她依然住在妹妹家,急得心火把嘴角都烧烂了。我作想,如果母亲能信佛,每日去寺院烧香,回家念经就好了,但母亲没有那个信仰。后来总算让邻居的老太太们拉着天天去练气功,我们做儿女的心才稍有了些踏实。

小时候,我对母亲的印象是她只管家里人的吃和穿,白日除了去生产队出工,夜里总是洗萝卜呀,切红薯片呀,或者纺线,纳鞋底,在门闩上拉了麻丝合绳子。母亲不会做大菜,一年一次的蒸碗大菜,父亲是亲自操作的,但母亲的面条擀得最好,满村出名。家里一来客,父亲说:吃面吧。厨房里一阵案响,一阵风箱声。母亲很快就用箕盘端上几碗热腾腾的面条来。客人吃的时候,我们做孩子的就被打发着去村巷里玩,玩不了多久,我们就偷偷溜回来,盼着客人是否吃过了,是否有剩下的。果然在锅项里就留有那么一碗半碗。在那困难的年月里,纯白面条只是待客,没有客人的时候,中午可以吃一顿苞谷糁面,母亲差不多是先给父亲捞一碗,然后下些浆水菜,连菜带面再给我们兄妹捞一碗,最后她的碗里就只有苞谷糁和菜了。那时少粮缺柴的,生活苦巴,我们做孩子的并不愁容满面,平日倒快活得要死,最烦恼的是帮母亲推磨子了。常常天一黑母亲就收拾磨子,在麦子里掺上白苞谷或豆子磨一种杂面,偌大的石磨她一个人推不动,就要我和弟弟合推一个磨棍,月明星稀之下,走一圈又一圈,昏头晕脑地发迷怔,磨过一遍了,母亲在那里过箩,我和弟弟就趴在磨盘上瞌睡。母亲喊我们醒来再推,我和弟弟总是说磨好了;母亲说再磨几遍,需要把麦麸磨得如蚊子翅膀一样薄才肯结束,我和弟弟就同母亲吵,扔了磨棍置气。母亲叹口气,末了去敲邻家的窗子,哀求人家:二嫂子,二嫂子,你起来帮我推推磨子!人家半天不吱声,她还在求,说:"咱换换工,你家推磨子了,我再帮你……孩子明日要上学,不敢耽搁娃的课的。"瞧着母亲低声下气的样子,我和弟弟就不忍心了,揉揉鼻子又把磨棍拿起来。母亲操持家里的吃穿琐碎事无巨细,而家里的大事,母亲是不管的,一切由当教师的星期天才能回家的父亲做主。在我上大学的那些年,每次寒暑假结束要进城,头一天夜里总是开家庭会,家庭会差不多是父亲主讲,要用功学习呀,真诚待人呀,孔子是怎么讲的,古今历史上什么人是如何奋斗的,直要讲二三个小时,母亲就坐在一边,为父亲不住吸着的水烟袋卷纸媒,纸媒卷了好多,便袖了手打盹。父亲最后说:"你妈还有啥说的?"母亲一怔方清醒过来,父亲就生气了:"瞧你,你竟能睡着?!"训几句。母亲只是笑着,说:"你是老师能说,我说啥呀?"大家都笑笑,说天不早了,睡吧,就分头去睡。这当儿母亲却精神了,去关院门,关猪圈,检查柜盖上的各种米面瓦罐是否盖严了,防备老鼠进去,然后就收拾我的行李,然后一个人去灶房为我包天明起来要吃的素饺子。

父亲去世后,我原本立即接她来城里住,她不来,说父亲三年没过,没过三年的亡人会有阴灵常常回来的,她得在家顿顿往灵牌前供献饭菜。平日太阳暖和的时候,她也去和村里一些老太太们打花花牌,她们玩的是二分钱一个注儿,每次出门就带两角钱三角钱,她塞在袜筒。她养过几只鸡,清早一开鸡棚——要在鸡屁股里揣揣有没有蛋要下,若揣着有蛋,半晌午打牌就半途赶回来收拾产下的蛋,可她不大吃鸡蛋,只要有人来家坐了,却总热忱着要烧煎水,煎水里就卧荷包蛋。每年的院里的梅李熟了,总摘一些留给我,托人往城里带,没人进城,她一直给我留着,"平爱吃酸果子",她这话要唠叨好长时间,梅李就留到彻底腐烂了才肯倒去。她在妹妹家学练了气功,我去看她,未说几句话就叫我到小房去,一定要让我喝一个瓶子里的凉水,不喝不行,问这是怎么啦,她才说是气功师给她的信息水,治百病的,"你要喝的,你一喝肝病或许就好了!"我喝了半杯,她就又取苹果橘子让我吃,说是信息果。

我成不成为什么专家名人,母亲一向是不大理会的,她既不晓得我工作的荣耀,我工作上的烦恼和苦闷也就不给她说。一部《废都》,国之内外怎样风雨不止,我受怎样的赞誉和攻击,母亲未说过一句话,当知道我已孤单一人,又病得入了院,她悲伤得落泪,她要到城里来看我,弟妹不让她来,她气得在家里骂这个骂那个,后来冒着风雪来了,她的眼睛已患了严重的疾病,却哭着说:"我娃这是什么命啊?!"

我告诉母亲,我的命并不苦的,什么委屈和劫难我都可以受得,少年时期我上山砍柴,挑百十斤的柴担在山岭道上行走,因为路窄,不到固定的歇息处是不能放下柴担的,肩膀再疼腿再酸也不能放下柴担,从那时起我就练出了一股韧劲的。而现在最苦的是我不能亲自伺候母亲!父亲去世了,作为长子,我是应该为这个家操心,使母亲在晚年活得幸福,但现在既不能照料母亲,反倒让母亲还为儿子牵肠挂肚,我这做的是什么儿子呢?把母亲送出医院,看着她上车要回去了,我还是掏出身上仅有的钱给她,我说,钱是不能代替了孝顺的,但我如今只能这样啊!母亲懂得了我的心,她把钱收了,紧紧地握在手里,再一次整整我的衣领,摸摸我的脸,说我的胡子长了,用热毛巾捂捂,好好刮刮,才上了车。眼看着车越走越远,最后看不见了,我回到病房,躺在床上开始打吊针,我的眼泪默默地流下来。

说美容

女人是赤裸的,女人却最善藏。藏着的部分以藏显露,如特别讲究服装要体现出线条;露着的那片脸上因为有五官,五官像阿拉伯数字,组合了就是号码,脸还要化妆,亦藏欲更露。

我们把画画叫美术。爱美,也就是爱画,于是女人将脸当了画布。动物皆有以美羽美纹美声来吸引异性的,说到底,美的实质的东西是性。如果世上没有女人,男人是不会去修建厕所,世上没有了男人,女人也不会去化妆。

不把真面目示人,这就是女人——见人不化妆,是不尊重对方呀!——性的虚幻下的活动里,男人需要假,女人就制造假。女人假到最后,真作假时假亦真;自己也怀疑了自己。一个女人说她画眉,哪日没有画了,就感觉没长了眉毛。

化妆的盛行,使女人越来越失去自信。谁还敢素面朝天?"女容为悦"从古代一路喊下来,现在似乎已是生活得越好,物质越丰富,女人的所悦者越少,情爱越难得。因为现代城市的女人就比乡下女人化妆得严重。女人们喜欢比喻月亮,说是明镜,是玉盘,是天灯,是夜之眼,比喻得已不知月亮到底是什么了;女人们都在形容,形容到不知什么身份什么年龄,戏永不散场,演员满街走。

其实,女人用不着化妆,化妆应为男人的事,如鸟兽中的凤,雄狮,公鸡和鸳。女人的化妆已经是违背了自然规律,轻贱了自己,更不必割这样填那样再做美容手术。人的身体,每一个部位,甚至一颗痣,一条皱纹,都是极其协调地配合在一起的,这如同大自然所形成的山丘、河流、洞涧、树林一样,它有它的风水。人体也有风水,随便去改造,就失去了和谐,也失去了特点和标志。

上帝既然造了我们,我们应该自信。

怀念路遥

时间真快,路遥已经去世十五年了。十五年里常常想起他。

想起在延川的一个山头上,他指着山下的县城说:当年我穿着件破棉袄,但我在这里翻江倒海过,你信不!我当然信的,听说过他还是少年的一些事。他把一块石头使劲向沟里扔去,沟畔里一群鸟便轰然而起。想起在省作协换届时,票一投完,他在厕所里给我说:好得很,咱要的就是咱俩的票比他们多!想起他拉我去他家吃烩面片,他削土豆皮很狠,说:我弄长篇呀,你给咱多弄些中篇,不信打不出潼关!想起他从陕北写作回来,人瘦了一圈儿,我问写作咋样,他说:这回吃了大苦咧,稿子一写完,你要抽好烟哩!想起《平凡的世界》出版后一段时间受到冷落,他给我说:狗日的,一满都不懂文学!想起获奖回来,我向他祝贺,他说:你猜我在台上想啥的?我说:想啥哩?他说:我把他们都踩在脚下了!想起他几次要我调到省作协去,而我一直没去,当又到换届的时候,正是我在单位不顺心,在街上碰着他去购置呢绒大衣,我说了想去作协的想法,他却说:西安那地盘你要给咱守住啊!想想他受整时,我去看他,他说:要整倒我的人还没有生下哩!我生病住了院,他带着好烟来看我,说:该歇一歇了,你写那么多,还让别人活不活?!想起他的虎背熊腰,想起他坐在省作协大院里那个破藤椅上打盹的样子。想起他病了我去看他,他说:这个病房好吧?省委常委会开了会让我住进来的。想起他快不行了,我又去医院看他,他说:等我出院了,你和我到陕北去,寻个山圪崂住下,咱一边放羊一边养身子。

他是一个优秀的作家,他是一个出色的政治家,他是一个气势磅礴的人。但他是夸父,倒在干渴的路上。

他虽然去世了,他的作品仍然被读者垂读,他的故事依旧被传颂。

陕西的作家每每聚在一起,免不了发感慨:如果路遥还活着不知现在是什么样子?这谁也说不准。但肯定是他会写出更多更好的作品,他会干出许多令人佩服又咂舌的事来。

他是一个强人。强人的身上有他比一般人的优秀处,也有被一般人不可理解处。他大气,也霸道,他痛快豪爽,也使劲用狠,他让你尊敬也让你畏惧,他关心别人,却隐瞒自己的病情,他刚强自负不能容忍居于人后,但儿女情长感情脆弱内心寂寞。

陕西画界有人以为自己是石鲁,我听到石鲁的一个学生说:他算什么呀,不要说石鲁的长处,他连石鲁的短处都学不来!

路遥是一个大抱负的人,文学或许还不是他人生的第一选择,但他干什么都会干成,他的文学就像火一样燃出炙人的灿烂的光焰。

现在,我们很少能看到有这样的人了。

有人说路遥是累死的,证据是他写过《早晨,从中午开始》的书。但路遥不是累死的,他昼伏夜出,是职业的习惯,也是一头猛兽的秉性。有人说路遥是穷死的,因为他死时还欠人万元,但那个年代都穷呀,而路遥在陕西作家里一直抽高档烟,喝咖啡,为给女儿吃西餐曾满城跑遍。

扼杀他的是遗传基因。在他死后,他的四个弟弟都患上了与他同样的肝硬化腹水病,而且又在几乎相同的年龄段,已去世了两个,另两个现正病得厉害。这是一个悲苦的家族!一个瓷杯和一个木杯在一做出来就决定了它的寿命长短,但也就在这种基因的命运下,路遥短暂的人生是光彩的,他是以人格和文格的奇特魅力而长寿的。

在陕西,有两个人会长久,那就是石鲁和路遥。

哭三毛

三毛死了。我与三毛并不相识,但在将要相识的时候三毛死了。三毛托人带来口信嘱我寄几本我的新书给她。我刚刚将书寄去的时候,三毛死了。我邀请她来西安,陪她随心所欲地在黄土地上逛逛,信函她还未收到,三毛死了。三毛的死,对我是太突然了,我想三毛对于她的死也一定是突然,但是,就这么突然地三毛死了,死了。

人活着是多么的不容易,人死灯灭却这样快捷吗?

三毛不是美女,一个高挑着身子,披着长发,携了书和笔漫游世界的形象,年轻的坚强而又孤独的三毛对于大陆年轻人的魅力,任何局外人作任何想象来估价都是不过分的。许多年里,到处逢人说三毛,我就是那其中的读者,艺术靠征服而存在,我企羡着三毛这位真正的作家。夜半的孤灯下,我常常翻开她的书,瞧着那一张似乎很苦的脸,作想她毕竟是海峡那边的女子,远在天边,我是无缘等待得到相识面谈的。可我怎么也没有想到,一九九〇年十二月十五日,我从乡下返回西安的当天,蓦然发现了《陕西日报》上署名孙聪先生的一篇《三毛谈陕西》的文章。三毛竟然来过陕西?我却一点不知道!将那文章读下去,文章的后半部分几乎全写到了我。三毛说:"我特别喜欢读陕西作家贾平凹的书。"她还专门告我普通话念凹为凹(āo),

但我听北方人都念凹(wā),这样亲切,所以我一直也念平凹(wā)。她告诉我:"在台湾只看到了平凹的两本书,一本是《天狗》,一本是《浮躁》,我看第一篇时就非常喜欢,连看了三遍,每个标点我都研究,太有意思了,他用词很怪可很有味,每次看完我都要流泪。眼睛都要看瞎了。他写的商州人很好。这两本书我都快看烂了。你转告他,他的作品很深沉,我非常喜欢,今后有新书就寄我一本。我很崇拜他,他是当代最好的作家,当然这只是我个人的看法。他的书写得很好,看许多书都没像看他的书这样连看几遍,有空就看,有时我就看平凹的照片,研究他,他脑子里的东西太多了……大陆除了平凹的作品外,还爱读张贤亮和钟阿城的作品……"读罢这篇文章,我并不敢以三毛的评价而扬扬得意,但对于她一个台湾人,对于她一个声名远震的作家,我感动着她的真诚直率和坦荡,为能得到她的理解而高兴。也就在第二天,孙聪先生打问到了我的住址赶来,我才知道他是省电台的记者,于一九九〇年的十月在杭州花家山宾馆开会,偶尔在那里见到了三毛,这篇文章就是那次见面的谈话记录。孙聪先生详细地给我说了三毛让他带给我的话,说三毛到西安时很想找我,但又没有找,认为"从他的作品来看他很有意思,隔着山去看,他更有神秘感,如果见了面就没意思了,但我一定要拜访他"。说是明年或者后年,她要以私人的名义来西安,问我愿不愿给她借一辆旧自行车,陪她到商州走动。又说她在大陆几个城市寻我的别的作品,但没寻到,希望我寄她几本,她一定将书钱邮来。并开玩笑地对孙聪说:"我去找平凹,他的太太不会吃醋吧?会烧菜吗?"还送我一张名片,上边用钢笔写了:"平凹先生,您的忠实读者三毛。"于是,送走了孙聪,我便包扎了四本书去邮局,且复了信,说盼望她明年来西安,只要她肯冒险,不怕苦,不怕狼,能吃下粗饭,敢不卫生,我们就一块骑旧车子去一般人不去的地方逛逛,吃地方小吃,看地方戏曲,参加婚丧嫁娶的活动，了解社会最基层的人事。这书和信是十二月十六日寄走的。我等待着三毛的回音，等了二十天，我看到了报纸上的消息：三毛在两天前自杀身亡了。

三毛死了，死于自杀。她为什么自杀？是她完全理解了人生，是她完成了她活着要贡献的那一份艺术，是太孤独，还是别的原因，我无法了解。作为一个热爱着她的读者，我无限悲痛。我遗憾的是我们刚刚要结识，她竟死了，我们之间相识的缘分只能是在这一种神秘的境界中吗？

三毛死了，消息见报的当天下午，我收到了许多人给我的电话，第一句都是："你知道吗，三毛死了！"接着就沉默不语，然后差不多要说："她是你的一位知音，她死了……"这些人都是看到了《陕西日报》上的那篇文章而向我打电话的。以后的这些天，但凡见到熟人，都这么给我说三毛，似乎三毛真是我的什么亲戚关系而来安慰我。我真诚地感谢着这些热爱三毛的读者，我为他们来向我表达对三毛死的痛惜感到荣幸，但我，一个人静静地坐下来的时候就发呆，内心一片悲哀。我并没有见过三毛，几个晚上都似乎梦见到一个高高的披着长发的女人，醒来思忆着梦的境界，不禁就想到了那一幅《洛神图》古画。但有时硬是不相信三毛会死，或许一切都是讹传，说不定某一日三毛真的就再来到了西安。可是，可是，所有的报纸、广播都在报道三毛死了，在街上走，随时可听见有人在议论三毛的死，是的，她是真死了。我只好对着报纸上的消息思念这位天才的作家，默默地祝愿她的灵魂上天列入仙班。

三毛是死了，不死的是她的书，是她的魅力。她以她的作品和她的人生创造着一个强刺激的三毛，强刺激的三毛的自杀更丰富着一个使人永远不能忘记的作家。

再哭三毛

我只说您永远也收不到我的那封信了,可怎么也没有想到您的信竟能邮来,就在您死后的第十一天里。今天的早晨,天格外冷,但太阳很红,我从医院看了病返回机关,同事们就对着我叫喊:"三毛来信啦!三毛给你来信啦!"这是一批您的崇拜者,自您死后,他们一直浸沉于痛惜之中,这样的话我全然以为是一种幻想。但禁不住还在问:"是真的吗,你们怎么知道?"他们就告诉说俊芳十点钟收到的(俊芳是我的妻子,我们同在市文联工作),她一看到信来自台湾,地址最后署一个"陈"字,立即知道这是您的信就拆开了,她想看又不敢看,啊地叫了一下,眼泪先流下来了,大家全都双手抖动着读完了信,就让俊芳赶快去街上复印,以免将原件弄脏弄坏了。听了这话我就往俊芳的办公室跑,俊芳从街上还没有回来,我只急得在门口打转。十多分钟后她回来了,眼睛红红的,脸色铁青,一见我便哽咽起来:"她是收到您的信了……"

收到了,是收到了,三毛,您总算在临死之前接收了一个热爱着您的忠实读者的问候! 可是,当我亲手捧着了您的信,我脑子里刹那间一片空白呀! 清醒了过来,我感觉到是您来了,您就站在我的面前,您就充满在所有的空气里。

这信是您一月一日夜里两点写的，您说您"后天将住院开刀去了"，据报上登载，您是三日入院的，那么您是以一九九〇年最后的晚上算起的，四日的凌晨两点您就去世了。这封信您是什么时候发出的呢？是一九九一年的一月一日白天休息起来后，还是在三日的去医院的路上？这是您给我的第一封信，也是给我的最后一封信，更是您四十八年里最后的一次笔墨，您竟在临死的时候没有忘记给我回信，您一定是要惦念着这封信的，那亡魂会护送着这封信到西安来了吧！

前几天，我流着泪水写了《哭三毛》一文，后悔着我给您的信太迟，没能收到，我们只能是有一份在朦胧中结识的缘分。写好后停也没停就跑邮局，我把它寄给了上海的《文汇报》，因为我认识《文汇报》的肖宜先生，害怕投递别的报纸因不认识编辑而误了见报时间，不能及时将我对您的痛惜、思念和一份深深的挚爱献给您。可是昨日收到《文汇报》另一位朋友谈及别的内容的信件，竟发现我寄肖宜先生的信址写错了，《文汇报》的新址是虎丘路，我写的是原址圆明园路。我好恨我自己呀，以为那悼文肖先生是收不到了，就是收到，也不知要转多少地方费多少天日，今日正考虑怎么个补救法，您的信竟来了，您并不是没有收到我的信，您是在收到了我的信后当晚就写回信来了！

读着您的信，我的心在痉挛着，一月一日那是怎样的长夜啊，万家灯火的台北，下着雨，您孤独地在您的房间，吃着止痛片给我写信，写那么长的信，我禁不住就又哭了。您是世界上最具真情的人，在您这封绝笔信里，一如您的那些要长存于世的作品一样至情至诚，令我揪心裂肠地感动。您虽然在谈着文学，谈着对我的作品的感觉，可我哪里敢受用了您的赞誉呢，我只能感激着您的理解，只能更以您的理解而来激励我今后的创作。一遍又一遍读着您的来信，在那字里行间，在那字面背后，我是读懂了您的心态，您的人格，您的文学的追求和您的精神的大境界，是的，您是孤独的，一个真正天才的孤独啊！

现在，人们到处都在说着您，书店里您的书被抢购着，热爱着您的读者在以各种方式悼念您，哀思您，为您的死做着种种推测。可我在您的信里，看不到您在入院时有什么自杀的迹象，您说您"这一年来，内心积压着一种苦闷，它不来自我个人生活，而是因为认识了您的书本"，又说您住院是害了"不大好的病"。但是，您知道自己害了"不大好的病"，又能去医院动手术，可见您并没有对病产生绝望，倒自信四五个月就能恢复过来，详细地给了我通讯地址和电话号码，且说明五个月后来西安，一切都做了具体的安排，为什么偏偏在入院的当天夜里，敢就是四日的两点就死了呢？三毛，我不明白，我到底是不明白啊！您的死，您是不情愿的，那么，是什么原因而死的呀，是如同写信时一样的疼痛在折磨您吗？是一时的感情所致吗？如果这一切仅是一种孤独苦闷的精神基础上的刺激点，如果您的孤独苦闷在某种方面像您说的是"因为认识了您的书本"，三毛，我完全理解作为一个天才的无法摆脱的孤独，可牵涉到我，我又该怎么对您说呢？我的那些书本能使您感动是您对我的偏爱而令我终生难忘，却更使我今生今世要怀上一份对您深深的内疚之痛啊！

这些天来，我一直处于恍惚之中，总觉得常常看到了您，又都形象模糊不清，走到什么地方凡是见到有女性的画片，不管是什么脸型的，似乎总觉得某一处像您，呆呆看一会儿，眼前就全是您的影子。昨日晚上，却偏偏没有做到什么离奇的梦，对您的来信没有丝毫预感，但您却来信了，信来了，您来了，您到西安来了！

现在，我的笔无法把我的心情写出，我把笔放下了，又关了门，不让任何人进来，让我静静地坐一坐。不，屋里不是我独坐，对着的是您和我了，虽然您在冥中，虽然一切无声，但我们在谈着话，我们在交流着文学，交流着灵魂。这一切多好啊，那么，三毛，就让我们在往后的长长久久的岁月里一直这么交流吧。三毛！

附：三毛致贾平凹的信

平凹先生：

现在时刻是西元一九九一年一月一日清晨两点。下雨了。

今年开笔的头一封信，写给您：我心极喜爱的大师。恭恭敬敬的。

感谢您的这支笔，带给读者如我，许多个不睡的夜。虽然只看过两本您的大作，《天狗》与《浮躁》，可是反反复复，也看了快二十遍以上，等于四十本书了。

在当代中国作家中，与您的文笔最有感应，看到后来，看成了某种孤寂。一生酷爱读书，是个读书的人，只可惜很少有朋友能够讲讲这方面的心得。读您的书，内心寂寞尤甚，没有功力的人看您的书，要看走样的。

在台湾，有一个女朋友，她拿了您的书去看，而且肯跟我讨论，但她看书不深入，能够抓捉一些味道，我也没有选择地只有跟这位朋友讲讲《天狗》。这一年来，内心积压着一种苦闷，它不来自我个人生活，而是因为认识了您的书本。在大陆，会有人搭我的话，说"贾平凹是好呀"，我盯住人看，追问："怎么好法？"人说不上来，我就再一次把自己闷死。看您书的人等闲看看，我不开心。

平凹先生，您是大师级的作家，看了您的小说之后，我胸口闷住已有很久，这种情形，在看《红楼梦》，看张爱玲时也出现过，但他们仍不那么"对位"，直到有一次在香港有人讲起大陆作家群，其中提到您的名字。一口气买了十数位的，一位一位拜读，到您的书出现，方才松了口气，想长啸起来。对了，是一位大师。一颗巨星的诞生，就是如此。我没有看走眼。以后就凭那两本手边的书，一天四五小时地读您。

要不是您的赠书来了，可能一辈子没有动机写出这样的信。就算现在写出来，想这份感觉——由您书中获得的，也是经过了我个人读书历程的"再创造"，即使面对的是作者您本人，我的被封闭感仍然如旧，但有一点也许我们是可以沟通的，那就是：您的作品实在太深刻。不是背景取材问题，是您本身的灵魂。

今生阅读三个人的作品，在二十次以上，一位是曹霑，一位是张爱玲，一位是您。深深感谢。

没有说一句客套的话，您所赠给我的重礼，今生今世当好好保存，珍爱，是我极为看重的书籍。不寄我的书给您，原因很简单，相比之下，三毛的作品是写给一般人看的，贾平凹的著作，是写给三毛这种真正以一生的时光来阅读的人看的。我的书，不上您的书架，除非是友谊而不是文字。

台湾有位作家，叫作"七等生"，他的书不畅销，但极为独特，如果您想看他，我很乐于介绍您这些书。

想我们都是书痴，昨日翻看您的"自选集"，看到您的散文部分，一时里有些惊吓。原先看您的小说，作者是躲在幕后的，散文是生活的部分，作者没有窗帘可挡，我轻轻地翻了数页。合上了书，有些想退的感觉。散文是那么直接，更明显的真诚，令人不舍一下子进入作者的家园，那不是"黑氏"的生活告白，那是您的。今晨我再去读。以后会再读，再念，将来再将感想告诉您。先念了三遍《观察》（人道与文道杂说之二）。

四月（一九九〇年）底在西安下了飞机，站在外面那大广场上发呆，想，贾平凹就住在这个城市里，心里有着一份巨大的茫然，抽了几支烟，在冷空气中看烟慢慢散去，尔后我走了，若有所失的一种举步。

吃了止痛药才写这封信的，后天将住院开刀去了，一时里没法出远门，没法工作起码一年，有不大好的病。

如果身子不那么累了,也许四五个月可以来西安,看看您吗?倒不必陪了游玩,只想跟您讲讲我心目中所知所感的当代大师——贾平凹。

　　用了最宝爱的毛边纸给您写信,此地信纸太白。这种纸台北不好买了,我存放着的。我地址在信封上。

　　您的故乡,成了我的"梦魅"。商州不存在的。

三毛敬上

我的老师

我的老师孙涵泊,是朋友的孩子,今年三岁半。他不漂亮,也少言语,平时不准父母杀鸡剖鱼,很有些良善,但对家里所有的来客却不瞅不睬,表情木然,显得傲慢。开始我见他只逗着取乐,到后来便不敢放肆,认了他是老师。许多人都笑我认三岁半的小孩为师,是我疯了,或耍矫情。我说这就是你们的错误了,谁规定老师只能是以小认大?孙涵泊!孙老师,他是该做我的老师的。

幼儿园的阿姨领了孩子们去郊游,他也在其中,阿姨摘了一抱花分给大家,轮到他,他不接,小眼睛翻着白,鼻翼一扇一扇的。阿姨问:"你不要?"他说:"花疼不疼?"对于美好的东西,因为美好,我也常常就不觉得它的美好了,不爱惜,不保卫,有时是觉出了它的美好,因为自己没有,生嫉恨,多诽谤,甚至参与加害和摧残。孙涵泊却慈悲,视一切都有生命,都应尊重和和平相处,他真该做我的老师。

晚上看电视,七点钟中央电视台开始播放国歌,他就要站在椅子上,不管在座的是大人还是小孩,是惊讶还是嗤笑,目不旁视,双手打起节拍。我是没有这种大气派的,为了自己的身家平安和一点事业,时时小心,事事怯场,挑了鸡蛋挑子过闹市,不敢挤人,唯恐人挤,应忍的忍了,不应忍的也忍了,最多只写"转毁为缘,默雷止谤"自慰,结果失了许多志气,误了许多正事。孙涵泊却无所畏惧,竟敢指挥国歌,他真该做我的老师。

我在他家书写条幅,许多人围着看,一片叫好,他也挤了过来,头歪着,一手掏耳朵。他爹问:"你来看什么?"他说:"看写。"再问:"写的什么?"说:"字。"又问:"什么字?"说:"黑字。"我的文章和书法本不高明,却向来有人恭维,我也恭维过别人的,比如听别人说过某某的文章好,拿来看了,怎么也看不出好在哪里,但我要在文坛上混,又要证明我的鉴赏水平,或者某某是权威,是著名的,我得表示谦虚和尊敬,我得需要提拔和获奖,我也就说:"好呀,当然是好呀,你瞧,他写的这副联,'××××××,××××××春',多好!"孙涵泊不管形势,不瞧脸色,不斟句酌字,不拐弯抹角,直奔事物根本,他真该做我的老师。

街上两人争执,先是对骂,再是拳脚,一个脸上就流下血来,遂抓起了旁边肉店案上的砍刀,围观的人轰然走散,他爹牵他正好经过,便跑过去立于两人之间,大喊:"不许打架!打架不是好孩子,不许打架!"现在的人很烦,似乎吃了炸药,鸡毛蒜皮的事也要闹出个流血事件,但街头的斗殴发生了,却没有几个前去制止的。我也是,怕偏护了弱者挨强者的刀子,怕去制伏强者,弱者悄然遁去,警察来了脱离不了干系,多一事不如少一事,还是一走了之,事后连个证明也不肯做。孙涵泊安危度外,大义凛然,有徐洪刚的英勇精神,他真该做我的老师。

春节里,朋友带了他去一个同事家拜年,墙上新挂了印有西方诸神油画的年历,神是裸着或半裸着,来客没人时都注目偷看,一有旁人就脸色严肃。那同事也觉得年历不好,用红纸剪了小袄儿贴在那裸体上,大家才嗤嗤发笑起来,故意指着裸着的胸脯问他:"这是什么?"他玩变形金刚,玩得正起劲,看了一下,说:"妈妈的奶!"说罢又忙他的操作。男人们看待女人，要么视为神，要么视神是裸肉，身上会痒的，却绝口不当众说破，不说破而再不会忘记，独处里作了非分之想。我看这年历是这样的感觉，去庙里拜菩萨也觉得菩萨美丽，有过单相思，也有过那个——我还是不敢说——不敢说，只想可以是完人，是君子圣人，说了就是低级趣味，是流氓，千刀万剐。孙涵泊没有世俗，他不认作是神就敬畏，烧香磕头，他也不认作是裸体就产生邪念，他看了就看作是人的某一部位，是妈妈的某一部位，他说了也就完了，不虚伪不究竟，不自欺不欺人，平平常常，坦坦然然，他真该做我的老师。

我的老师话少，对我没有悬河般的教导，不布置作业，他从未以有我这么个学生而得意过，却始终表情木然，样子傲慢。我琢磨，或许他这样正是要我明白"口锐者天钝之，目空者鬼障之"的道理。我是诚惶诚恐地待我的老师的。他使我不断地发现着我的卑劣，知道了羞耻，我相信有许许多多的人接触了我的老师都要羞耻的。所以，我没有理由不称他是老师！我的老师也将不会只有我一个学生吧？

朋友

朋友是磁石吸来的铁片儿、钉子、螺丝帽和小别针，只要愿意，从俗世上的任何尘土里都能吸来。现在，街上的小青年有江湖义气，喜欢把朋友的关系叫"铁哥们"，第一次听到这么说，以为是铁焊了那种牢不可破，但一想，磁石吸的就是关于铁的东西呀。这些东西，有的用力甩甩就掉了，有的怎么也甩不掉，可你没了磁性它们就全没有喽！昨天夜里，端了盆热水在凉台上洗脚，天上一个月亮，水盆里也有一个月亮，突然想到这就是朋友嘛。

我在乡下的时候，有过许多朋友，至今二十年过去，来往的还有一二，八九皆已记不起姓名，却时常怀念一位已经死去的朋友。我个子低，打篮球时他肯传球给我，我们就成了朋友，数年间身影不离。后来分手，是为着从树上摘下一堆桑葚，说好一人吃一半的，我去洗手时他吃了他的一半，又吃了我的一半的一半。那时人穷，吃是第一重要的。现在是过城里人的日子，人与人见面再不问"吃过了吗"的话。在名与利的奋斗中，我又有了相当多的朋友，但也在奋斗名与利的过程中，我的朋友变换如四季。走的走，来的来，你面前总有几张板凳，板凳总没空过。我做过大概的统计，有危难时护佑过我的朋友，有贫困时周济过我的朋友，有帮我处理过鸡零狗碎事的朋友，有利用过我又反过来踹我一脚的朋友，有诬陷过我的朋友，有加盐加醋传播过我不该传播的隐私而给我制造了巨大的麻烦的朋友。成我事的是我的朋友，坏我事的也是我的朋友。有的人认为我没有用了不再前来，有些人我看着恶心了主动与他断交，但难处理的是那些帮我忙越帮越乱的人，是那些对我有过恩却又没完没了地向我讨人情的人。地球上人类最多，但你一生的交往最多的却不外乎方圆几里或十几里，朋友的圈子其实就是你人生的世界，你的为名为利的奋斗历程就是朋友的好与恶的历史。有人说，我是最能交朋友的，殊不知我的相当多的时间却是被铁朋友占有，常常感觉里我是一条端上饭桌的鱼，你来捣一筷子，他来挖一勺子，我被他们吃剩下一副骨架。当我一个人坐在厕所的马桶上独自享受清静的时候，我想象坐监狱是美好的，当然是坐单人号子。但有一次我独自化名去住了医院，只和戴了口罩的大夫护士见面，病床的号码就是我的一切，我却再也熬不了一个月，第二十七天里翻院墙回家给所有的朋友打电话。也就有人说啦：你最大的不幸就是不会交友。这我便不同意了，我的朋友中是有相当一些人令我吃尽了苦头，但更多的朋友是让我欣慰和自豪的。过去的一个故事讲，有人得了病去看医生，正好两个医生一条街住着，他看见一家医生门前鬼特别多，认为这医生必是医术不高，把那么多人医死了，就去门前只有两个鬼的另一位医生家看病，结果病没有治好。旁边人推荐他去鬼多的那家医生看病，他说，那家门口鬼多这家门口鬼少，旁边人说，那家医生看过万人病，死鬼五十个，这家医生在你之前就只看过两个病人呀！我想，我恐怕是门前鬼多的那个医生。根据我的性情、职业、地位和环境，我的朋友可以归两大类：一类是生活关照型。人家给我办过事，比如买了煤，把煤一块一块搬上楼，家人病了找车去医院，介绍孩子入托。我当然也给人家办过事，写一幅字让他去巴结他的领导，画一张画让他去银行打通贷款的关节，出席他岳父的寿宴。或许人家帮我的多，或许我帮人家的多，但只要相互诚实，谁吃亏谁占便宜就无所谓，我们就是长朋友，久朋友。一类是精神交流型。具体事都干不来,只有一张八哥嘴,或是我慕他才,或是他慕我才,在一块谈文道艺,吃茶聊天。在相当长的时间里,我把我的朋友看得非常重要,为此冷落了我的亲戚,甚至我的父母和妻子儿女,可我渐渐发现,一个人活着其实仅仅是一个人的事,生活关照型的朋友可能了解我身上的每一个痣,不一定了解我的心,精神交流型的朋友可能了解我的心,却又常常拂我的意。快乐来了,最快乐的是自己;苦难来了,最苦难的也是自己。

然而我还是交朋友,朋友多多益善,孤独的灵魂在空荡的天空中游弋,但人之所以是人,有灵魂同时有身躯的皮囊,要生活就不能没有朋友,因为出了门,门外的路泥泞,树丛和墙根又有狗吠。

西班牙有个毕加索,一生才大名大,朋友是很多的,有许多朋友似乎天生就是来扶助他的,但他经常换女人也换朋友。这样的人我们效法不来,而他说过一句话:朋友是走了的好。我对于曾经是我朋友后断交或疏远的那些人,时常想起来寒心,也时常想到他们的好处。如今倒坦然多了,因为当时寒心,是把朋友看成了自己和自己的家人,殊不知朋友毕竟是朋友,朋友是春天的花,冬天就都没有了,朋友不一定是知己,知己不一定是朋友,知己也不一定总是人,他既然吃我,耗我,毁我,那又算得了什么呢?皇帝能养一国之众,我能给几个人好处呢?这么想想,就想到他们的好处了。

今天上午,我又结识了一个新朋友,他向我诉苦说他的老婆工作在城郊外县,家人十多年不能团聚,让我写几幅字,他去贡献给人事部门的掌权人。我立即写了,他留下一罐清茶一条特级烟。待他一走,我就拨电话邀三四位旧的朋友来有福同享。这时候,我的朋友正骑了车子向我这儿赶来,我等待着他们,却小小私心勃动,先自己沏一杯喝起,燃一支吸起,便忽然体会了真朋友是无言的牺牲,如这茶这烟,于是站在门口迎接喧哗到来的朋友而仰天呵呵大笑了。

藏者

我有一个朋友,是外地人,一个月两个月就来一次电话。我问你在哪儿,他说在你家楼下,你有空没空,不速而至,偏偏有礼貌,我不见他也没了办法。

他的脸长,颧骨高,原本是强项角色,却一身的橡皮,你夸他、损他,甚至骂他,他都是笑。这样的好脾气像清澈见底的湖水,你一走进去,它就把你淹了。

我的缺点是太爱吃茶,每年春天,清明未到,他就把茶送来,大致吃到五斤至十斤。给他钱,他是不收的,只要字,一斤茶一个字,而且是单纸上写单字。我把这些茶装在专门的冰箱里,招待天南海北的客人,没有不称道的。这时候,我就觉得我是不是给他写的字少了?

到了冬天,他就穿着那件宽大的皮夹克来了,皮夹克总是拉着拉链,从里边掏出一张拓片给我显摆。我要的时候,他偏不给,我已经不要了,他却说送了你吧,还有同样的一张,你在上边题个款吧。我题过了,他又从皮夹克里掏出一张,比前一张更好,我便写一幅字要换,才换了,他又从皮夹克里掏出一张。我突然把他抱住,拉开了拉链,里边竟还有三四张,一张比一张精彩,接下来倒是我写好字去央求他了。整个一晌,我愉快地和他争闹,待他走了,就大觉后悔,我的字是很能变作钱的,却成了一头牛,被他一小勺一小勺巧妙着吃了。

有一日与一帮书画家闲聊,说起了他,大家竟与他熟,都如此地被他打劫了许多书画,骂道:这贼东西!却又说:他几时来啊?有一月半不见!

我去过他家一次,要瞧瞧他一共收藏了多少古董字画,但他家里仅有可怜的几张。问他是不是做字画买卖,他老婆抱怨不迭:他若能存一万元,我就烧高香了!他就是千辛万苦地采买茶叶和收集本地一些碑刻与画像砖拓片到西安的书画家那里嘻嘻哈哈地换取书画,又慷慷慨慨地分送给另一些朋友、同志。他生活需要钱却不为钱所累,他酷爱字画亦不做字画之奴,他是真正的字画爱好者和收藏者。

真正的爱好者和收藏者不把所爱之物和藏品藏于家中而藏于眼中,凡是收藏文物古董的其实都是被文物古董所收藏。人活着最大的目的是为了死,而最大的人生意义却在生到死的过程。朋友被朋友们骂着又爱着,是因了这个朋友的真诚和有趣。他姓谭,叫宗林。

饮者

古汉语中对"者"字运用很雅：奉使命办事的叫使者，未剃度的出家人叫行者，有节奏地扭动身体的叫舞者。饮者，为喝酒的人，可能是古时除了一般地喝喝，还有专门陪别人喝酒的，成一种职业。风是元明一路遗下来，悠悠，现在有在家宴请某某人了，要请几个伴席劝酒的，有什么领导去出席宴会，秘书要一旁保护，出来代酒的。在乡下，农民喝酒通宵达旦，媳妇们常要来照顾自己的丈夫，但不能入席，只坐在门首聊天，待到屋里的喊一声××，××就进去把丈夫已不能喝下的酒喝下，然后又坐回门首。饮者多不富有，两袖清风，一肚酒精，鼻子和耳垂子总是红红的。他们在街巷走，微风里立即能闻出前边有了一家酒馆，开坛的是清香型呢还是酱香型。

喝酒的理由很多，来贵客了要喝，没有贵客来一帮赖朋友也要喝，心情高兴了要喝，心情不高兴了也要喝，天气好了要喝，天气不好也要喝。喝酒也就没有了理由。——没有理由也是个理由嘛，喝！于是买一壶来，有菜就下菜，没菜干喝。北方人没见过大海，凡是大一点的都称海，这是一场海喝。令拳当然要划的，赢了的不饮输了的饮，真正的饮者，其实都是想办法少喝的人。在四川我见过一对逃犯，或许他们是饮者，正饮着酒，公安干警来抓了，他们沿着江边的小路一边跑,一边还挥着手划拳——输赢是要见分晓的。

人体的各个器官,都需要一种刺激,酒是水,性却是火,这水火的煎熬,使酒成了口舌的体育运动。球迷中的最狂热分子到球场,他并不在乎球怎么踢,九十分钟里竟一直在看台上跑动,呐喊,或面对着观众指挥叫号。饮者又都善于吹嘘——吹嘘是不犯法的——李白的诗与其说浪漫,不如说是将喝酒的吹嘘毛病引进了写诗里,他的诗有了名,他却说"唯有饮者留其名",这就又是吹嘘。

饮者一般都彬彬有礼,酒席上差不多经历三个境界,先轻声细语,再高声粗语,最后无声无语。酒毕竟是浊物,即便高人逸士,饮酒享受的都不是清福。现实中饮者会给人许多难堪,如酒后失态,如呕吐狼藉,如啰唆不已,但古今所有的文学作品中饮者都是些可敬可叹可爱之人。这或许是文人差不多都能喝酒的缘故。西安城里有一个饮者,文是高手,酒是海量,人称瘦马快刀型。他每日都喝酒,喝酒的时候屋梁上的老鼠就聚在那里闻酒香,久而久之,老鼠也有了酒瘾。一次出差七天,老鼠酒瘾发作,在屋梁上乱跑乱叫,一个个从梁上跌下来死了。

如果让饮者论说酒的好处,那是能写一本书的。姑且认同酒和英雄是分不开的,那么英雄和美女又是分不开的,典型的如项羽。人的灵魂是存寄于身子之中的——伟大的灵魂存寄的身子或许很丑陋,伟岸的身子或许存寄着很卑微的灵魂——平时是两者难以分离。风中的竹,竹在动着,你看不见风,但有风了竹才有动态,竹的动态也就是风之形。酒和美女的作用是人的灵魂受醉,所以饮和性与身子无关。大街上我们看见饮者打着饱嗝儿醺醺而过,饮者与分离开的灵魂飘然自在,那身子只是一个"走酒"。十年前我喝酒的时候,一次是醉了,走出巷口遇见一只狗来咬,我明明白白地感受到我的灵魂在身子之前三米远的地方,瞧见了狗用嘴咬住了我身子的左腿,还觉得好玩,说:"疼不? 疼不?"

　　酒有时为他人而喝,酒更多的是为自己喝。阳光和空气是大家共同的,酒是用不着培养和维系的朋友,可以当歌。除了自饮,对饮却要双方酒量相当,与酒量太小的人喝着无趣,与酒量大但不醉的人喝也无趣,有的女人酒到喉咙就变成水了,那也对饮不得:她糟蹋了酒。

　　人醉酒,也醉茶醉饭,醉他人,也醉自己。社会总是新的,饮者依然古老。

弈人

在中国，十有六七的人识得棋理，随便于何时何地，偷得一闲，就人列对方，汉楚分界，相士守城保帅，车马冲锋陷阵，小小棋盘之上，人皆成为符号，一场厮杀就开始了。

一般人下棋，下下也就罢了，而十有三四者为棋迷。一日不下瘾发，二日不下手痒，三日不下肉酒无味，四五日不下则坐卧不宁。所以以单位组织的比赛项目最多，以个人名义邀请的更多，还有最多更多的是以棋会友，夜半三更辗转不眠，提了棋袋去敲某某门的。于是被访者披衣而起，挑灯夜战。若那家妇人贤惠，便可怜得彻夜被当当棋子惊动，被腾腾香烟毒雾熏蒸；若是泼悍角色，弈者就到厨房去，或圪蹴或趴，一边落子一边点烟，有将胡子烧焦了的，有将烟拿反，火红的烟头塞入口里的。相传二十世纪五十年代初，有一对弈者，因言论反动双双划为右派遣返原籍，自此沦落天涯。二十四年后，甲平反回城，得悉乙也平反回城，甲便提了棋袋去乙家拜见，相见就对弈一个通宵。

对弈者也还罢了，最不可理解的是观弈的，在城市，如北京、上海，何等的大世界，或如偏远窄小的西宁、拉萨，夜一降临，街上行人稀少，那路灯杆下必有一摊一摊围观下棋的。他们是些有家不归之人,亲善妻子儿女不如亲善棋盘棋子,借公家的不掏电费的路灯,借夜晚不扣工资的时间,大摆擂台。围观的一律伸长脖子(所以中国人长脖子的人多!),双目圆睁,嘶声叫嚷着自己的见解。弈者每走一步妙招,锐声叫好,若一步走坏,懊丧连天,都企图垂帘听政。但往往弈者仰头看看,看见的都是长脖颈上的大喉结,没有不上下活动的,大小红嘴白牙,皆在开合,唾沫就乱雨飞溅,于是笑笑,坚不听从。不听则骂:臭棋!骂臭棋,弈者不应,大将风范,应者则是别的观弈人,双方就各持己见,否定,否定之否定,最后变脸失色,口出秽言,大打出手。西安有一中年人,夜里孩子有病,妇人让去医院开药,路过棋摊,心里说:不看不看,脚却将至,不禁看了一眼,恰棋正走到难处,他就开始指点,但指点不被采纳反被观弈者所讥,双双打了起来,口鼻出血。结果,医院是去了,看病的不是儿子而是他。

在乡下,农人每每在田里劳作累了,赤脚出来,就于埝头对弈。那赫赫红日当顶,头上各覆荷叶,杀一盘,甲赢乙输,乙输了乙不服,甲赢了欲再赢,这棋就杀得一盘未了又复一盘。家中妇人儿女见爹不归,以为还在辛劳,提饭罐前去三声四声喊不动,妇人说:"吃!"男人说:"能吃个屌!有马在守着怎么吃?"孩子最怕爹下棋,赢了会搂在怀里用胡茬扎脸,输了则脸面黑封,转辄擂拳头。以致流传一个笑话,说是一孩子在家做作业,解释"孔子曰……而已",遂去问爹:"而已是什么?"爹下棋正输了,一挥手说:"你娘的脚!"孩子就在作业本上写了:"孔子曰……你娘的脚!"

不论城市乡村,常见有一职业性之人,腰带上吊一棋袋,白发长须,一脸刁钻古怪,在某处显眼地方,摆一残局。摆残局者,必是高手。来应战者,走一步两步若路数不对,设主便道:"小子,你走吧,别下不了台!"败走的,自然要在人家的一面白布上留下红指印,设主就抖着满是红指印的白布四处张扬,以显其威。若来者一步两步对着路数,设主则一手牵了对方到一旁,说:"师傅教我几手吧!"两人进酒铺坐喝,从此结为挚友。

能与这些设主成挚友的,大致有两种人,一类是小车司机。中国的小车坐的都是官员,官员又不开车,常常开会或会友,一出车门,将车留下,将司机也留下,或许这会开得没完没了,或许会友就在友人家用膳,酒醉半天不醒,这司机就一直在车上等着,也便就有了时间潜心读棋书,看棋局了。一类是退休的干部。在台上时日子万般红火,退休后冷落无比,就从此不饲奸贼猫咪,宠养走狗,喜欢棋道,这棋艺就出奇地长进。

中国号称礼仪之邦,人们做什么事都谦虚相让,你说他好,他偏说"不行",但偏有两处撕去虚伪,露出真相。一是喝酒,皆口言善饮,李太白的"惟有饮者留其名"没有不记得的,分明烂醉如泥,口里还说:"我没有醉……没醉……"倒在酒桌下了还是:"没……醉……醉!"另外就是下棋,从来没有听过谁说自己棋艺不高,言论某某高手,必是:"他那臭棋篓子呗!"所以老者对少者输了,会说:"我怎么去赢小子?"男的输了女的,是:"男不跟女斗嘛!"找上门的赢了,主人要说:"你是客人嗮!"年龄相仿,地位等同,那又是:"好汉不赢头三盘呀!"

象棋属于国粹,但象棋远没围棋早,围棋渐渐成为高层次的人的雅事,象棋却贵贱咸宜,老幼咸宜,这似乎是个谜。围棋是不分名称的,棋子就是棋子,一子就是一人,人可左右占位,围住就行,象棋有帅有车,有相有卒,等级分明,各有限制。而中国的象棋代代不衰,恐怕是中国人太爱政治的缘故儿吧?他们喜欢自己做将做帅,调车调马,贵人者,以再一次施展自己的治国治天下的策略,平民者则作一种精神上的享受,以致词典上有了"眼观全局,胸有韬略"之句。于是也就常有"××他能当官,让我去当,比他有强不差!"中国现在人皆浮躁,劣根全在于此。古时有清谈之士,现在也到处有不干实事、夸夸其谈之人,是否是那些古今存在的观弈人呢?所以善弈者有了经验:越是观者多,越不能听观者指点;一人是一套路数,或许一人是雕龙大略,三人则主见不一,互相抵消为雕虫小技了。

虽然人们在棋盘上变相过政治之瘾,但中国人毕竟是中国人,他们对实力不如自己的,其势凶猛,不可一世,故常有:"我让出你两个马吧!""我用半边兵力杀你吧!"若对方不要施舍,则在胜时偏不一下子致死,故意玩弄,行猫对老鼠的伎俩,又或以吃掉对方所有棋子为快,结果棋盘上仅剩下一个帅子,成孤家寡人。而一旦遇到强手,那便"心理压力太大",缩手缩脚,举棋不定,方寸大乱,失了水准。真怀疑中国足球队的教练和队员都是会走象棋的。

这样,弈坛上就经常出现怪异现象:大凡大小领导,在本单位棋艺均高。他们也往往产生错觉,以为真个"拳打少林,脚踢武当"了。当然便有一些初生牛犊以棋对话,警告顶头上司,他们的战法既不用车,也不架炮,专事小卒。小卒虽在本地受重重限制,但硬是冲过河界,勇敢前进,竟直捣对方城池擒了主帅老儿。

×州便有一单位,春天里开展棋赛,是一英武青年与几位领导下盲棋。一间厅子,青年坐其中,领导分四方,青年皓齿明眸,同时以进卒向四位对手攻击,四位领导皆十分艰难,面色由黑变红变白,搔首抓耳。青年却一会儿去上厕所,一会儿去倒水沏茶,自己端一杯,又给四位领导各端一杯。冷不丁对方叫出一子,他就脱口接应走出一步。结果全胜。这青年这一年当选了单位的人大代表。

第一辑 我不是个好儿子

我的小学

　　小学是在寺庙里,房子都老高老高,屋脊上雕着飞龙走兽,绿苔长年把瓦槽生满,有一种毛拉子草,一到雨天,就肉肉地长出半尺多高来。老师们是住在殿堂里,那里原先有个关帝爷,脸色枣一样红,后来搬掉了,胎泥垫建了院子。那一对眼珠子,原来是两个上了釉的瓷球,就放大门口的照壁顶上,夜里还在幽幽地放光。两边的廊房,就是教室。上课的是高年级学生。台阶很高,我可以双脚从上边跳下来,但却跃不上去。每次要绕到山墙角儿,却轻轻松松地从那一边石头铺成的漫道上单脚蹦上去。那山墙角地是一棵裂了身子的老苦楝树。树顶上有个老鸦巢,筛筐般大,巢下横枝上吊着一口钟,钟敲起来,那一家老鸦却并无动静,这奇怪使我不解了好几年呢。

　　五岁那年,娘牵着我去报名,学校里不收。我就抱住报名室的桌子腿哭,老师都围着我笑;最后就收下了,但不是正式学生,是一年级"见习生"。娘当时要我给老师磕头,我跪下就磕了,头还在地上有了响声。那个女老师倒把我抱起来,我以为她要揪我的耳朵了,那胖胖的,有着肉窝儿的手,一捏,却将我的鼻涕擤去了。"学生了,还流鼻涕!"大家都笑了,我觉得很丢人,从此就再不敢把鼻涕流下来。因为没有手巾,口袋里常装着杨树叶子,每次进校前就揩得干干净净了。

因为学校教室少,因为我们是一年级学生,那寺庙的大院里没有我们的座位,只好就在院外的一家姓刘的祠堂里上课。祠堂里抹着一块黑板,用土坯垒起一些柱墩儿,村子里就将夏天河面上的木板桥拆了架,在上边做了课桌。凳子是自带的。我们那时没分家,堂兄堂姐多,凳子有限,我常常抢不到凳子,加上我个子矮,坐在小凳子上又趴不到桌面上,就一直站着听课。实在腿困了,就将家里的劈柴拿来一根,在前后的柱墩上掏出窝儿架好,骑在上边。这种凳子虽然不舒服,但坐上去却从来不打瞌睡。只是课余时间,同学们都拿着凳子在祠堂后的一个土坡上反放着,由上往下开汽车,我只好圪蹴着往下滑,常常把握不好,就一个跟头滚下去,弄得一脸的泥土。

家里没有表,早晨总估摸不了时间,有几次起床迟了,就和娘哭闹。娘后来一到半夜就不敢睡,一边在灯下纳鞋底儿,一边逮那学校的钟声。到了冬天,起来得早,月亮白花花的,我们就在村里喊着同学一块儿去。大家都有书包,我没有,娘将一个小包袱皮给我,严严实实包了,让我夹在胳膊下,我那时很要强,唯这一点总不如人,但娘说没有钱,我也没了办法。祠堂的门关着,班长带着钥匙,他还没有来,我们就在祠堂前跳起舞来。跳的是新学的《找朋友》:"找呀找呀找朋友,找到一个好朋友!"大家很快活,有时找着小霓,有时找着芳芳,就一对一对跳起来。到了三年级以后,这舞就不跳了,而且男的和女的就分开来。我曾经和芳芳一块踢过毽子,同学们都说我和芳芳好,是夫妻,拿指头羞我,我便和芳芳成了仇人。等到班长来了,开了祠堂门,我们就进去坐在自己的座位上。祠堂里还黑隆隆的,因为没灯,少半时候,我们点些松油节取亮,大半时候就摸黑坐着。黑板上边的墙头上,那时还留着祠堂里的壁画,记得是《王祥卧冰》,虽然不懂得具体意思,但觉得害怕。大家坐下后,都不敢靠墙,也不敢提说那壁画,就闭着眼睛把课文从第一课一直背诵下去。一旦一个人停下来,大家就都停下来,祠堂里静悄悄的。风把方格子窗上的麻纸吹得哗哗响,大家便又都害怕了,一哇声再背诵开来,声越来越高,全为了壮胆。要不,一个忽地跑出去,大家就都往外跑,我常常跑在最后,大呼小叫,声都变了腔。祠堂前的平台下就是荷花塘,冬天里荷花败了,塘里结了冰,大家就去那芦草窝里掏一种鸟儿,或许折下那枯莲茎秆儿,点着当烟吸,呛得鼻涕、眼泪都流下来。

在这个祠堂内,我们坐了两年,老师一直是一个女的,就是捏我鼻涕的那个。她长得很白,讲课的声音十分好听,每每念着课文,就像唱歌儿。我从来没有听到过她这么好听的声音,开头的半年时间里,几乎没有听懂她讲的什么,每一堂课却被她的声音陶醉着。所以,每当她让我站起来回答问题时,我一句话也答不出,她就说:"你真是个见习生!"见习生的事原先同学们都不知道,她一说,大家都小瞧起我了,以后干什么事,他们就朝我伸小拇指头,还要在上边呸呸几口,再说一句:"哼,你能干什么,你真是个见习生!"我们就打过几次架。娘后来狠狠揍了我一次,罚我一顿不准吃饭。老师知道了,寻到我家,向我和娘做了检讨,说是她的不对,问我是不是听不懂课。我说:"我光听了你的声,你的声好听!"她脸红红的,就笑了。从此,我就下了决心,一定不落人后,老师对我格外好起来,她的声音还是那么好听,但一下课,就来辅导我,惹得同学们都眼红起来。

一年级学完后,老师对我说:"你年纪小,不让你升级。"我当下就吓哭了。老师却将我抱起来,说她是哄我,宣布我再也不是见习生了。我一高兴,就叫她"姨姨",叫完就后悔了。她却并没有恼我,还拧了我一下嘴:她笑了,我也笑了。下午,她拿着成绩单到我家,向娘夸说我乖,学习进步快,娘给她打荷包鸡蛋吃。我便大胆起来,说:"老师,你的声音好听,你能给我唱个歌吗?"她就唱起来,腮帮上深深显出两个酒窝,唱完就咯咯地笑。

到了夏天，学校里中午要睡午觉，我们就都不安分，总是等大伙伏在桌上睡着以后，就几个人偷偷到荷花塘里去玩水。胆大的都到深水里去，趴浮，立浮，还有仰浮，将小肚子露在水面。我因为胆小，总是在塘边抓住树根，双脚在水面打着浪花。那些女生就常常告发我们，老师就每次用手在我们胳膊上抓一下，看有没有水锈的白道，结果，总要挨一顿剋。但是，水里的诱惑力十分大，我们免不了还是要去，而且每次去时对女生晃晃拳头，再是去了将衣服藏在树丛里，跑到荷花塘深处去玩。有一次，竟被校长发现了，狠狠地批评了老师，老师委屈得哭了。我们知道后，心里很难受，去向老师承认错误。却恨起校长来，就在祠堂门前挖一个坑儿，用泥捏一个胖胖的校长，埋在里边。又是女生告发了，老师在课堂上让我们几个站起来，大发脾气，末了，查出是我的主意，就把我推出教室，将一颗扣子也拉扯掉了。下课后她给我缝扣子，我哭得泪人儿一样，连夜写了检讨书，一直在教室里贴了三天。

　　我那时最爱语文，尤其爱造句，每一个造句都要写得很长，作业本就用得费。后来，就常常跑黄坡下的坟地，捡那死人后挂的白纸条儿，回来订成细长的本子，一到清明，就可以一天之内订成十多个本子呢。但是，句子造得长，好多字不会写，就用白字或别字替着，同学们都说我是错别字大王，教师却表扬我，说我脑子灵活，每一次作业都批"优秀"，但却将错别字一一划出，让我连做三遍。学写大字也是我最喜欢的课，但我没有毛笔，就曾偷偷剪过伯父的羊皮褥子上的毛做笔，老师就送给我一支。我很感谢，越发爱起写大字，别人写一张，我总是写两张三张。老师就将我的大字贴在教室的墙上，后来又在寺庙的高年级教室展览过。她还领着我去让高年级学生参观。高年级的讲台桌很高，我一走近，就没了影儿，她把我抱起来，站在那椅子上。那支毛笔，后来一直用秃，我还舍不得丢掉，藏在家里的宋瓷花瓶里，到了"文化大革命",破起四旧,花瓶被没收走了,笔也就丢失了。

从一年级到二年级,我的父亲一直在外地工作,娘要给父亲去信,总是拿着几颗鸡蛋来求老师代写,老师硬是不收鸡蛋,信写得老长。到了二年级下半学期,她说:"你现在能造句了,你怎么不学着给你父亲写信呢?"我说我不会格式,她说:"你家里有什么事情,你就写什么,不要考虑格式!"我真的就写起来,因为家里的事我都知道,都想说给父亲听,比如:奶奶的病好转了,夜里不咳嗽了。娘的身体很好,只是唠叨天凉了,父亲的棉衣穿上没有。还有家里的兔又下了崽,现在一共是六只了,狗还很凶,咬伤了三娃的腿,其实是三娃用棍打它,它才咬的。还有我学习很好,考试算术得了一百分,语文得了九十八分,是一个字又写错了。信花了三天才写好,老师又替我改了好多错字,说:"以后到高年级做作文,或者长大写文章,你就按这路子写,不要被什么格式套住你,想写什么就写什么,熟悉什么就写什么,写清、写具体就好了。"我从那时起就记住了老师的话,之所以如今我还能写些小说、散文,老师当时的话对我影响很大。

这一年,我们上完了二年级。三年级学生可以到寺庙大院里去住了,我们都很高兴。寒假里,同学们都去挖药、砍柴卖钱,商量春节给老师买些年画拜年。到了腊月三十日中午,我们就集合起来,拿着一卷子年画,还有一串鞭炮去找老师,但是,老师却不在。问校长,原来她调走了。校长拿出一包水果糖来,说是我们的老师临走时,很想各家去看看我们,但时间来不及了,就买了这糖,让开学后发给我们每人一颗。我们就都哭了。从那以后,我再也没有见到我的那位老师,在寺庙里读了四年书,后来又到离家十五里外的中学读了三年,就彻底毕业了,但我的启蒙老师一直没有下落。现在是二十五年过去了,老师还在世没有,我仍不知道,每每想起来,心里就充满了一种深深的惆怅。

西大三年
——十五年后的记忆

一九七二年四月二十八日,汽车将一个十九岁的孩子拉进西大校内,这孩子和他的那只绿皮破箱就被搁置在了陌生的地方。

这是一个十分孱弱的生命,梦幻般的机遇并没有使他发狂,巨大的忧郁和孤独,他只能小心翼翼地睁眼看世界。他数过,从宿舍到教室是五百二十四步,从教室到图书馆是三百零三步。因为他老是低着头,他发现学校的蚂蚁很多。当眼前有了好些各类鞋脚时,他就踽踽地走了,他走的样子很滑稽,一只极大的书包,沉重使他的一个肩膀低下去,一个肩膀高上来。

他唯有一次上台参加过集体歌咏,其实嘴张着并没有发声。所以,谁也未注意过他,这正合他的心境。他是一个没有上过高中的乡下人,知识的自卑使他敬畏一切人,悄无声息地坐在阅览室的一角,用一个指头敲老师的家门,默默地听同窗的高谈阔论。但是,旁人的议论和嘲笑并没有使他惶恐和消沉,一次政治考试分数过低,他将试卷贴于床头,早晚让耻辱盯着自己。

他当过宿舍的舍长,当然尽职尽责,遗憾的是他没有蚊帐,夏夜的蚊子轮番向他进攻。实在烦躁到极致,他反倒冷静了,想:小小的蚊子能吃完我吗？这蚊子或许是叮过什么更有知识的人的。那么，这蚊子也是知识化了的蚊子，它传染给我的也一定是知识吧。冬天里，他的被子太薄，长长的夜里他的膝盖以下总是凉的，他一直蜷着睡，这虽然影响了他以后继续长高，但这样却练就了他善于聚集内力的功夫。

他无意于将来要当作家，只是什么书都看，看了就做笔记，什么话也不讲。当黄昏一人独行于校内树林子里，面对了所有杨树上那长疤的地方，认定那是人之眼，天地神灵之大眼，便充裕而坚定，长久高望树上的云朵，总要发现那云活活的是一群腾龙跃虎。

他的身体先还较好，虽然打篮球别人因个子小不给传球而从此兴趣殆尽，虽然他跳不过鞍马，虽然打乒乓球尽败于女生，但是，当一次献血活动，被抽去300CC之后又将血费购买书了。不久就患了一场大病，再未恢复过来。这好，他却住了单间，有了不上操、不十点熄灯的方便了，但创作活动也于此开始。当今有人批评他的文章多少有病态意味，其实根因也正在此。

最不幸的是肚子常饥，一下课就去站长长的买饭队，叮叮当当敲自己的碗筷，而一块玉米面发糕和一勺大烩菜，总是不品滋味地胡乱扒下。他有他的改善生活日，一首诗或一篇文章写出，四角五分钱的价格，他可以去边家村食堂买一碗米饭和一碗鸡蛋汤。因为饭菜的诱惑，所以他那时写作极勤。但他的诗只能在班壁报上发表。

他忘不了的是授过他知识的每一位老师，年长的，年轻的。他热爱每一个同学，男性的，女性的。他梦里还常梦到图书馆二楼阅览室的那把木椅，那树林子中的一块怪模怪样的石头，那宿舍窗外的一棵粗桩和细枝组合的杨树，以及那树叶上一只裂背的仅是空壳了的蝉。

整整十五年后，他才敢说，他曾经撕过阅览室一张报纸上的一块文章，而且是预谋了一个上午。他掏三倍价为图书馆赔偿的那本书，说丢了那是谎言,其实现在还保藏在他的书柜里。他是在学校偷偷吸烟。他是远远看见一个留辫子的女学生而曾作过一首自己也吃惊的情诗。

一九七五年的九月,他毕业了,离开校门,他依旧提着那只绿皮破箱,又走向了另一个陌生的地方。

静虚村记

如今，找热闹的地方容易，寻清静的地方难；找繁华的地方容易，寻拙朴的地方难，尤其在大城市的附近，就更其为难的了。

前年初，租赁了农家民房借以栖身。

村子南九里是城北门楼，西五里是火车西站，东七里是火车东站，北去二十里地，又是一片工厂，素称城外之郭。奇怪台风中心反倒平静一样，现代建筑之间，偏就空出这块乡里农舍来。

常有友人来家吃茶，一来就要住下，一住下就要发一通讨论，或者说这里是一首古老的民歌，或者说这里是一口出了鲜水的枯井，或者说这里是一件出土的文物，如宋代的青瓷，质朴、浑拙、典雅。

村子并不大，屋舍仄仄斜斜，也不规矩，像一个公园，又比公园来得自然，只是没花，被高高低低的绿树、庄稼包围。在城里，高楼大厦看得多了，也便腻了，陡然到了这里，便活泼泼地觉得新鲜。先是那树，差不多没了独立形象，枝叶交错，像一层浓重的绿云，被无数的树桩撑着。走近去，绿里才见村子，又尽被一道土墙围了，土有立身，并不苫瓦，却完好无缺，生了一层厚厚的绿苔，像是庄稼人剃头以后新生的青发。

拢共两条巷道，其实连在一起，是个"U"形。屋舍相对，门对着门,窗对着窗;一家鸡叫,家家鸡都叫,单声儿持续半个时辰;巷头家养一条狗,巷尾家养一条狗,贼便不能进来。几乎都是茅屋,并不是人家寒酸,茅屋是他们的讲究:冬天暖,夏天凉,又不怕被地震震了去。从东往西,从西往东,茅屋撑得最高的,"人"字形搭得最起的,要算是我的家了。

村人十分厚诚,几乎近于傻昧,过路行人,问起事来,有问必答,比比画画了一通,还要领到村口指点一番。接人待客,吃饭总要吃得剩下,喝酒总要喝得昏醉,才觉得惬意。衣着朴素,都是农民打扮,眉眼却极清楚。当然改变了吃浆水酸菜,顿顿油锅煎炒,但没有坐在桌前用餐的习惯,一律集在巷中,就地而蹲。端了碗出来,却蹲不下,站着吃的,只有我一家,其实也只有我一人。

我家里不栽花,村里也很少有花。曾经栽过多次,总是枯死,或是萎缩。一老汉笑着说:村里女儿们多啊,瞧你也带来两个!这话说得有理。是花嫉妒她们的颜色,还是她们羞得它们无容?但女儿们果然多,个个有桃花水色。巷道里,总见她们三五成群,一溜儿排开,横着往前走,一句什么没盐没醋的话,也会惹得她们笑上半天。我家来后,又都到我家来,这个帮妻剪个窗花,那个为小女染染指甲。什么花都不长,偏偏就长这种染指甲的花。

啥树都有,最多的,要数槐树。从巷东到巷西,三搂粗的十七棵,盆口粗的家家都有,皮已发皱,有的如绳索匝缠,有的如渠沟排列,有的扭了几扭,根却委屈地隆出地面。槐花开时,一片嫩白,家家都做槐花蒸饭。没有一棵树是属于我家的,但我要吃槐花,可以到每一棵树上去采。虽然不敢说我的槐树上有三个喜鹊窠、四个喜鹊窠,但我的茅屋梁上燕子窝却出奇地有了三个。春天一暖和燕子就来,初冬逼近才去,从不撒下粪来,也不见在屋里落一根羽毛,从此倒少了蚊子。

最妙的是巷中一眼井,水是甜的,生喝比熟喝味长。水抽上来,聚成一个池,一抖一抖地,随巷流向村外,凉气就沁了全村。村人最爱干净,见天有人洗衣。巷道的上空,即茅屋顶与顶间,拉起一道一道铁丝,挂满了花衣彩布。最艳的,最小的,要数我家:艳者是妻子衣,小者是女儿裙。吃水也是在那井里的,须天天去担。但宁可天天去担这水,不愿去拧那自来水。吃了半年,妻子小女头发愈是发黑,肤色愈是白皙,我也自觉心脾清爽,看书作文有了精神、灵性了。

　　当年眼羡城里楼房,如今想来,大可不必了。那么高的楼,人住进去,如鸟悬窠,上不着天,下不踏地,可怜怜掬得一抔黄土,插几株花草,自以为风光宜人了。殊不知农夫有农夫得天独厚之处。我不是农夫,却也有一庭土院,闲时开垦耕耘,种些白菜青葱。菜收获了,鲜者自吃,败者喂鸡,鸡有来杭、花豹、翻毛、疙瘩,每日里收蛋三个五个。夜里看书,常常有蝴蝶从窗缝钻入,大如小女手掌,五彩斑斓。一家人喜爱不已,又都不愿伤生,捉出去放了。那蛐蛐就在台阶之下,彻夜鸣叫,脚一跺,噤声了,隔一会儿,声又起。心想若是有个儿子,儿子玩蛐蛐就不用跑蛐蛐市掏高价购买了。

　　门前的那棵槐树,唯独向横的发展,树冠半圆,如裁剪过一般。整日看不见鸟飞,却鸟鸣声不绝,尤其黎明,犹如仙乐,从天上飘了下来似的。槐下有横躺竖蹲的十几个碌碡,早年碾场用的,如今有了脱粒机,便集在这里,让人骑了,坐了。每天这里人并不散,谈北京城里的政策,也谈家里婆娘的针线,谈笑风生,乐而忘归。直到夜里十二点,家家喊人回去。回去者,扳倒头便睡的,是村人,回来捻灯正坐,记下一段文字的,是我呢。

　　来求我的人越来越多了,先是代写书信,我知道了每一家的状况,鸡多鸭少,连老小的小名也都清楚。后来,更多的是携儿来拜老师,一到高考前夕,人来得最多,提了点心,拿了水酒。我收了学生,退了礼品,孩子多起来,就组成一个组,在院子里辅导作文。村人见得喜欢,越发器重起我。每次辅导,门外必有家长坐听,若有孩子不安生了,进来张口就骂,举手便打。果然两年之间,村里就考中了大学生五名,中专生十名。

天旱了,村人焦虑,我也焦虑,抬头看一朵黑云飘来了,又飘去了,就咒天骂地一通,什么粗话野话也骂了出来。下雨了,村人在雨地里跑,我也在雨地跑,疯了一般,有两次滑倒在地,磕掉了一颗门牙。收了庄稼,满巷竖了玉米架,柴火更是塞满了过道,我骑车回来,常是扭转不及,车子跌倒在柴堆里,吓一大跳,却并不疼。最香的是鲜玉米棒子,煮能吃,烤能吃,剥下颗粒熬稀饭,粒粒如栗,其汤有油汁。在城里只道粗粮难吃,但鲜玉米面做成的漏鱼儿,搅团儿,却入味开胃,再吃不厌。

小女来时刚会翻身,如今行走如飞,咿呀学语,行动可爱,成了村人一大玩物,常在人掌上旋转,吃过百家饭菜。妻也最好人缘,一应大小应酬,人人称赞,以致村里红白喜事,必邀她去,成了人面前走动的人物。而我,是世上最呆的人,喜欢静静地坐着,静静地思想,静静地作文。村人知我脾性,有了新鲜事,跑来对我叙说,说毕了,就退出让我写,写出了,嚷着要我念。我念得忘我,村人听得忘归;看着村人忘归,我一时忘乎所以,邀听者到月下树影,盘脚而坐,取清茶淡酒,饮而醉之。一醉半天不醒,村人已沉睡入梦,风止月瞑,露珠闪闪,一片蛐蛐鸣叫。我称我们村是静虚村。

鸡年八月,我在此村为此村记下此文,复写两份,一份加进我正在修订的村史前边,作为序,一份则附在我的文集之后,却算是跋了。

第一辑 我不是个好儿子

灵山寺

　　我是坐在灵山寺的银杏树下,仰望着寺后的凤岭,想起了你。自从认识了你,又听捏骨师说你身上有九块凤骨,我一见到"凤"这个词就敏感。凤当然是虚幻的动物,人的身上怎么能有着凤骨呢,但我却觉得捏骨师说得好,花红天染,萤光自照,你的高傲引动着众多的追逐,你的冷艳却又使一切邪念止步,你应该是凤的托变。寺是小寺,寺后的岭也是小岭,而岭形绝对是一只飞来的凤,那长长的翅正在欲收未收之时,尤其凤头突出地直指着大雄宝殿的檐角,一丛枫燃得像一团焰。我刚才在寺里转遍了每一座殿堂,脚起脚落都带了空洞的回响,有一股细风,是从那个小偏门洞溜进来的,它吹拂了香案上的烟缕,烟缕就活活地动,弯着到了那一棵丁香树下,纠缠在丁香枝条上了。你叫系风,我还笑过怎么起这么个名呢,风会系得住吗?但那时烟缕让风显形,给我看到了。也就踏了石板地,从那偏门洞出去,你知道我发现什么了?门外有一个很大的水池,水清得几近墨色,原本平静如镜,但池底下有拳大的喷泉,池面上泛着涟漪,像始终浮着的一朵大的莲花。我太兴奋呀,称这是醴泉,因为凤是非练实不食非醴泉不饮的,如果凤岭是飞来的凤,一定为这醴泉来的。我就趴在池边,盛满了一陶瓶,发愿要带回给你的。

等着一个送醴泉的人

小心翼翼地提着水瓶坐到银杏树下,一直蹲在那一块小菜圃里拔草的尼姑开始看我,说:"你要带回去烹茶吗?"

"不,"我说,"我要送给一个人。"

"路途远吗?"

"路途很远。"

她站起来了,长得那么干净的尼姑,阳光下却对我瘪了一下嘴。

"就用这么个瓶?"

"这是只陶瓶。"

"半老了。"

我哦了一声,脸似乎有些烧。陶瓶是我在县城买的,它确实是丑陋了点,也正是丑陋的缘故,它在商店的货橱上长久地无人理会,上面积落了厚厚的灰尘,我买它却图的是人间的奇丑,旷世的孤独。任何的器皿一制造出来就有了自己的灵魂和命运,陶瓶是活该要遇见我,也活该要来盛装醴泉的。尼姑的话分明是猜到了水是要送一位美丽的女子,而她嘲笑陶瓶也正是嘲笑着我。我是半老了吗?我的确已半老了。半老之人还惦记着一位女子,千里迢迢为其送水,是一种浪漫呢,还是一种荒唐?

但我立即觉得"半老"二字的好处,它可以做我以后的别名罢了。

我再一次望着寺后的凤岭,岭上空就悠然有着一朵云,那云像是挂在那里,不停地变化着形态,有些如你或立或坐的身影。来灵山寺的时候,经过了洛河,《洛神赋》的诗句便涌上心头,一时便想:甄妃是像你那么个模样吗?现在又想起了你,你是否也是想到了我而以云来昭示呢?如果真是这样,我将水带回去,你会高兴吗?

我这么想着,心里就生了怯意,你知道我是很卑怯的,有多少人在歌颂你,送你奇珍异宝,你都是淡漠地一笑,咱们在一起吃饭,你吃得那么少,而我见什么都吃,你说过什么都能吃的人一定是平庸之辈,当一个平庸人给你送去了水,你能相信这是凤岭下的醴泉吗?"怎么,是给我带的吗?"你或许这么说,笑纳了,却将水倒进盆里,把陶瓶退还了我。

我用陶瓶盛水,当然想的是把陶瓶一并送你,你不肯将陶瓶留下,我是多么的伤感。银杏树下,我茫然地站着,太阳将树荫从我的右肩移过了左肩,我自己觉得我颓废的样子有些可怜。

我就是这样情绪复杂着走出了灵山寺,但手里依然提着陶瓶,陶瓶里是随瓶形而圆的醴泉。

寺外的漫坡下去有一条小河,河面上石桥拱得很高,上去下来都有台阶。我是准备着过了桥去那边的乡间小集市上要找饭馆,才过了桥,一家饭馆里轰出来了一男一女两个乞丐。乞丐的年纪已经大了,蓬头垢面地站在那里,先是无奈地咧咧嘴,然后男的却一下子把女的背了起来,从桥的这边上去,从桥的那边下来,自转了一下,又从那边上去,从这边下来,被背着的女的就咯咯地笑,她笑得有些傻,饭馆门口就出来许多人看着,看着也笑了。

"这乞丐疯了!"有人在说。

"我们没疯!"男乞丐听见了,立即反驳,"今日是我老婆生日哩!"

"是我的生日,"女乞丐也郑重地说,"他要给我过生日的!"

我一下子怔在了那里,人间还有这样的一对乞丐啊,欢乐并不拒绝着贫贱!我羡慕着他们的俗气,羡慕着俗气中的融融情意,在那一刻里,请你原谅我,我是突然决定了把这一陶瓶的醴泉送给了他们。

但他们没有接受。

"能给一碗饭吗?"

"这可是醴泉!"

"明明是水嘛,水不是用河用井装着吗?"

这话让我明白了，他们原是不配享用醴泉的。
　　我提着水瓶尴尬地站在太阳底下，趔脚向小集市上走，奇迹就在这时发生了，我无意地拐过一个墙角，那里堆放了一大堆根雕，卖主因无人过问，斜躺在那里开始打盹了。根雕里什么飞禽走兽的造型都有，竟然有了一只惟妙惟肖的凤，它没有任何雕琢痕迹，完全是一块古松，松的纹路将凤的骨骼和羽毛表现得十分传神。我立即将它买下。我是为你而买的，我兴奋得有点晕眩，为什么这个时候又让我获得这只凤呢？是天之赐予，还是我真有这缘分？我说，我是没有梧桐树的，但我现在有了醴泉，我有醴泉啊，饮醴泉你会更高洁的。
　　我明日就赶回去，你等着一个送醴泉的人吧。我已做好心理准备，如果你肯连陶瓶一并接受，那将是我的幸福；如果你接受了醴泉退还了陶瓶，我并不会沮丧，盛过了醴泉的陶瓶不再寂寞而变得从此高古，它将永远悬挂在我的书房，蓄满的是对你的爱恋和对那一对乞丐的记忆，以及发生在灵山寺的一系列故事。

茶事

以茶闹出过许多事来：

我的家乡不产茶，人渴了就都喝生水。生水是用泉盛着的，冬天里泉口白腾腾冒热气，夏季里水却凉得渗牙。大人们在麦场上忙活，派我反反复复地用瓦罐去泉里提水，喝毕了，用袄袖子擦着嘴，一起说：咱这儿水咋这么甜呢！村口核桃树旁的四合院里住着阿花，她那时小，脖子上总生痱子，在泉的洗衣池中洗脖子，密而长的头发就免不了浸了水面，我想去帮她，却有些不敢，拿树叶叠成小斗舀水喝，一眼一眼看她，王伯家的狗也来泉里喝水，就将我的瓦罐撞碎了。我气得打狗，也对阿花说：你赔我，你赔我！阿花说：我赔你什么，是我撞碎你的罐子吗？后来阿花大了，我每日都想能见到她，见到了却窘得想赶紧逃走，逃到避人处就又发恨，自己扇自己耳光。阿花的一个亲戚在关中平原，我们称山外人的，他突然来到阿花家，村人都在议论小伙子是来阿花家提媒了。这事使我打击很大，但我不敢去问阿花，伺机要报复那山外的人。山外没有核桃，我们摘了青皮核桃让他吃，他以为任何果子都是肉包核，当下就啃了一口，涩得舌头吐出来。又在他钻进水茅房大便的时候，拿了石头往尿窨子里一丢，尿水从尿槽子里溅上去，弄了他一身的肮脏。他一嘴黄牙，这是我最瞧不上的，他说他们那儿的水盐碱重,味苦,没有山里的水甜,他说这话时样子很老实,让我好生得意。可是第二天,我从泉里提了一大桶凉水往麦场送的时候,他看见了,却说:你们不喝茶啊?我说这儿不产茶。他说:我们山外吃饭就吃蒸馍,渴了要喝茶的。他的话把我噎住了,晚上思来思去觉得窝火,天明的时候突然想出了一句对付的话:山外的水苦才用茶遮味哩,我们这儿水甜用得着泡茶吗?中午要把这话对他说,但没有寻着他,碰着小三,小三说:你知道不,山外黄牙走了,早上坐车回去啦!我兴奋他终于走了,却遗憾没把想了一夜的话当面回顶他。

到了七十年代末,我从家乡到了西安上大学,西安的水不苦,但也不甜,我开始喝开水,仍没有喝茶的历史。暑假里回老家,父亲也从外地的学校回来,傍晚本家的几位伯叔堂兄来聊天,父亲对娘说:烧些煎水吧。水烧开了,他却在一只特别大的搪瓷缸里泡起了茶。父亲喝茶,这是我以前并不晓得的,或许他是在学校里喝,但把茶拿回家来喝,这是第一次。伯叔堂兄们都说:喝茶呀?这可是公家人的事!茶叶干燥燥的,闻着有一股花香味,开水一冲就泛了暗红颜色。这便是我喝到的头口茶,感觉并不好,而且伯叔堂兄们也龇牙咧嘴。但是,那天的茶缸续了四次水,毕竟喝茶是一种身份地位的待遇。父亲待过几天就往学校去了,剩下的茶娘包起来放在柜里,那一年大旱,自留地里的辣子茄子旱得发蔫,我和弟弟从河里挑水去浇,一下午挑了数十担,累得几乎要趴在地上,一回家弟弟就说:咱慰劳慰劳自己吧。于是取了茶来泡了喝。剩下的茶就这么每天寻理由慰劳着喝了,待上了瘾,茶却没有了。因为所见到的茶叶模样极像干蓖麻叶末或干芝麻叶末,我们就弄了些干蓖麻叶揉碎了用开水泡,麻得舌头都硬了,又试着泡芝麻叶,倒没有怪味道,但毕竟喝过半杯就不想再喝了。

在大学读书了三年,书上关于茶的描述很多,我却再没有喝过茶,真正地接触茶则是参加工作后,那时的办公室里大家各自有个办公桌,办公桌的抽屉是加了锁的,每人的面前有一只烟灰缸和一只茶杯。开水是共同的,热水瓶里没水了,他们就喊:小贾小贾,瓶里怎么没水了?!我提了瓶就去开水房打水,水打了回来,各自从抽屉里取了茶叶捏么一点放在杯里,抽屉又锁上了,再是各自泡水喝。大家是互不让茶的。有一天办公室只有我和老赵,老赵喝茶是半缸子茶叶半缸子水,缸子里的茶垢已经厚得像刷了生漆,他冲了一杯,说:你喝茶不?我说我没茶。他给我捏了一点,我冲泡了喝起来,他告诉我谁喝的是铁观音茶,谁喝的是茉莉花茶,谁又是八宝茶,开始又嘟囔谁个最没意思,自己舍不得买茶却爱喝茶,总是沾他的便宜。我听了心里就发寒:他一定要记着今日给过我茶叶的事的。正是因为有了要还他茶叶的念头,也考虑了别人都喝茶我喝白开水显得寒酸的缘故,在月初发薪时,我咬咬牙从三十九元的工资里取出两元钱买了一筒茶,首先让老赵喝了一次。就是这一筒茶使我从此离不开了茶。好多年间,我已经是很标准的办公室人员的形象了:准时上班,拖地擦桌子,然后泡一缸茶,吸一支烟,翻来覆去地看报纸。先后喝过的是花茶,砖茶,八宝茶,脑子里没有新茶陈茶的概念,只讲究浓茶和淡茶,也知道空腹不要喝茶,喝了心发慌,晚上不要喝浓茶,喝了失眠,隔夜茶不要喝,茶垢不要洗。唯一与办公室别的同志不一样的是喝八宝茶时记得取出里面的枸杞,枸杞容易上火,老赵就说:给我给我。他把三四粒枸杞丢进口里嚼,说这可是好东西哩!

那年月干部常常要下乡,我从事的是出版社的编辑工作,要了解各县的文艺创作状况,就在苹果仅仅只有核桃般大的时节去一个县上,县委宣传部的一个干事接待了我,正是星期六,他要回家,安排我夜里睡在他办公兼卧室的房间里,临走时给了我去灶上吃饭的饭票,又叮咛:要喝水,去水房开水炉那儿灌,茶叶就在第二个抽屉里。夜里,宣传部的小院里寂静无人,我看了一会儿书,觉得无聊,出来摘院子里的青苹果吃,酸得牙根疼,就泡了他的茶喝。茶只有半盒,形状小小的,似乎有着白茸毛,我初以为这茶霉了,冲了一杯,杯面上就起一层白气,悠悠散开,一种清香味就钻进了口鼻,待端起杯再看时,杯底的茶叶已经舒展,鲜鲜活活如在枝头。这是我从未见过的茶叶,喝起来是那么地顺口,我一下子就喝完了,再续了水,又再续了水,直喝下三杯,额上泛了细汗,只觉目明神清,口齿间长长久久地留着一种爽味。第二天,一早起来我又泡了一杯,到了中午,又泡了一杯,眼见得茶盒里的茶剩下不多,但我控制不了欲望,天黑时主人还没有返回,我又泡了一杯。茶盒里的茶所剩无几了,我才担心起主人回来后怎么看待我,就决定再不能在这里待下去,将门钥匙交给了门房去街上旅舍去睡,第二天一早则搭车去了临县。那么干事到底是星期天的傍晚返回的还是第二天的黎明返回,我至今不知,他返回后发现茶叶几近全无是暗自笑了还是一腔怨恨,我也不知,我只是十几天后回到西安给他去了一信,表示了对他接待的感激,其中有句"你的茶真好",避免了当面见他的尴尬,兀自坐在案前满脸都是烫烧。

贼一样喝过了自觉是平生最好的茶,我不敢面对主人却四处给人排说,听讲的人便说我喝过的那一定是陕青,因为那个县距产茶区很近,又因为是县委的人,能得到陕青中的上品,又可能是新茶。于是,我知道了所谓的陕青,就是产于陕西南部的青茶,陕西南部包括汉中、安康、商洛,而产茶最多的是安康。我大学的同学在安康有好几位,并且那里还有我熟悉的几个文学作者,我开始给他们写信,明目张胆地索贿,骂他们为什么每次来西安不给我送些陕青呢,说我现在要做君子呀,宁可三日无肉,不能一晌无茶啊!结果,一包两包的茶叶从安康捎来,虽每次不多,却也不断,但都不是陕青中的上品,没有我在宣传干事那儿喝到的好。再差的陕青毕竟是陕青,喝得多了,档次再降不下来,才醒悟真正的茶是原本色味的,以前喝过的花茶、胡茶皆为茶质不好用别的味道来调剂,而似乎很豪华的流行于甘、宁、青一带的八宝茶,实在是那里不产茶,才陈茶变着法儿来喝罢了。从此以后,花茶是不能入口了,宁喝白开水也不再喝八宝茶,每季的衣着是十分简陋,每日的饭菜也极粗糙,但茶必须是陕南青茶,在生活水平还普遍低下的年月里,我感觉我已经有点贵族的味道了。

当我成了作家,可以天南海北走遍,喝的茶品种就多了,比如在杭州喝龙井茶,在厦门喝铁观音茶,在成都喝峨眉茶,在云南喝普洱茶,在合肥喝黄山茶,有的茶价五百元一斤,有的甚至两千元。这些茶叶也真好,多少买了回来,味道却就不一样了,末了还是觉得陕南青茶好。说实在的,陕青的制作很粗,茶的形状不好,包装也简陋,但它的味重,醇厚,合于我的口舌和肠胃,这或许是我推崇的原因吧。

为了能及时喝到陕青,喝到新鲜的陕青,我是常去安康的,而且结交了一批新的安康的朋友,以至有了一位叫谭宗林的专门在那里为我弄茶。谭先生因工作的缘故,有时间往安康各县跑,又常来西安,他总是在谷雨前后就去了茶农家购买茶叶及时捎来,可以说我每年是西安最早喝到新陕青的人。待谭先生捎了半斤一斤还潮潮的新茶在西安火车站一给我打电话,我便立即通知一帮朋友快来我家,我是素不请人去吃饭的,邀人品茶却是常事,那一日,众朋友必喝得神清气爽,思维敏捷,妙语迭出,似乎都成了君子雅士。谭先生捎过了谷雨茶,一到清明,他就会在茶农家几十斤地采购上等青茶,我将小部分分给周围的人,大部分包装好存放于专门购置的大冰柜里,可以供一年享用了。朋友们都知道我家有好茶叶,隔三差五就吆喝着来,可以说,我的茶客是非常多的。

我也和谭先生数次参加一些城里的茶社庆典活动,西安城中的大小茶社没有我未去过的,为茶社题写店名,编撰对联,书写条幅,为了茶我愿意这般做,全不顾了斯文和尊严。我和谭先生也跑过安康许多茶厂,人家叫干什么就干什么,平日惜墨如金,任何人来索字都必要出重金购买,却主动要为茶厂留言,结果人家把题写的条幅印在茶袋上、茶盒上满世界销售,明明是侵犯了我的权益,又无故遭到外人说我拿了多少广告费,人是不敢有缺点的,我太嗜茶贪茶,也只有无话可说。

  人的一生要交结众多朋友,朋友是走一批来一批的,而最能长久的是以茶为友的人。我不大食肉,十几年前因病戒了酒后,只喜欢吸烟喝茶,过的是有茶请待客,无事乱翻书的日子。每当泡一杯陕青在家,看着茶叶鲜鲜活活的可爱,什么时候都觉得面对了春天,品享着春天。茶叶常常就喝完了,我在门上贴了字条:"送礼不要送别的,可以送茶",但极少有送茶来的,来的都是些要喝我茶的人,这时候我就想起唐代快马加鞭昼夜不停从南宁往长安送荔枝的故事,可惜我不是那个杨贵妃,也不知谭先生现在哪?

佛事

五月二十九日天下大雨,有客从台湾来,自称姓陈,是三毛的朋友。一听说三毛,陌生客顿做亲近人;先生却立在那里只是说,我送三毛的遗物到敦煌去,经过西安一定要来看看你。

看看我?我望着先生,眼睛便有些涩了。先生既然是三毛的朋友,带了三毛的遗物去敦煌,冥冥之中,三毛的幽灵一定也是到了。我与先生素不相识,也无书信联系,这么大的雨,他从我的单位打问到我住的医院,偏偏我又从医院回来,他又冒雨寻来了。如此耐烦辛苦,活该是三毛的神使鬼差呢。

三毛,三毛,我轻声地叫起来了:"快让我瞧瞧!"等不及先生把一包东西放在桌上,我说,我要见三毛。

先生从一个大塑料包里往外掏,掏出一顶太阳帽来,说这是三毛生前一直戴着的;掏出一条发带,红色的,极有弹性,再是掏出一件水手裙子。先生的声调沉下来,介绍这种裙子在台湾一般有些年纪的妇女是不大敢穿的,四十多岁的人了,敢穿的恐怕只有三毛了。三毛性坦真,最不愿约束。报上发表的一张照片,是她在成都的街头,赤了脚坐在一家木板门面前,样子顽皮如小狗。三毛穿了这件水手裙走着,走着的是个性,走着潇洒。先生还在掏着,是一件棉织衫,三条棉织裤，全是白色的，上边似乎还残留着几点什么斑痕。"我没有带她的袜子。"先生说，三毛是以长筒丝袜悬颈的，袜子对于我们都太刺激了。最后掏出来的是三毛十多年来一直喜欢用的西班牙产的餐纸，一瓶在沙漠上护肤的香水，一包美国香烟，淡味型的，硬纸盒里仅剩五支，明显地已经霉了。

从头到脚的穿戴，吃的用的小品，完整的一个三毛出现在面前了。我久久地目视着，一句话也说不出来。我能说什么呢，物在人去，生命已不可复得。她的归宿是她选择的。她的选择应该是对的，潇洒而美丽，虽然对于读者是一种遗憾和痛惜。

我走向了窗前，推开窗扇，檐前垂下的扯也扯不断那样的粗而白的雨。我喃喃起来，我并不自觉我说了些什么，是一句三毛你好，是一句阿弥陀佛？在场的我的妻子给我倒了一杯水，说我的脸色很是可怕了。

元月十六的清晨，三毛将最后的一封信，于亡日后第十二天寄给了我，信上写着五月份她是要来西安的。那时候，看过信的人都感到遗憾，三毛果然不食言，她真的在五月的最后的日子来到了！我虽然见到的不是她的真人，但以她的性格和我的性格，这种心灵的交流，是最好的会见方式。

先生说，他居住的地方与三毛家很近。他常常去她那儿聊天，三毛在生前曾对他说过，死后她希望一半葬在台北，一半就留到浙江乡下的油菜田边，但至她去年十月到过了西北，主意改变，希望能葬在敦煌前的鸣沙山上，她说她把地点方位都选好了。

鸣沙山，三毛真会为她选地方。那里我是去过的，多么神奇的山，全然净沙堆成，千人万人旅游登临，白天里山是矮小了。夜里四面的风又将山吹高吹大，那沙的流动呈一层薄雾，美丽如佛的灵光，且五音齐鸣，仙乐动听。更是那山的脚下，有清澄幽静月牙湖，没源头,也没水口,千万年来日不能晒干,风也吹不走,相传在那里出过天马。鸣沙山,月牙湖,连同莫高窟构成了艺术最奇艳的风光。三毛要把自己的一半永远安住在那里,她懂得美的,她懂得佛。

一生跑遍了世界,最后觉得最依恋的还是祖国的西北。鸣沙山可以重温到撒哈拉的故事,月牙湖可以浸润温柔的夜,喜欢音乐和绘画正好宜于在莫高窟。谁的一生活得如此美丽,死后又能选中这般地方浪漫?她是中国的作家,她的作品激动过海峡两岸无数的读者,她终于将自己的魂灵一半留在有日月潭的台北,一半遗给有月牙湖的西北。月亮从东到西,从西到东,清纯之光照着一个美丽的灵魂。美丽的灵魂使从东到西从西到东的读者永远记着了一个叫三毛的作家。

陈先生打开了厚厚的三本相册,都是三毛生前的照片,有一张拍摄的是三毛的灵堂,一张是三毛周日的场面。先生几乎是噙着泪水详细给我讲了三毛最后走了的事情。他说,在三毛死后,她的母亲在医院整理遗物,发现病床枕边还放着我的一本书。老太太感谢为三毛住院和后事帮了大忙的一位医生。那本书就送作纪念了。但是,陈先生却也带来了他送我的一件礼物,这就是三毛最后赠送给他的著作《滚滚红尘》。"我再送给你吧!"陈先生说,我浑身都在颤抖了,这又何尝不是三毛冥中的旨意呢?永久的纪念品,够我一生来珍存了。

我询问陈先生去敦煌以后怎样活动。陈先生说原准备到了鸣沙山,就在三毛选中的方位处修个衣冠冢,树一块碑子,但后来又想,立碑子太惊动地方,势必以后又会成为个旅游点,这不符合三毛的性格。她是真情诚实的人,不喜欢一切的虚张,所以就想在那里焚化遗物,这样更能安妥她的灵魂的。

这想法是对的,三毛还需要一块什么碑子吗?月牙湖的月亮就是她的碑子。鸣沙山就是她的碑子。她来来往往永驻于读者的心里,长留在中国的文学史上,人世间有如此的大美,这就够了。

我深深地感谢着三毛的这位朋友,却遗憾我自己身体有病,不能同陈先生一块去敦煌。我送陈先生到大门口,满天雨水的淋打中祝他一路顺利到敦煌。陈先生和我握别,脸上突然闪动了一个微笑。我立即觉得这微笑应该是三毛的,三毛式的微笑,她微笑着告别了。雨哗哗地下着,满地都是水泡,陈先生的身影消失在窄窄的长长的小巷的那头。这时候,灰蒙蒙的天上有了声音,是隐隐的雷,我知道三毛的灵魂在启行了,脱离了躯体的灵魂是更自由的。它在台北,它在敦煌,它随着月亮的周返转往两地,它会是做了月里的嫦娥,仙人之眼夜夜注视着她的祖国。它又会是在那莫高窟里做一个佛的,一个不生不死无生无死的佛。

第二辑　我有一个狮子军

陶俑

秦兵马俑出土以后,我在京城不止一次见到有人指着在京工作的陕籍乡党说:瞧,你长得和兵马俑一模一样!话说得也对,一方水土养一方人,一方人在相貌上的衍变是极其缓慢的。我是陕西人,又一直生活在陕西,我知道陕西在西北,地高风寒,人又多食面食,长得腰粗膀圆,脸宽而肉厚,但眼前过来过去的面孔,熟视无睹了,倒也弄不清陕西人长得还有什么特点。史书上说,陕西人"多刚多蠢",刚到什么样,又蠢到什么样,这可能是对陕西的男人而言,而现今陕西是公认的国内几个产美女的地方之一,朝朝代代里陕西人都是些什么形状呢,先人没有照片可查,我只有到博物馆去看陶俑。

最早的陶俑仅仅是一个人头,像是一件器皿的盖子,它两眼望空,嘴巴微张。这是史前的陕西人。陕人至今没有小眼睛,恐怕就缘于此,嘴巴微张是他们发明了陶埙,发动起了沉沉的土声。微张是多么好,它宣告人类已经认识到自己在这个世界上的位置,它什么都知道了,却不夸夸其谈。陕西人鄙夷花言巧语,如今了,还听不得南方"鸟"语,骂北京人的"京油子",骂天津人的"卫嘴子"。

到了秦,就是兵马俑了。兵马俑的威武壮观已妇孺皆晓,马俑的高大与真马不差上下,这些兵俑一定也是以当时人的高度而塑的,那么,陕西的先人是多么高大!但兵俑几乎都腰长腿短,这令我难堪,却想想,或许这样更宜于作战。古书上说"狼虎之秦",虎的腿就是矮的,若长一双鹭鸶腿,那便去做舞伎了。陕西人的好武真是有传统,而善武者沉默又是陕西人善武的一大特点。兵俑的面部表情都平和,甚至近于木讷,这多半是古书上讲的愚,但忍无可忍了,六国如何被扫平,陕西人的爆发力即所说的刚,就可想而知了。

秦时的男人如此,女人呢,跽坐的俑使我们看到高髻后绾,面目清秀,双手放膝,沉着安静,这些俑初出土时被认作女俑,但随着大量出土了的同类型的俑,且一人一马同穴而葬,又唇有胡须,方知这也是男俑,身份是在阴间为皇室养马的"圉人"。哦,做马夫的男人能如此清秀,便可知做女人的容貌姣好了。女人没有被塑成俑,是秦男人瞧不起女人还是秦男人不愿女人做这类艰苦工作,不可得知。如今南方女人不愿嫁陕西男人,嫌不会做饭、洗衣、裁缝和哄孩子,而陕西男人又臭骂南方男人竟让女人去赤脚插秧,田埂挑粪,谁是谁非谁说得清?

汉代的俑就多了,抱盾俑,扁身俑,兵马俑。俑多的年代是文明的年代,因为被殉葬的活人少了。抱盾俑和扁身俑都是极其瘦的,或坐或立,姿容恬静,仪态端庄,服饰淡雅,面目秀丽,有一种含蓄内向的阴柔之美。中国历史上最强盛的为汉唐,而汉初却是休养生息的岁月,一切都要平平静静过日子了,那时的先人是讲究实际的,俭朴的,不事虚张而奋斗。陕西人力量要爆发时,那是图穷匕首见的,而蓄力的时候,则是长距离的较劲。汉时民间雕刻有"汉八刀"之说,简约是出名的,茂陵的石雕就是一例,而今,陕西人的大气,不仅表现在建筑、服饰、饮食、工艺上,接人待物言谈举止莫不如此。犹犹豫豫,瞻前顾后,不是陕西人性格,婆婆妈妈,鸡零狗碎,为陕西人所不为。他不如你的时候,你怎么说他,他也不吭,你以为他是泼地的水提不起来了,那你就错了,他入水瞄着的是出水。

汉兵马俑出土量多,仅从咸阳杨家湾的一座墓里就挖出三千人马。这些兵马俑的规模和体形比秦兵马俑小,可骑兵所占的比例竟达百分之四十。汉时的陕西人是善骑的。可惜的是现在马几乎绝迹,陕西人自然少了一份矫健和潇洒。

陕西人并不是纯汉种的,这从秦开始血统就乱了,至后年年岁岁地抵抗游牧民族,但游牧民族的血液和文化越发杂混了我们的先人。魏晋南北朝的陶俑多是武士,武士里相当一部分是胡人。那些骑马号角俑,舂米俑,甚至有着人面的镇墓兽,细细看去,有高鼻深目者,有宽脸剽悍者,有眉清目秀者,也有饰"魋髻"的滇蜀人形象。史书上讲过"五胡乱华",实际上乱的是陕西。人种的改良,使陕西人体格健壮,易于容纳,也不善工计,易于上当受骗。至今陕西人购衣,不大从上海一带进货,出门不愿与南方人为伴。

正是有了南北朝的人种改良,隋至唐初,国家再次兴盛,这就有了唐中期的繁荣,我们看到了我们先人的辉煌——

天王俑:且不管天王的形象多么威武,仅天王脚下的小鬼也非等闲之辈,它没有因被踩于脚下而沮丧,反而跃跃欲试竭力抗争。这就想起当今陕西人,有那一类,与人抗争,明明不是对手,被打得满头满脸的血了却还往前扑。

三彩女侍俑:面如满月,腰际浑圆,腰以下逐渐变细,加上曳地长裙构成的大面积的竖线条,一点也不显得胖或臃肿,倒更为曲线变化的优美体态。身体健壮,精神饱满,以力量为美,这是那时的时尚。当今陕西女人,两种现象并存,要么冷静、内向、文雅,要么热烈、外向、放恣,恐怕这正是汉与唐的遗风。

骑马女俑:马是斑马,人是丽人,袒胸露臂,雍容高雅,风范犹如十八世纪欧洲的贵妇。

梳妆女坐俑:裙子高系,内穿短襦,外着半袖,三彩服饰绚丽,对镜正贴花黄。

随着大量的唐女俑出土,我们看到了女人的发式多达一百四十余种。唐崇尚的不仅是力量型,同时还是表现型。男人都在展示着自己的力量,女人都是展示着自己的美,这是多么自信的时代!

陕西人习武健身的习惯可从一组狩猎骑马俑看到,陕西人的幽默、诙谐可追寻到另一组说唱俑。从那众多的昆仑俑、骑马胡人俑、骑卧驼胡人俑、牵马胡人俑,你就能感受到陕西人的开放、大度、乐于接受外来文化了。而一组塑造在骆驼背上的七位乐手和引吭高歌的女子,使我们明白了陕西的民歌戏曲红遍全国的根本所在。

秦过去了,汉过去了,唐也过去了,国都东迁北移与陕西远去,一个政治经济文化的中心日渐消亡,这成了陕西人最大的不幸。宋代的捧物女绮俑从安康的白家梁出土,她们文雅清瘦,穿着"背子"。还有"三搭头"的男俑。宋代再也没有豪华和自信了,而到了明朝,陶俑虽然一次可以出土三百余件,仪仗和执事队场面壮观,但其精气神已经殆失,看到了那一份顺服与无奈。如果说,陕西人性格中有某些缺陷,呆滞呀,死板呀,按部就班呀,也都是明清精神的侵蚀。

每每浏览了陕西历史博物馆的陶俑,陕西先人也一代一代走过,各个时期的审美时尚不同,意识形态多异,陕西人的形貌和秉性也在复复杂杂中呈现和完成。俑的发生、发展至衰落,是陕西人的幸与不幸,也是两千多年的中国历史的幸与不幸。陕西作为中国历史的缩影,陕西人也最能代表中国人。二十世纪之末,中国实行改革开放政策,地处西北的陕西是比沿海一带落后了许多,经济的落后导致了外地人对陕西人的歧视,我们实在是需要清点我们的来龙去脉,我们有什么,我们缺什么,经济的发展,文化的进步,最根本的并不是地理环境,而是人的呀,陕西的先人是龙种,龙种的后代绝不会就是跳蚤。

当许许多多的外地朋友来到陕西,我最为乐意的是领他们去参观秦兵马俑,去参观汉茂陵石刻,去参观唐壁画,我说:"中国的历史上秦汉唐为什么强盛,那是因为建都在陕西,陕西人在支撑啊;宋元明清国力衰退,那罪不在陕西人而陕西人却受其害呀。"外地朋友说我言之有理,却不满我说话时那一份红脖子涨脸:瞧你这尊容,倒又是个活秦兵马俑了!

古土罐

我来自乡下,其貌亦丑,爱吃家常饭,爱穿随便衣,收藏也只喜欢土罐。西安是古汉唐国都,出土的土罐多,土罐虽为文物,但多而价贱,国家政策允许,容易弄来,我就藏有近百件了。家居的房子原本窄狭,以至于写字台上、书架上、客厅里,甚至床的四边,全是土罐。我是不允许孩子们进我的房子,他们毛手毛脚,担怕撞碎;胖子也不让进来,因为所有空间只能独人侧身走动。曾有一胖妇人在转身时碰着了一个粮仓罐,粮仓罐未碎,粮仓罐上的一只双耳唐罐掉下来破为三片。许多人来这里叫喊我是仓库管理员,更有人抱怨房子阴气太重,说这些土罐都是墓里挖出来的,房子里放这么多怪不得你害病。我是长年害病,是文坛上著名的病人,但我知道我的病与土罐无关,我没这么多土罐时就病了的。至于阴气太重,我却就喜欢阴,早晨能吃饭的是神变的,中午能吃饭的是人变的,晚上能吃饭的是鬼变的,我晚上就能吃饭,多半是鬼变的。有客人来,我总爱显示我的各种土罐,说它们多朴素,多大气,多憨多拙,无人了,我就坐在土罐堆中默看默笑,十分受活。

我是很懒惰的人,不大出门走动,更害怕去社交应酬。自书画渐渐有了名,虽别人以金来购,也不大动笔,人骂我惜墨,吝啬佬,但凡听说哪儿有罐,可以弄到手,不管白日黑天,风寒雪雨,我立即就赶去了。许多人因此而骗我,提一只土罐来换几个字,或要送我一只土罐而要求去赴一个堂会,上当受骗多了,我也知道要去上钩入瓮,但我控制不了我,我受不了土罐的诱惑。我想,在权力、金钱、女色、名誉诸方面,我绝对有共产党人的品质,而在土罐方面不行。对于土罐的如此嗜好,连我也觉得不解,或许我上上的哪一世曾经是烧窑的?或许我上上的哪一世是个君王富豪?

这些土罐,少量是古董市场上买的,大量是以字画变换,还有一些,是我使了各种手段从朋友、熟人手中强夺巧取而来。在我扬扬得意收藏了近百的土罐之时,一日去友人芦苇家,竟然见得他家有一土罐大若两人搂抱,真是馋涎欲滴,过后耿耿于怀,但我难以启口索要,便四处打听哪儿还有大的,得知陕北佳县一带有,雇车去民间查访,空手而归,又得知泾阳某人有一巨土罐,驱车而去,那土罐大虽大,却已破裂。越是得不到越想得到,遂鼓足勇气给芦苇去了一信,写道——

　　古语说,神归其位,物以类聚。我想能得到您存的那只特大土罐。您不要急。此土罐虽是您存,却为我爱,因我收集土罐上百,已成气候,却无统帅,您那里则有将无兵,纵然一木巨大,但并不是森林,还不如待在我处,让外人观之叹我收藏之盛,让我抚之念兄友情之重。当然,君子是不夺人之美,我不是夺,也不是骗,而要以金购买或以物易物。土罐并不值钱,我愿出原价十倍数,或您看上我家藏物,随手拿去。古时友人相交,有赠丫鬟之举,如今世风日下,不知兄肯否让出瓦釜?

信发出后,日日盼有回复,但久未音讯,我知道芦苇必是不肯,不觉自感脸红。正在我失望之时,芦苇来电话:"此土罐是我镇家之物,你这般说话,我只有割爱了!"芦苇是好人,是我知己,我将永远感谢他了。我去拉那巨大土罐时,特意择了吉日,回来兴奋得彻夜难眠,我原谅着我的掠夺,我对芦苇说:物之所得所失,皆有缘分啊!

现在,巨大土罐放在我的家中,它逼着一些家什移位于阳台上,而写字台仅留给我了报纸一般大的地方。我在想,这套房子到底是组织上分配给我住的还是给土罐住的?这些土罐是谁人所做,埋入谁人坟墓,谁人挖掘出土,又辗转了谁人之手来到了我这里?在我这里待过百年了又落在哪人手中,又有谁能还知道我曾经收藏过呢?土罐是土捏烧而成,百年之后我亦化为土,我能不能有幸也被人捏烧成土罐,那么,家里这些土罐是不是有着汉武帝的土,司马迁的土,唐玄宗或李白的土?今夜,月明星稀,家人已睡,万籁俱静,我把每个土罐拍拍摸摸,以想象,在其身上书写了那些历史的人名,恍惚间,便觉得每个土罐的灵魂都从汉唐一路而来了,竟不知不觉间在一土罐上也写下了我的名字。

丑石

我常常遗憾我家门前的那块丑石呢：它黑黝黝地卧在那里，牛似的模样；谁也不知道是什么时候留在这里的，谁也不去理会它。只是麦收时节，门前摊了麦子，奶奶总是要说：这块丑石，多碍地面哟，多时把它搬走吧。

于是，伯父家盖房子，想以它垒山墙，但苦于它极不规则，没棱角儿，也没平面儿；用錾破开吧，又懒得花那么大力气，因为河滩并不甚远，随便去掮一块回来，哪一块也比它强。房盖起来，压铺台阶，伯父也没有看上它。有一年，来了一个石匠，为我家洗一台石磨，奶奶又说：用这块丑石吧，省得从远处搬动。石匠看了看，摇着头，嫌它石质太细，也不采用。

它不像汉白玉那样的细腻，可以凿下刻字雕花，也不像大青石那样的光滑，可以供来浣纱捶布；它静静地卧在那里，院边的槐荫没有庇覆它，花儿也不再在它身边生长。荒草便繁衍出来，枝蔓上下，慢慢地，竟锈上了绿苔、黑斑。我们这些做孩子的，也讨厌起它来，曾合伙要搬走它，但力气又不足；虽时时咒骂它，嫌弃它，也无可奈何，只好任它留在那里去了。

稍稍能安慰我们的，是在那石上有一个不大不小的坑凹儿，雨天就盛满了水。常常雨过三天了,地上已经干燥,那石凹里水还有,鸡儿便去那里渴饮。每每到了十五的夜晚,我们盼那满月出来,就爬到其上,翘望天边;奶奶总是要骂的,害怕我们摔下来。果然那一次就摔了下来,磕破了我的膝盖呢。

人都骂它是丑石,它真是丑得不能再丑的丑石了。

终有一日,村子里来了一个天文学家。他在我家门前路过,突然发现了这块石头,眼光立即就拉直了。他再没有走去,就住了下来;以后又来了好些人,说这是一块陨石,从天上落下来已经有二三百年了,是一件了不起的东西。不久便来了车,小心翼翼地将它运走了。

这使我们都很惊奇!这又怪又丑的石头,原来是天上的呢!它补过天,在天上发过热,闪过光,我们的先祖或许仰望过它,它给了他们光明,向往,憧憬;而它落下来了,在污土里,荒草里,一躺就是几百年了。

奶奶说:"真看不出!它那么不一般,却怎么连墙也垒不成,台阶也垒不成呢?"

"它是太丑了。"天文学家说。

"真的,是太丑了。"

"可这正是它的美!"天文学家说,"它是以丑为美的。"

"以丑为美?"

"是的,丑到极处,便是美到极处。正因为它不是一般的顽石,当然不能去做墙,做台阶,不能去雕刻,捶布。它不是做这些小玩意儿的,所以常常就遭到一般世俗的讥讽。"

奶奶脸红了,我也脸红了。

我感到自己的可耻,也感到了丑石的伟大;我甚至怨恨它这么多年竟会默默地忍受着一切,而我又立刻深深地感到它那种不屈于误解、寂寞的生存的伟大。

我有一个狮子军

　　我体弱多病，打不过人，也挨不起打，所以从来不敢在外动粗。口又浑，与人有说辞，一急就前言不搭后语，常常是回到家了，才想起一句完全可以噎死他的话来。我恨死了我的窝囊。我很羡慕韩信年轻时的样子，佩剑行街，但我佩剑已不现实，满街的警察，容易被认作行劫嫌疑。只有在屋里看电视里的拳击比赛。我的一个朋友在他青春蓬勃的时候，写过一首诗："我提着枪，跑遍了这座城市，挨家挨户寻找我的新娘。"他这种勇气我没有。人心里都住着一个魔鬼，别人的魔鬼，要么被女人征服，要么就光天化日地出去伤害，我的魔鬼是汉罐上的颜色，出土就气化了。

　　一日在屋间画虎，希望虎气上身，陕北来了一位拜访我的老乡，他说，与其画虎不如弄个石狮子，他还说，陕北人都用石狮子守护，陕北人就强悍。过了不久，他果然给我带来了一个石狮子。但他给我带的是一种炕狮，茶壶那般大，青石的，据说雕凿于宋代。这位老乡给我介绍了这种炕狮的功能，一个孩子要有一个炕狮，一个炕狮就是一个孩子的魂，四岁之前这炕狮是不离孩子的，一条红绳儿一头拴住炕狮，一头系在孩子身上，孩子在炕上翻滚，有炕狮拖着，掉不下炕去，长大了邪鬼不侵，刀枪不入，能踢能咬，敢作敢为。这个炕狮我没有放在床上,而是置于案头,日日用手摩挲。我不知道这个炕狮曾经守护过谁,现在它跟着我了,我叫它:来劲。来劲的身子一半是脑袋,脑袋的一半是眼睛,威风又调皮。

古董市场上有一批小贩,常年走动于书画家的家里以古董换字画,这些人也到我家来,他们太精明,我不愿意和他们纠缠。他们还是来,我说:你要不走,我让来劲咬你!他们竟说:你喜欢石狮子呀?我们给你送些来!十天后果真抬来了一麻袋的石狮子。送来的石狮子当然还是炕狮,造型各异,我倒暗暗高兴,便给了他们许多字画,还让他们继续去陕北乡下收集。我以为收集炕狮是很艰难的事情,不料十天半月他们就抬来一麻袋,十天半月又抬来一麻袋,而且我这么一收,许多书画家也收集,不光陕北的炕狮被收集,关中的小石狮也被收集,石狮收集竟热了一阵风,价钱也一涨再涨,断堆儿平均是一个四五百元,单个儿品相好的两千三千不让价。

我差不多有了一千个石狮子。已经不是群,可以称作军。它们在陕北、关中的乡下是散兵游勇,我收编它们,按大小形状组队,一部分在大门过道,一部分在后门阳台,每个小房门前列成方阵,剩余的整整齐齐护卫着我的书桌前后左右。世上的木头石头或者泥土铜铁,一旦成器,都有了灵魂。这些狮子在我家里,是不安分的,我能想象我不在家的时候,它们打斗嬉闹,会把墙上的那块钟撞掉,嫌钟在算计我。我要回来了,在门外咳嗽一下,屋里就全然安静了,我一进去,它们各就各位低眉垂手,阳台上有了窃窃私语,我说:谁在喧哗?顿时寂然。我说:"嗨!"四下立即应声如雷。我成了强人,我有了威风,我是秦始皇。

秦始皇虎游八极,我指挥我的狮军征东去,北伐去,兵来将挡,水来土掩,所向披靡,一吐恶气。往日诽谤我、羞辱我的人把他绑起来吧,但我不杀他,让来劲去摸他的脸蛋,我知道他是投机主义者,他会痛哭流涕,会骂自己是猪屎。从此,我再不吟咏忧伤的诗句:"每一粒沙子都是一颗渴死的水。"再不生病了拿自己的泪水喝药。我要想谁了,桌上就出现一枝玫瑰。楼再高也不妨碍云向西飞,端一盘水就可收月。书是我的古先生,花是我的女侍者。

到了这年的冬天,我哪儿都不敢去了,也敢对一些人一些事说不,我周围的人说:你说话这么口重?我说:手痒得很,还想打人哩!他们不明白我这是怎么啦。他们当然不知道我有了狮军,有了狮军,我虽手无缚鸡之力,却有了翻江倒海之想。这么张狂了一个冬季,但是到了年终,我安然了。安然是因为我遇见大狮。

我的一个朋友,他从关中收购了一个石狮,有半人多高,四百余斤。大的石狮我是见得多了,都太大,不宜居住楼房的我收藏,而且凡大的石狮都是专业工匠所凿,千篇一律的威严和细微,它不符合我的审美。我朋友的这个狮子绝对是民间味,狮子的头极大,可能是不会雕凿狮子的面部,竟然成了人的模样,正好有了埃及金字塔前的蹲狮的味道。我一去朋友家,一眼看到了它,我就知道我的那些狮子是乌合之众了。我开始艰难地和朋友谈判,最终重金购回。当六人抬着大狮置于家中,大狮和狮群是那样的协调,使你不得不想到狮群在一直等待着大狮,大狮一直在寻找着狮群。我举办了隆重的拜将仪式,拜大狮为狮军大将军。

有了大将军统领狮军,说不出来的一种感觉,我竟然内心踏实,没了躁气,是很少给人夸耀我家里的狮子了。我似乎又恢复了我以前的生活,穿臃臃肿肿的衣服,低头走路。每日从家里提了饭盒到工作室,晚上回去。来人了就陪人说话,人走了就读书写作。不搅和是非,不起风波。我依然体弱多病,讷言笨舌,别人倒说"大人小心",我依然伏低伏小,别人倒说"圣贤庸行"。出了门碰着我那个邻居的孩子,他曾经抱怨他家的狗把屎拉在我家门口,我叫住他,他跑不及,站住了,他以为我要骂他揍他,惊恐地盯着我,我拍了拍他的头,说:你这小子,你该理理发了。他竟哭了。

云雀

小小的时候,我眼见过一个奇妙的现象,便不敢忘去;一直到现在,我已是垂垂暮年了,但仍还百思不得其解呢。

我们的隔壁,是住着一位老头的。他极能养鸟,门前的木架上,吊下各式各样的鸟笼;里边住着云雀、绿嘴、画眉、黄鹂儿……尽是些可怜可爱的生灵儿。整天整天里,我们就守在那鸟笼下,听着它们鸣叫。叫声很是好听,尤其那只云雀,像唱歌一样,打老远就能听见,使人禁不住要打一个麻酥酥的颤儿了。

时间一长,那云雀声就不比以前那么脆了,老头便给他吃最好的谷,喝最清的水,稍不鸣叫,就万般逗弄;于是它就又叫起来了。但它叫起来的时候,总是在笼里不能安宁,左一撞,右一碰的,常常把黄黄的小嘴从笼格里挤出来,盯着高高的云天,叫得越发哑了。

"它唱得太疲劳了。"我们都这么说,便去给老头建议,不要逗弄它了吧。

但是,每每黎明的时候,它就又叫起来了,而且每个黎明都叫。我们爬起来,从窗口里看去,天刚刚发亮,云升得很高很高,老头并没有起床呢。于此才明白别人不逗弄它,它还是每天要叫的;依然嘴挤在笼格外边,翅膀扑闪着,竟有几根绒绒的羽毛掉了下来。

"它在练嗓子吗?"妹妹说。

"不,它那嗓子已经哑了。"我说。

"那它为什么还要唱呢?"

"谁知道呢? 你听,它是在唱一支忧郁的歌吗?"

细细听起来,果然那叫声充满了忧郁;那往日里悠悠然的叫声原来是痛苦的呼喊呢!

"是它肚子饥了,渴了吧?"妹妹又说。

我们跑过去,要给它添些食儿,却看见笼里满满地放着一盘黄谷,一盘清水。这便又使我们迷糊了。

"一定是向往着云天吧。"

我们这么不经意地说过,立即便觉得是很正确的了。想,它未被老头捉住之前,它是飞在天上的,天那么空阔,天便全然是它的;黎明的时候,它一定是飞得像云一样的高,向黑暗宣告着光明。如今,黎明来了,它却飞不出去,才这么发疯似的抗议了! 我们在笼下捡起那抖落下的羽毛,深深地感到它的可怜了。

我们把这想法告诉给老头,老头笑我们可爱,却终没有放了它去。它每天还是这么叫着,唱那一支忧郁的歌。

我们终于不忍了,在一个黎明,悄悄起来,拆开了笼的门,放它出去了。它一下子飞到了柳树梢上,和柳梢一起激动,有些站不稳,几乎就要掉下来了。但立即就抖抖身子,对着我们响亮地叫了一声,倏忽消失在云天里不见了。

老头发觉走失了云雀,捶胸顿足了一个早上,接着疑心被人放走的,大声叫骂。我们听了,心里却充满欢乐,觉得干了一件伟大的事情。

云雀飞走了,我们却时时恋念着它,当看着那笼里的绿嘴、黄鹂、画眉,就想它这个时候,是在天的哪一角呢? 在云的哪一层呢? 它该是多么快活,那唱的,再也不是忧郁的歌了,而是凌云之歌,自由之歌,生命之歌了啊!

一天过去了,两天过去了,突然,我们在那棵柳树上,却发现了它。它样子很单薄,似乎比以前消瘦了,也疲倦多了;在风里,斜了翅膀,上下怯怯地飞。我们惊喜地呼唤它,但立即就赶走了它,怕那老头发现了,又要捉它回去。

但是,就在第四天的早上,我们刚刚醒来,突然就又听到了云雀的叫声。赶忙跑出门,看那柳树,柳树上没有它。老头却在大声地喊叫我们了:

"啊,云雀,还是我的那个云雀!"

我们看时,老头正提着那个鸟笼。笼门已经重新封了,云雀果然就在里边,一声一声地叫。这使我们大惊失色,责问他怎么又捉了它,老头说:

"哪里!是它飞回来的;这鸟笼一直在那里空着,它就飞回来了呢。"

"这怎么可能呢?"我们说。

"怎么不可能呢?"老头说,笑得更得意了,"我已经喂它两年了,这笼里多舒服啊!"

我们走近去,云雀待在那里,急急地吃着那谷子,喝着那清水,好像它一直在饿着,在渴着,末了,就静静地卧下来,闭上了眼睛,做着一种疲乏后的休息。

我们默默地看着它,这只美丽的云雀,再没有说出话来。

燕子

不见了燕子,已是七八年的光景;我常常在城里觅寻,但每每却都失望了。商场的大厅里它自然不肯去的,那高达十几层的楼顶上,我爬上去了,也不曾见它的窠儿筑着,我也专意到公园过了一次,那水光山色里,也没它的足迹。啊,可亲的燕子,难道你是在地球上灭绝了吗,还是不肯到这大城市里来;这么苦着我,使我夜夜梦着你的倩影和呢喃的低吟,而哀愁儿不能自已!

记得在乡里的时候,天一暖和,它就来了,住在我家低低的草屋的梁上,一直到天气变冷的深秋了,才要离去。它是穿着一件黑外衣的,总是把头裹得严严,似乎是一个寡妇,整日呢呢喃喃,一副懦弱而固执的模样。我刚刚会爬,光着屁股在土窝里滚,尿下了,又用手去和泥玩。后来,稍稍大点,就去放牛;我摘过草莓子吃,也趴在河里喝水,也坐在阳坡上捉虱,甚至跟着奶奶,一块儿去山坡上的庙中烧香磕头呢。可走到哪里,燕子总陪伴了我,当我念叨着"虱多钱多""眼不见为净"的话时,燕子就不住地细语,别人听不懂那是说些什么,我是听明白了:它是懂得我们的,常常只要学着一声呢喃的叫声,它就会飞到我们手掌上来呢。

在我的童年幼年里,饲养过猫儿狗儿,但猫儿容易背叛,狗儿又多恶事,唯有燕子是最好的了。在这四山之间的地方,它给了我乐趣,也给了我得意。我年年盼着它来,它果然也就来了。一直过了好多年,它还是它的老样儿,年年还记着这么个草屋呢。

我长成大人了,从乡里到大城市里求学,我却深深地羞愧起儿时的愚昧,时常想起来,就感到脸红。然而,燕子,它还住在我家的木梁上吗,它还在说着那永不改音的古老的话吗?我想把这一切的变化,一切的见识,诉说给它,但却再也寻不着它了。

终有一日,市里开会,会址是一座七层楼的大会议室,摆设十分讲究。我靠近那面一人多高的玻璃窗前,正听着报告,突然有了一片呢呢喃喃的叫声,神经立即触动了。举头看时,那窗外的半空,灰白色里,翻动着无数的黑点。啊,燕子,是我可亲的燕子!它竟到城市里来了,来得又是那么的多!在这个世界上,它是无处不去的;往日我怨恨它的不来,原来是我的少见多怪了!

燕子越来越多了,组成了一个燕子阵,使夕阳晚照的天,也不明朗起来。但是,却没有一只是冲着这座七层楼来的。我探出头看去,四面都是高楼大厦,燕子盘旋成一团,全是绕着右侧的一座并不高大的鼓楼飞的,在那鼓楼的顶上,檐下,栏里,阶内,出出进进,鸣叫不已。

这竟使我疑惑不解了。会议刚一休息,我就走到凉台上,想:鼓楼并不高大,也不艳丽,因年久失修,梁上已没了雕,栋上也没了画,连那临风叮当的挂铃也没有了,那有什么可吸引的呢?

"它为什么不到四周的高楼大厦上来?"

"高楼大厦是现代化的。"旁边有人说。

"现代化的为什么它就不来?"

"它是留恋古老的。"

我不大理会,便喔起嘴来,作弄出儿时学会的燕鸣声,但它们纷纷从我身边飞过,却没有一只落下来,尽趋着鼓楼而去了。

"咳,"我长叹了一口气,"它们把我也忘了。"

"是你忘了你。"

是的,是我忘了我了,我再不是那么个流着黄涕的孩子了,我长成大人,我有了知识,它认得的只是过去的我!但我自豪,我得意,我终究不是往日的我了。可它,我的燕子,面对这现代化的建筑,无动于衷,疯狂儿恋着鼓楼。是因为只有这一处鼓楼,才是它们的有情物,它们呢呢喃喃,只有将这永世不变的语言说给鼓楼,控诉、抗议这么大个城市里,再没有了它们的去处吗?

啊,燕子,我不禁悲伤起来了:时至今日,还这么固执,这么偏见,不肯落脚在新的建筑,硬要向腐朽欲倾的鼓楼飞去,那么,城市将永远不会是你的天地了,现代建筑愈来愈多,你不是便要真的消亡了吗?咳,我该怎么说呢,我可怜的燕子,我可悲的燕子!

小楚

　　小楚是一只狗,走狗。它卖到圈圈家之前,圈圈是饲着一只猫的,猫很漂亮,有些狐相,圈圈的老婆就把猫装在纸盒里扔到垃圾车上去了。圈圈和老婆再去宠物市场,老婆却一定要买了小楚回来。小楚是哈巴族的,短短的腿,嘴脸可笑,老婆偏说她爱嘛。

　　圈圈家的饭是圈圈做的,他上班回来再晚,老婆也要坐在沙发上等他,还要说:饿死我了,饿死我了!但小楚却顿顿定时有猪肝吃,是老婆亲自上街买的。老婆有买时装的嗜好,圈圈最怕的就是逛商店,但不能不陪了去。现在,老婆在街上走,左边厮跟的是小楚,右边厮跟的是圈圈,小楚和圈圈都戴着墨镜。

　　小楚眼长腿短,有时会直起上身来朝床上看,趔趄趔趄地要上去,老婆就嚼泡泡糖逗小楚,啪,啪,泡儿吹得很大了,粘在了鼻尖上。圈圈顿时没有了兴趣,翻身坐在了床沿上恨小楚,说:你狗东西,狗东西! 小楚也恨他,说:汪!

　　圈圈在洗衣服的时候,有时就发脾气,将老婆的内衣扔出盆子,老婆说:别人想洗还不让呢!圈圈想想,也是,就高兴了。洗好的衣服晾在凉台上,圈圈偏把内衣挂得高,每当老婆唤小楚去收了内衣来穿,小楚在衣绳下一跳一跳地抓不着,他就得意,而且装着什么也不知道,坐到厅里去看报纸。小楚最能效力的是替老婆叼鞋子,它看不见老婆梳了什么发型,穿了什么上衣,目光唯一看到的是鞋子,所以一有空就把有高跟的鞋子全叼在沙发上玩。

  一次圈圈又陪老婆上街,当然还有小楚。街上人很多,圈圈发现后边有一个也穿着同老婆一样鞋子的女人,就故意缓下步来,待和那女人一起了,他突然亲昵地把老婆抱起来,指点一家商店橱窗里的时装,两人就在橱窗前站住。小楚竟不知,跟着那个女人的鞋只往前走了。两人看了一会儿衣服,老婆唤:小楚小楚。没有回应,扭头张望,小楚已跟着那个女人,欢碎着步儿正穿过马路,一辆车正好疾驶而来,女人一跃身闪过了,小楚腿短,也一跃,却正好跃在车轮下,便被轧死了。

  在郊外掘坑埋小楚的时候,圈圈的老婆把自己的那双鞋也埋进去,圈圈没反对,只是想:狗到底不如人,只会跟鞋走。

一只贝

　　一只贝,和别的贝一样,长年生活在海里。海水是咸的,又有着风浪的压力,嫩嫩的身子就藏在壳里。壳的样子很体面,涨潮的时候,总是高高地浮在潮的上头。有一次,他们被送到海岸,当海水又哗哗地落潮去了,就永远地留在沙滩,再没有回去。蚂蚁、虫子立即围拢来,将他们的软肉啮掉,空剩着两个硬硬的壳。这壳上都曾经投影过太阳、月亮、星星,还有海上长虹的颜色,也都曾经显示过浪花、旋涡和潮峰起伏的形状;现在他们生命结束了,这光洁的壳上还留着这色彩和线条!

　　孩子们在沙滩上玩耍,发现了好看的壳,捡起来,拿花丝线串着,系在脖项上。人们都在说:"这孩子多么漂亮!这漂亮的贝壳!"

　　但是,这只贝没有被孩子捡起。他不漂亮,他在海里的时候,就是一只丑陋的贝。因为有一颗石子钻进了他的壳内,那是颗十分硬的石子,无论如何不能挤碎它,又带着棱角,他只好受着内在的折磨。他的壳上越来越没有了颜色,没有了图案,他失去了做贝的荣誉,但他默默地,他说不出来。

　　他被埋在沙里。海水又涨潮了,潮又退了。他还在沙滩上,壳已经破烂,很不完全了。

孩子们又来到沙滩上玩耍。他们玩腻了那些贝壳,又来寻找更漂亮的呢。又发现了这一只贝的两片瓦砾似的壳,用脚踢飞了。但是,同时在踢开的地方,发现了一颗闪光的东西,他们拿着去见大人。

"这是什么东西?"

"这是珍珠!嗨,多稀罕的一颗大珍珠!"

"珍珠?这是哪儿来的呢?"

"这是石子钻进贝里,贝用血和肉磨制成的。啊,那贝壳呢?这是一只可怜的贝,也是一只可敬的贝。"

孩子们重新去沙滩寻找他,但没有找到。

文竹

离开我的文竹,到这闹闹嚷嚷的城市里采购,差不多是一个月的光景了。一个月里,时间的脚步儿这般踟蹰,竟裹得我走不脱身去,夜里都梦着回去,见到了我的文竹。

去年的春上,我去天静山上访友,主人是好花的,植得一院红的白的紫的,然而,我却一下子看定了那里边的这盆文竹了。她那时还小,一个枝儿,一拃高地上来,却扁形地微微仄了身去,未醉欲醉的样子,乍醒未醒的样子。我爱怜地扑近去,却舍不得手动,出气儿倒吹得她袅袅拂拂,是纤影儿的巧妙了,是梦幻儿的甜美了。我不禁叫道:

"这不是一首诗吗?"

主人夸我说的极是,便将她送与我了。从此我得了这仙物,置在我的书案,成为我书房的第五宝了。她果然地好,每天夜里,写作疲倦了,我都要对着那文竹儿坐上片刻:月光是溶溶的,从窗棂里悄没声儿地进来,文竹愈觉得清雅,长长的叶瓣儿呈着阴阳,楚楚地,似乎色调又在变幻……这时候,我心神俱静,一切杂思邪念荡然无存,心里尽是绿的纯净,绿的充实。一时间,只觉得在这深深的黑夜里,一切都消失了,只有我了,我也要在这深深的夜里羽化而去了呢。

她陪着我，度过了一个春天，经过了一个冬天，她开始发了新枝，抽了新叶，一天天长大起来，已经不是单枝，而是三枝四枝，盈盈的，是一大盆的了。我真不晓得，她是什么精灵儿变的，是来净化人心的吗？是来拯救我灵魂的吗？当我快乐的时候，她将这快乐满盆摇曳，当我烦闷的时候，她将这烦闷淡化得一片虚影，我就守在她的面前，弄起笔墨，做起我的文章了。人都说我的文章有情有韵，那全是她的，是她流进这字里行间的。啊，她就是这般的美好，在这个世界里，文竹是我的知己，我是再也离不得她了。

然而，我却告别了她，到这闹市里来采购，将她托付养育在隔壁的人家了。

这人家会精心养育吗？他们是些粗心的人，会把她一早端在阳光下晒着，夜来了，会又端着放在室里吗？一天可以办到，两天可以办到，十天八天，一个月，他们会是不耐烦了，把她丢在窗下，随那风儿吹着，尘儿迷着，那叶怕要黄去了，脱去了，一片一片，卷进那猪圈牛棚任六畜糟蹋去了。那么，每天浇一次水，恐怕也是做不到的，或许记得了倒一碗半杯残茶，或许就灌一勺涮锅水呢。那文竹怎么受得了呢，她是干不得的，也是湿不得的，夕阳西下的时候，托一碗水来，那不是净水，也不是溶着化肥的水，是在瓶子里沤了很久的马蹄皮子的水，端起来，点点滴滴地渗下去的呢……

唉，我真糊涂，怎么就托付了他们，使我的文竹受这么大的委屈啊！

采购还没有完成，身儿还不能回去，愁得无奈了，我去跑遍这城的所有公园，去看这里的文竹。文竹倒也不少，但全都没有我的文竹的天然，神韵也淡多了，浅多了。但是，得意扬扬之际，立即便是无穷无尽地思念我的文竹的愁绪。夜里歪在床上，似睡却醒，梦儿便姗姗地又来了，但来到的不是那文竹，是一个姑娘，我惊异着这女子的娟好,她却仄身伏在门上,抖抖削肩,唧唧嗒嗒地哭泣了。

"你为什么哭了?"我问。

"我伤心,我生下来,人人都爱我,却都不理解我,忌妒我,我怎么不哭呢?"她说,眼泪就流了下来。

哦,这般儿的女子处境,我是知道的:她们都是心性儿天似的清高,命却似纸一般的贱薄,峣峣者易折,皎皎者易污啊。

"他们为什么这样?他们为什么要这样?"

我却淡淡地笑了:

"谁叫你长得这么美呢?"

她却睁大了眼睛,定定地看着我,有了几分愤怒:我很是窘了。她突然说:

"美是我的错吗?我到这个世上来,就是来作用、贡献美的。或许我是纤弱的,但我娇贵,但我任性,我不容忍任何污染!"

我大大地吃惊了:

"你是谁,叫什么名字?"

"文竹!"

文竹?我大叫一声,睁开眼来,才知道是一场梦了。啊,是一场梦呢!往日的梦醒,使我空落,这梦,却使我这般的内疚,这般的伤感呢!我沉吟着,感到我托付不妥的罪过,感到我应该去保护的责任;我一定是要回去的了,我得去看我的文竹了。

一棵小桃树

我常常想要给我的小桃树写点文章,但却终没有写就一个字来。是我太爱怜它了吗?是我爱怜得无所谓了吗?我也不知道是什么怪缘故儿,只是常常自个儿忏悔,又自个儿安慰,说:我是该给它写点什么了呢。

今天的黄昏,雨下得这般儿的大,使我也有些吃惊了。早晨起来,就淅淅沥沥的,我还高兴地说:春雨贵如油,今年来得这么早!一边让雨湿着我的头发,一边吟些杜甫的"随风潜入夜,润物细无声",甚至想去田野悠悠地踏青呢。那雨却下得大了,全不是春的温柔,一直下了一个整天。我深深闭了柴门,伫窗坐下,看我的小桃树儿在风雨里哆嗦。纤纤的生灵儿,枝条已经慌乱,桃花一片一片地落了,大半陷在泥里,三点两点地在黄水里打着旋儿。啊,它已经老了许多呢,瘦了许多呢,昨日楚楚的容颜全然褪尽了。可怜它年纪儿太小了,可怜它才开了第一次花儿!我再也不忍看了,我千般儿万般儿地无奈何。唉,往日多么傲慢的我,多么矜持的我,原来也是个孱头儿。

好多年前的秋天了,我们还是孩子。奶奶从集市上回来,带给了我们一人一颗桃子,她说:都吃下去吧,这是一颗"仙桃";含着桃核儿做一个梦,谁梦见桃花开了,就会幸福一生呢。我们都认真起来,全含了桃核爬上床去。我却无论如何不能安睡,想这甜甜的梦是做不成了,又不肯甘心不做,就爬起来,将桃核儿埋在院子角落的土里,想让它在那蓄着我的梦。

秋天过去了,又过了一个冬天,孩子自有孩子的快活,我竟将它忘却了。那个春天的早晨,奶奶打扫院子,突然发现角落的地方,拱出一个嫩绿儿,便叫道:这是什么呀?我才恍然记起了是它:它竟从土里长出来了!它长得很委屈,是弯了头,紧抱着身子的。第二天才舒开身来,瘦瘦儿的,黄黄儿的,似乎一碰,便立即会断了去。大家都笑话它,奶奶也说:这种桃树儿是没出息的,多好的种子,长出来,却都是野的,结些毛果子,须得嫁接才成。我却不大相信,执着地偏要它将来开花结果哩。

因为它长得太不是地方,谁也不再理会,惹人费神的倒是那些盆景儿了。爷爷是喜欢服侍花的,在我们的屋里、院里、门道里,摆满了各种各样的花草。春天花事一盛,远近的人都来赞赏,爷爷便每天一早喊我们从屋里一盆一盆端出来,一晚又一盆一盆端进去,却从来不想到我的小桃树。它却默默地长上来了。

它长得很慢,一个春天,才长上二尺来高,样子也极猥琐。但我却十分地高兴了:它是我的,它是我的梦种儿长的。我想我的姐姐弟弟,他们那含着桃核做下的梦,或许已经早忘却了,但我的桃树却使我每天能看见它。我说,我的梦儿是绿色的,将来开了花,我会幸福呢。

也就在这年里,我到城里上学去了。走出了山,来到城里,我才知道我的渺小:山外的天地这般儿大,城里的好景这般儿多。我从此也有了血气方刚的魂魄,学习呀,奋斗呀,一毕业就走上了社会,要轰轰烈烈地干一番我的事业了;那家乡的土院,那土院里的小桃树儿便再没有去思想了。

但是，我慢慢发现我的幼稚，我的天真了，人世原来有人世的大书，我却连第一行文字还读不懂呢。我渐渐地大了，脾性儿也一天一天地坏了，常常一个人坐着发呆，心境似乎是垂垂暮老了。这时候，奶奶也去世了，真是祸不单行。我连夜从城里回到老家去，家里人等我不及，奶奶已经下葬了。看着满屋的混乱，想着奶奶往日的容颜，不觉眼泪流了下来，对着灵堂哭了一场。天黑的时候，在窗下坐着，一抬头，却看见我的小桃树了：它竟然还在长着，弯弯的身子，努力撑着的枝条，已经有院墙高了。这些年来，它是怎么长上来的呢？爷爷的花事早不弄了，一摞一摞的花盆堆在墙根，它却长着！弟弟说：那桃树被猪拱折过一次，要不早就开了花了。他们曾嫌长得不是地方，又不好看，想砍掉它，奶奶却不同意，常常护着给它浇水。啊，小桃树儿，我怎么将你遗在这里，而身漂异乡，又漠漠忘却了呢？看着桃树，想起没能再见一面的奶奶，我深深懊丧对不起我的奶奶，对不起我的小桃树了。

如今，它开了花了，虽然长得弱小，骨朵儿也不见繁，一夜之间，花竟全开了呢。我曾去看过终南山下的夹竹桃花，也去领略过马嵬坡前的水蜜桃花，那花儿开得火灼灼的，可我的小桃树儿，一颗"仙桃"的种子，却开得太白了、太淡了，那瓣片儿单薄得似纸做的，没有肉的感觉，没有粉的感觉，像是患了重病的少女，苍白白的脸儿，又偏苦涩涩地笑着。我忍不住几分忧伤，泪珠儿又要下来了。

花幸好并没有立即谢去，就那么一树，孤孤地开在墙角。我每每看着它，却发现从未有一只蜜蜂去恋过它，一只蝴蝶去飞过它。可怜的小桃树儿！

我不禁有些颤抖了：这花儿莫不就是我当年要做的梦的精灵儿吗？

雨却这么大地下着，花瓣儿纷纷零落去。我只说有了这场春雨，花儿会开得更艳,香味会蓄得更浓,谁知它却这么命薄,受不得这么大的福分,受不得这么多的洗礼,片片付给风了,雨了!我心里喊着我的奶奶。

雨还在下着,我的小桃树千百次地俯下身去,又千百次地挣扎起来,一树的桃花,一片,一片,湿得深重,像一只天鹅,眼睁睁地羽毛剥脱,变得赤裸的了,黑枯的了。然而,就在那俯地的刹那,我突然看见那树儿的顶端,高高的一枝儿上,竟还保留着一个欲绽的花苞,嫩黄的,嫩红的,在风中摇着,拌着满身的雨水,几次要掉下来了,但却没有掉下去,像风浪里航道上的指示灯,闪着时隐时现的嫩黄的光,嫩红的光。

我心里稍稍有些安慰了。啊,小桃树啊!我该怎么感激你,你到底还有一朵花呢,明日一早,你会开吗?你开的是灼灼的吗?香香的吗?我亲爱的,你那花是会开得美的,而且会孕出一个桃儿来的;我还叫你是我的梦的精灵儿,对吗?

陋室
——陕西平民志之四

推开一扇黑门,就进入一个世界了。一墙之外的阳光挺好,却也有风,是从旁边的高楼下过来的,压缩了的,无形而尖硬;这门就随身紧关,一切复沉沦于黑暗了。

主人是玩墨的,这黑屋大致也和谐。"爱乌及屋"嘛,眼睛看墨的颜色多了,便从门缝里斜射进来的三根五根的光线,光线的一切的生动里,也能欣赏出这一处墨用得匀,用得活,有其亮色和韵味。

屋的开间是三米,入深也是三米,三三得九,如果再有一点纵横,一切就好了,是一个囫囵数字的平方。再如果主人是一个无所为的人,一张桌子上置一个花瓶,插几枝假花,玻璃下压几张影星美人图,一个书架上放几排油瓶、醋瓶、酒瓶,那也就满足了,偏主人玩墨是玩在纸上的,这桌上桌下,书架里书架外,全堆放了纸卷,一屋子易燃之品。那么,锅盆碗盏,衣物用什就寸土必争,竟然能巧妙地放下三个沙发:一个大沙发,白日迎宾待客,夜里供儿子安眠,鬼知道儿子却能在沙发上长就那么高个子!两个小沙发,永远是夫妇享受的地方了,而且恰到好处,沙发前可以放一个永不熄灭的火炉。人以食为本,火炉上的水壶是日夜醒着的。醒着的是难受的,所以总唠唠叨叨。

主人常常在沙发上坐了,取笑水壶不旷达。

当然,始终不醒的是另一个房子,长沙发紧边的地方,有一个门洞。门洞没有帘子,好了,这正是黑帘子,永远于所有来客是一种神秘。如果有一只猫进去,放大了瞳孔,就知道这是主人的卧屋,七平方米的,妙在安一张双人床,不松不紧。而又是从床上到床下,是书是报是纸卷。一个黑封了的窟,最宜于入静,因此主人一直未失眠过。

蜈蚣有一百条腿,但并未嫌弃过腿多,云鹤有两条腿,但也并未抱怨过腿少,甚至它落下来,还喜欢一腿独立!实在没有地方让家具立脚,因为人腿太多了。唯高高的乱纸堆上,明亮亮是一台小小的座钟,座钟里有一猫头鹰,怪眉怪眼。猫头鹰是夜之魂,能在这里最好,满屋有了一种庄严感。

脸一日洗几遍,脸还是不干净,眼一生不洗,眼永远是亮的。空余的地方发挥不了拖把和扫帚的功能,也就不去花那份钱,反正人是活动的,是天生的避尘珠。奇怪的是空气没有因空间狭小而稀薄,为了看清人之呼吸,就以香烟为有形的空气,吸进一口,吐出三口,袅袅扶摇到屋顶,祥云笼罩,大可在俯察品类之盛后,再可仰观宇宙之大了。

主人的不修边幅,是典型环境中的典型人物也。

但卧屋里挂有一把胡琴,外室里悬有一柄长剑;胡琴被尘土封住,又没弹,但它响动的是一首无声的音乐,长剑被尘土封住,但它舞动的是一幅无形的英姿。当屋垂吊的一颗电灯,视认为一轮太阳,门后挂着的一片圆镜,视认为一轮月亮,太阳永不落,月亮永不缺。儿子说:还有八颗星星,两颗在他脸上,两颗在妈妈脸上,四颗在爸爸脸上,因为老子有一副眼镜。夜里或许断电了,炉火光亮,人之初是善的,人之影却诡变,在四面墙上忽大忽小,忽长忽短,自己常常为自己吃惊和感动。

工作了一天,身心都十分疲倦了,进入这个世界,窄小却温暖,昏暗而安妥,无害人之熬煎,亦无被害之惶恐。男的有妻,女的有夫,夫妻有子,有酒且饮,无酒清谈,随形适意,其乐无穷。夫妇又坐在两个小沙发上了,看芦苇顶棚上老鼠打架,打得那么激烈,结果就一只掉下来,不免说一声:"有什么过不去的!"然后观起西墙上的裂缝,裂缝好宽,斜斜下来,有分有合的图案,看作是一棵秃树,也看作是一个枯笔字,更多的看作是抽象的画,常看常新。最得意的,也最欣赏不够的是东南墙角上的蜘蛛网,大若雨帽,经纬高超,尘烟熏迷,丝粗如绳,那是人工所不能及的艺术品啊!

主人是搞艺术的人,人亦成了艺术。这艺术真美。

主人是谁,说出来我知道,你知道,而且在这个唐都古城里的差不多的有职有位的更知道。因为在他们宽敞明亮豪华的住宅里,挂满了通过各种渠道得来的行、草、隶、篆字幅,且常常对来访者介绍说:"瞧,这字绝吧,我们这儿杰才济济,这便是著名的书法艺术家薛铸写的呀!"

黄土高原

沟是不深的,也不会有着水流;缓缓地涌上来了,缓缓地又伏了下去;群山像无数偌大的蒙古包,呆呆地在排队。八月天里,秋收过了种麦,每一座山都被犁过了,犁沟随着山势往上旋转,愈旋愈小,愈旋愈圆。天上是指纹形的云,地上是指纹形的田,它们平行着,中间是一轮太阳;光芒把任何地方也照得见了,一切都亮亮堂堂。缓缓地向那圆底走去,心就重重地往下沉,山洼里便有了人家。并没有几棵树的,窑门开着,是一个半圆形的窟窿,它正好是山形的缩小,似乎从这里进去,山的内部世界就都在里边。山便再不是圆圈的叠合了,无数的抛物线突然间地凝固,天的弧线囊括了山的弧形,山的弧线囊括了门窗的弧线。一地都是那么寂静了,驴没有叫,狗是三个四个地躺在窑背,太阳独独地在空中照着。

路如绳一般地缠起来了:山垭上,热热闹闹的人群曾走去赶过庙会。路却永远不能踏出一条大道来,凌乱的一堆细绳突然地扔了过来,立即就分散开去,在洼底的草皮地上纵纵横横了。这似乎是一张巨大的网,由山垭哗地撒落下去,从此就老想要打捞起什么了。但是,草皮地里能有什么呢?树木是没有的,花朵是没有的,除了荆棘、蒿草,几乎连一块石头也不易见到。人走在上边,脚用不着高抬,身用不着深弯,双手直棍一般地相反叉在背后,千次万次地看那羊群漫过,粪蛋儿如急雨落下,嘭嘭地飞溅着黑点儿。起风了,每一条路上都在冒着土的尘烟,簌簌的,一时如燃起了无数的导火索,竟使人很有了几分骇怕呢。一座山和一座山,一个村和一个村,就是这么被无数的网罩起来了。走到任何地方,每一块都被开垦着,每处被开垦的坡下,都会突然地住着人家,几十里内,甚至几百里内,谁不知道哪条沟里住着哪户人家呢?一听口音,就攀谈开来,说不定又是转弯抹角的亲戚。他们一生在这个地方,就一刻也不愿离开这个地方,有的一辈子也没有去过县城,甚至连一条山沟也不曾走了出去;他们用自己的脚踏出了这无数的网,他们却永远走不出这无数的网。但是,他们最乐趣的是在二三月,山沟里的山鸡成群在崖畔晒日头,几十人集合起来,分站在两个山头大声叫喊,山鸡子从这边山上飞到那边山上,又从那边山上飞到这边山上,人们的呐喊,使它们不能安宁,它们没有鹰的翅膀可以飞过更多的山沟,三四个来回,就立即在空中方向不定地旋转,猛地石子一样垂直跌下,气绝而死了。

　　土是沙质的,奇怪的是靠崖凿一个洞去,竟百年千年不会倒坍,或许筑一堵墙吧,用不着去苫瓦,东来的雨打,西去的风吹,那墙再也不会垮掉,反倒生出一层厚厚的绿苔,春天里发绿,绿嫩得可爱,夏天里发黑,黑得浓郁,秋天里生出茸绒,冬天里却都消失了,印出梅花一般的白斑。日月东西,四季交替,它们在希冀着什么,这么更换着苔衣?默默的信念全然塑造成那枣树了,河滩上,沟畔里,在窗前的石碌子碾盘前,在山与山弧形的接壤处,突然间就发现它了。它似乎长得毫无目的,太随便了,太缓慢了,春天里开一层淡淡的花,秋天里就挂一身红果。这是最懂得了贫困,才表现着极大的丰富吗?是因为最懂得了干旱,那糖汁一样的水分才凝固在枝头吗?

　　冬天里,逢个好日头,吃早饭的时候,村里人就都圪蹴在窗前石碾盘上,呼呼噜噜吃饭了。饭是荞麦面,汤是羊肉汤,海碗端起来,颤悠悠的,比脑袋还要大呢。半尺长的线线辣椒,就夹在二拇指中,如山东人夹大葱一样,蘸了盐,一口一截,鼻尖上,嘴唇上,汗就咕咕噜噜地流下来了。他们蹲着,竭力把一切都往里收,身子几乎要成一个球形了,随时便要弹跳而起,爆炸开去。但随之,就都沉默了,一言不发,像一疙瘩一疙瘩苔石,和那碾盘上的石磙子一样,凝重而粗笨了。

窗内,窗眼里有一束阳光在浮射。婆姨们正磨着黄豆,磨的上扇压着磨的下扇,两块凿着花纹的石头顿挫着,黄豆成了白浆在浸流。整个冬天,婆姨们要待在窑里干这种工作,如果这磨盘是生活的时钟,这婆姨的左胳膊和右胳膊,就该是搅动白天和黑夜的时针和分针了。

  山峁下的小路上,一月半里,就会起了唢呐声的。唢呐的声音使这里的人们精神最激动,他们会立即放下一切活计,站在那里张望。唢呐队悠悠地上来了,是一支小小的迎亲队,前边四支唢呐,吹鼓手全是粗壮汉子,眼球凸鼓,腮帮满圆,三尺长的唢呐吹天吹地,满山沟沟都是一种带韵的吼声了。农人不会作诗,但他们都有唢呐。红白喜事,哭哭笑笑,唢呐扩大了他们的嘴。后边,是一头肥嘟嘟的毛驴,耸着耳朵,喷着响鼻,额头上,脖子上,红红绿绿系满彩绸。套杆后就是一辆架子车,车头坐着一位新娘,花一样娟美,小白菜一样鲜嫩,她盯着车下的土路,脸上似笑,又未笑,欲哭,却未哭,失去知觉了一般的麻麻木木。但人们最喜欢看这一张脸了,这一张脸,使整个高原以此明亮起来。后边的那辆车,是两个花枝招展的陪娘坐着,咧着嘴憨笑,狠狠狈狈地紧抱着陪箱,陪被,枕头,镜子。再后边便是骑着毛驴的新郎,一脸的得意,抬胳膊动腿地常要忘形。每过一个村庄,认识的,不认识的,都要在怀里兜了枣儿祝贺,吃一颗枣儿,道一声谢谢,道一声谢谢,说一番吉祥,唢呐就越发热闹,声浪似乎要把人们全部抛上天空,轰然粉碎了去呢。

最逗人情思的是那村头小店：几乎每一个村庄，路畔里就有了那么一家人，老汉是肉肉的模样，婆姨是瘦瘦的精干，人到老年，弯腰驼背的，却出养个万般水灵的女儿来。女儿一天天长大，使整个村庄自豪，也使这个村庄从此不能安宁。父母懂得人生的美好，也懂得女儿的价值，他们开起店来，果然生意兴隆。就有了那么个后生。他到远远的黄河东岸去驮铁锅去了，一去三天三夜，这女子老听见驴儿哇儿哇儿地响，站在窗前的枣树下，往东看得脖子都硬了。她恨死了后生，恨得揉面，捏了他的小面人儿，捏了便揉，揉了又捏。就在她去后洼洼拔萝卜的时候，那后生却赶回来，坐在窑里吃饭，说一声："这面怎么没味？"回道："我们胳膊没劲，巧巧不在。""啊达去了？"人家不理睬，他便脸通红，末了出了门，一步三回头。老人家送客送到窑背背，女子正赶回藏在山峁峁，瞧见爹娘在，想下去说句话，又怕老人嫌，待在那里，灰不沓沓。只待得爹娘转脚回去了，一阵风从峁上卷下来："等一等！"踉踉跄跄跑近了，羞羞答答，扭扭捏捏，却从怀里掏出个青杏儿来。

可怜这地面老是干旱，半年半年不曾落下一滴雨。但是，一落雨就没完没了，沟也满了，河也满了。住在几圪崂洼里的人家，一下雨人人都在关心着门前那条公路了。公路是新开的，路一开，外面的人就都来过，大卡车也有，小卧车也有，国家干部来家说一席漂亮的京腔，录一段他们的歌谣，他们会轻狂地把什么好东西都翻出来让人家吃。客人走过，窑背上的皮鞋印就不许被扫了去，娃娃们却从此学得要刷牙要剪发……如今雨地里路垮了，全村人心都揪起来，一个人背了镢头去修，全村人都跟了去干。小卧车嘟嘟地开过来，停在那边，他们急得骂天骂地骂自己，眼泪都要掉下来。公家的事看得重，他们的力气瞧得轻。路修通了，车开过了，车一响，哗地人们都向两边靠，脸是笑笑的，十二分的虔诚和得宠，肥大的狗汪汪地叫着要去撵，几个人拉住绳儿不敢丢手。

　　走遍了十八县,一样的地形,一样的颜色,见屋有人让歇,遇饭有人让吃。饭是除了羊肉,荞面,就是黄澄澄的小米:小米稀做米汤,稠做干饭,吃罢饭,坐下来,大人小孩立即就熟了。女人都白脸子,细腰身,穿窄窄的小袄,蓄长长的辫,多情多意,给你纯净的笑;男的却边塞将士一般的强悍,大块吃肉,大碗喝酒,上了酒席,又有人醉倒方止。但是,广漠的团块状的高原,花朵在山洼里悄悄地开了,悄悄地败了,只是在地下土中肿着块茎;牛一般的力气呢,也硬是在一把老镢头下慢慢地消耗了,只加厚着活土层的尺寸。春到夏,秋到冬,或许有过五彩斑斓,但黄却在这里统一,人愈走完他的一生,愈归复于黄土的颜色。每到初春里,大批大批的城里画家都来写生了,站在山洼随便一望,四面的山峁上,弧线的起伏处,犁地的人和牛就衬在天幕。顺路走近去,或许正在用力,牛向前倾着,人向前倾着,角度似乎要和土地平行了,无形的力变成了有形的套绳了。深深的犁沟,像绳索一般,一圈一圈地往紧里套,他们似乎要冲出这个愈来愈小的圈,但留给他们活动的地方愈来愈小,末了,就停驻在山峁顶上。他们该休息了。只有小儿们,停止了在地边玩耍,一步步爬过来,扑进娘的怀里,眨着眼,吃着奶……

秦腔

　　山川不同,便风俗区别,风俗区别,便戏剧存异;普天之下人不同貌,剧不同腔;京、豫、晋、越、黄梅、二簧、四川高腔,几十种品类;或问:历史最悠久者,文武最正经者,是非最汹汹者?曰:秦腔也。正如长处和短处一样突出便见其风格,对待秦腔,爱者便爱得要死,恶者便恶得要命。外地人——尤其是自夸于长江流域的纤秀之士——最害怕秦腔的震撼;评论说得婉转的是:唱得有劲;说得直率的是:大喊大叫。于是,便有柔弱女子,常在戏台下以绒堵耳,又或在平日教训某人:你要不怎么怎么样,今晚让你去看秦腔!秦腔成了惩罚的代名词。所以,别的剧种可以各省走动,唯秦腔则如秦人一样,死不离窝;严重的乡土观念,也使其离不了窝:可能还在西北几个地方变腔走调的有些市场,却绝对冲不出往东南而去的潼关呢。

　　但是,几百年来,秦腔却没有被淘汰,被沉沦,这使多少人在大感而不得其解。其解是有的,就在陕西这块土地上。如果是一个南方人,坐车轰轰隆隆往北走,渡过黄河,进入西岸,八百里秦川大地,原来竟是:一抹黄褐的平原;辽阔的地平线上,一处一处用木椽夹打成一尺多宽墙的土屋,粗笨而庄重;冲天而起的白杨,苦楝,紫槐,枝干粗壮如桶,叶却小似铜钱,迎风正反翻覆……你立即就会明白了:这里的地理构造竟与秦腔的旋律惟妙惟肖的一统！再去接触一下秦人吧，活脱脱的一群秦始皇兵马俑的复出：高个、浓眉，眼和眼间隔略远，手和脚一样粗大，上身又稍稍见长于下身。当他们背着沉重的三角形状的犁铧，赶着山包一样团块组合式的秦川公牛，端着脑袋般大小的耀州瓷碗，蹲在立的卧的石碌子碡磙上吃着牛肉泡馍，你不禁又要改变起世界观了：啊，这是块多么空旷而实在的土地，在这块土地挖爬滚打的人群是多么"二愣"的民众！那晚霞烧起的黄昏里，落日在地平线上欲去不去的痛苦的妊娠，五里一村，十里一镇，高音喇叭里传播的秦腔互相交织、冲撞，这秦腔原来是秦川的天籁、地籁、人籁的共鸣啊！于此，你不渐渐感觉到了南方戏剧的秀而无骨吗？不深深地懂得秦腔为什么形成和存在而占却时间、空间的位置吗？

　　八百里秦川，以西安为界，咸阳、兴平、武功、周至、凤翔、长武、岐山、宝鸡，两个专区几十个县为西府；三原、泾阳、高陵、户县、合阳、大荔、韩城、白水，一个专区十几个县为东府。秦腔，就源于西府。在西府，民性敦厚，说话多用去声，一律咬字沉重，对话如吵架一样，哭丧又一呼三叹。呼喊远人更是特殊：前声拖十二分的长，末了方极快地道出内容。声韵的发展，使会远道喊人的人都从此有了唱秦腔的天才。老一辈的能唱，小一辈的能唱，男的能唱，女的能唱；唱秦腔成了做人最体面的事，任何一个乡下男女，只有唱秦腔，才有出人头地的可能，大凡有出息的，是个人才的，哪一个何曾未登过台，起码不能吼一阵乱弹呢？！

　　农民是世上最劳苦的人，尤其是在这块平原上，生时落草在黄土炕上，死了被埋在黄土堆下；秦腔是他们大苦中的大乐，当老牛木犁疙瘩绳，在田野已经累得筋疲力尽，立在犁沟里大喊大叫来一段秦腔，那心胸肺腑，关关节节的困乏便一尽儿涤荡净了。秦腔与他们，要和"西凤"白酒，长线辣子，大叶卷烟，牛肉泡馍一样成为生命的五大要素。若与那些年长的农民聊起来,他们想象的伟大的共产主义生活,首先便是这五大要素。他们有的是吃不完的粮食,他们缺的是高超的艺术享受,他们教育自己的子女,不会是那些文豪们讲的,幼年不是祖母讲着动人的迷丽的童话,而是一字一板传授着秦腔。他们大都不识字,但却出奇地能一本一本整套背诵出剧本,虽然那常常是之乎者也的字眼从那一圈胡子的嘴里吐出来十分别扭。有了秦腔,生活便有了乐趣,高兴了,唱"快板",高兴得像被烈性炸药爆炸了一样,要把整个身心粉碎在天空!痛苦了,唱"慢板",揪心裂肠的唱腔却表现了多么有情有味的美来,美给了别人的享受,美也熨平了自己心中愁苦的皱纹。当他们在收获时节的土场上,在月在中天的庄院里大吼大叫唱起来的时候,那种难以想象的狂喜、激动、雄壮,与那些献身于诗歌的文人,与那些有吃有穿却总感空虚的都市人相比,常说的什么伟大的永恒的爱情是多么渺小、有限和虚弱啊!

我曾经在西府走动了两个秋冬,所到之处,村村都有戏班,人人都会清唱。在黎明或者黄昏的时分,一个人独独地到田野里去,远远看着天幕下一个一个山包一样隆起的十三个朝代帝王的陵墓,细细辨认着田埂上、荒草中那一截一截汉唐时期石碑上的残字,高高的土屋上的窗口里就飘出一阵冗长的二胡声,几声雄壮的秦腔叫板,我就痴呆了,感觉到那村口的土尘里,一头叫驴的打滚是那么有力,猛然发现了自己心胸中一股强硬的气魄随同着胳膊上的肌肉疙瘩一起产生了。

每到农闲的夜里,村里就常听到几声锣响:戏班排演开始了。演员们都集合起来,到那古寺庙里去。吹、拉、弹、奏、翻、打、念、唱,提袍甩袖,吹胡瞪眼,古寺庙成了古今真乐府,天地大梨园。导演是老一辈演员,享有绝对权威,演员是一家几口,夫妻同台,父子同台,公公儿媳也同台。按秦川的风俗:父和子不能不有其序,爷和孙却可以无道,弟与哥嫂可以嬉闹无常,兄与弟媳则无正事不能多言。但是,一到台上，秦腔面前人人平等，兄可以拜弟媳为帅为将，子可以将老父绳绑索捆。寺庙里有窗无扇，屋梁上蛛丝结网，夏天蚊虫飞来，成团成团在头上旋转，薰蚊草就墙角燃起，一声唱腔一声咳嗽。冬天里四面透风，柳木疙瘩火当中架起，一出场一脸正经，一下场凑近火堆，热了前怀，凉了后背。排演到什么时候，什么时候都有观众，有抱着二尺长的烟袋的老者，有凳子高、桌子高趴满窗台的孩子。庙里一个跟头未翻起，窗外就哇地一声叫倒好，演员出来骂一声：谁说不好的滚蛋！他们抓住窗台死不滚去，倒要连声讨好：翻得好！翻得好！更有殷勤的，跑回来偷拿了红薯、土豆，在火堆里煨熟给演员做夜餐，赚得进屋里有一个安全位置。排演到三更鸡叫，月儿偏西，演员们散了，孩子们还围了火堆弯腰踢腿，学那一招一式。

一出戏排成了，一人传出，全村振奋，扳着指头盼那上演日期。一年十二个月，正月元宵日，二月龙抬头，三月三，四月四，五月五日过端午，六月六日晒丝绸，七月过半，八月中秋，九月初九，十月一日，再是那腊月五豆，腊八，二十三……月月有节，三月一会，那戏必是上演的。戏台是全村人的共同的事业，宁肯少吃少穿也要筹资集款，买上好的木石，请高强的工匠来修筑。村子富不富，就比这戏台阔不阔。一演出，半下午人就找凳子去占地位了，未等戏开，台下坐的、站的人头攒拥，台两边阶上立的卧的是一群顽童。那锣鼓就叮叮咣咣地闹台，似乎整个世界要天翻地覆了。各类小吃趁机摆开，一个食摊上一盏马灯，花生、瓜子、糖果、烟卷、油茶、麻花、烧鸡、煎饼，长一声短一声叫卖不绝。锣鼓还在一声儿敲打，大幕只是不拉，演员偶尔从幕边往下望望，下边就喊：开演呀，场子都满了！幕布放下，只说就要出场了，却又叮叮咣咣不停。台下就乱了，后边的喊前边的坐下，前边的喊后边的为什么不说最前边的立着；场外的大声叫着亲朋子女名字，问有坐处没有，场内的锐声回应快进来；有要吃煎饼的喊熟人去买一个,熟人买了站在场外一扬手,"日"地一声隔人头甩去,不偏不倚目标正好;左边的喊右边的踩了他的脚,右边的叫左边的挤了他的腰,一个说:狗年快完了,你还叫啥哩?一个说:猪年还没到,你便拱开了!言语伤人,动了手脚;外边的趁机而入,一时四边向里挤,里边向外扛,人的旋涡涌起,如四月的麦田起风,根儿不动,头身一会儿倒西,一会儿倒东,喊声、骂声、哭声一片;有拼命挤将出来的,一出来方觉世界偌大,身体胖肿,但差不多却光了脚,乱了头发。大幕又一挑,站出戏班头儿,大声叫喊要维持秩序;立即就跳出一个两个所谓"二杆子"人物来。这类人物多是头脑简单,四肢发达,却十二分忠诚于秦腔,此时便拿了枝条儿,哪里人挤,哪里打去,如凶神恶煞一般。人人恨骂这些人,人人又都盼有这些人,叫他们是秦腔宪兵,宪兵者越发忠于职责,虽然彻夜不得看戏,但大家一夜满足了,他们也就满足了一夜。

终于台上锣鼓停了,大幕拉开,角色出场。但不管男的女的,出来偏不面对观众,一律背身掩面,女的就碎步后移,水上漂一样,台下就叫:瞧那腰身,那肩头,一身的戏哟!是男的就摇那帽翎,一会儿双摇,一会儿单摇,一边上下飞闪,一边纹丝不动,台下便叫:绝了,绝了!等到那角色儿猛一转身,头一高扬,一声高叫,声如炸雷豁啷啷直从人们头顶碾过,全场一个冷颤,从头到脚,每一个手指尖儿,每一根头发梢儿都麻酥酥的了。如果是演《救裴生》,那慧娘站在台中往下蹲,慢慢地,慢慢地,慧娘蹲下去了,全场人头也矮下去了半尺,等那慧娘往起站,慢慢地,慢慢地,慧娘站起来了,全场人的脖子也全拉长了起来。他们不喜欢看生戏,最欢迎看熟戏,那一腔一调都晓得,哪个演员唱得好,就摇头晃脑跟着唱,哪个演员走了调,台下就有人要纠正。说穿了,看秦腔不为求新鲜,他们只图过过瘾。

在这样的地方,这样的环境,这样的气氛,面对着这样的观众,秦腔是最逞能的,它的艺术的享受,是和拥挤而存在,是有力气而获得的。如果是冬天,那风在刮着,像刀子一样,如果是夏天,人窝里热得如蒸笼一般,但只要不是大雪、冰雹、暴雨,台下的人是不肯撒场的。最可贵的是那些老一辈的秦腔迷,他们没有力气挤在台下,也没有好眼力看清演员,却一溜一排地蹲在戏台两侧的墙根,吸着草烟,慢慢将唱腔品赏。一声叫板,便可以使他们坠入艺术之宫,"听了秦腔,肉酒不香",他们是体会得最深。那些大一点的、脾性野一点的孩子,却占领了戏场周围所有的高空,杨树上,柳树上,槐树上,一个枝杈一个人。他们常常乐而忘了险境,双手鼓掌时竟从树杈上掉下来,掉下来自不会损伤,因为树下是无数的人头,只是招致一顿臭骂罢了。更有一些爬在了场边的麦秸积上,夏天四面来风,好不凉快,冬日就趴个草洞,将身子缩进去,露一个脑袋,也正是有闲阶级享受不了秦腔吧,他们常就瞌睡了,一觉醒来,月在西天,戏毕人散,只好苦笑一声悄然没声儿地溜下来回家敲门去了。

　　当然,一次秦腔演出,是一次演员亮相,也是一次演员受村人评论的考场。每每角色一出场,台下就一片喊喊喳喳:这是谁的儿子,谁的女子,谁家的媳妇,娘家何处?于是乎,谁有出息,谁没能耐,一下子就有了定论。有好多外村的人来提亲说媒,总是就在这个时候进行。据说有一媒人将一女子引到台下,相亲台上一个男演员,事先夸口这男的如何俊样,如何能干,但戏演了过半,那男的还未出场,后来终于出来,是个国民党的伪兵,还持枪未走到中台,扮游击队长的演员挥枪一指,"叭"地一声,那伪兵就倒地而死,爬着钻进了后幕。那女子当下哼一声,闭了嘴,一场亲事自然了了。这是喜中之悲一例。据说还有一例,一个老头在脖子上架了孙孙去看戏,孙孙吵着要回家,老头好说好劝只是不忍半场而去,便破费买了半斤花生,他眼盯着台上,手在下边剥花生,然后一颗一颗扬手喂到孙孙嘴里,但喂着喂着,竟将一颗塞进孙孙鼻孔,吐不出,咽不下,口鼻出血,连夜送到医院动手术,花去了七十元钱。但是,以秦腔引喜的事却不计其数。每个村里,总会有那么个老汉,夜里看戏,第二天必是头一个起床往戏台下跑。戏台下一片石头、砖头,一堆堆瓜子皮,糖果纸,烟屁股,他掀掀这块石头,踢踢那堆尘土,少不了要捡到一角两角甚至三元四元钱币来,或者一只鞋,或者一条手帕。这是村里钻刁人干的营生,而馋嘴的孩子们有的则夜里趁各家锁门之机,去地里摘那香瓜来吃,去谁家院里将桃杏装在背心兜里回来分红。自然少不了有那些青春妙龄的少男少女,则往往在台下混乱之中眼送秋波,或者就悄悄退出,相依相偎到黑黑的渠畔树林子里去了……

秦腔在这块土地上,有着神圣的不可动摇的基础。凡是到这些村庄去下乡,到这些人家去做客,他们最高级的接待是陪着看一场秦腔,实在不逢年过节,他们就会要合家唱一会儿乱弹,你只能点头称好,不能耻笑,甚至不能有一点不入神的表示。他们一生最崇敬的只有两种人:一是国家领导人,一是当地的秦腔名角。即是在任何地方,这些名角没有在场,只要发现了名角的父母,去商店买油是不必排队的,进饭馆吃饭是会有座位的,就是在半路上挡车,只要喊一声:我是某某的什么,司机也便要嘎地停车。但是,谁要侮辱一下秦腔,他们要争死争活地和你论理,以至大打出手,永远使你记住教训。每每村里过红白丧喜之事,那必是要包一台秦腔的,生儿以秦腔迎接,送葬以秦腔志哀,似乎这人生的世界,就是秦腔的舞台,人只要在舞台上,生、旦、净、丑,才各显了真性,恶的夸张其丑,善的凸现其美,善的使他们获得美的教育,恶的也使丑里化作了美的艺术。

广漠旷远的八百里秦川,只有这秦腔,也只能有这秦腔,八百里秦川的劳作农民只有也只能有这秦腔使他们喜怒哀乐。秦人自古是大苦大乐之民众,他们的家乡交响乐除了大喊大叫的秦腔还能有别的吗?

五味巷

长安城内有一条巷:北边为头,南边为尾,千百米长短;五丈一棵小柳,十丈一棵大柳。那柳都长得老高,一直突出两层木楼,巷面就全阴了,如进了深谷峡底;天只剩下一带,又尽被柳条割成一道儿的,一溜儿的。路灯就藏在树中,远看隐隐约约,羞涩像云中半露的明月,近看光芒成束,乍长乍短在绿缝里激射。在巷头一抬脚起步,巷尾就有了响动,背着灯往巷里走,身影比人长,越走越长,人还在半巷,身影已到巷尾去了。巷中并无别的建筑,一堵侧墙下,孤零零站一杆铁管,安有龙头,那便是水站了;水站常常断水,家家少不了备有水瓮,水桶,水盆儿,水站来了水,一个才会说话的孩子喊一声"水来了"! 全巷便被调动起来。缺水时节,地震时期,巷里是一个神经,每一个人都可以当将军。买高档商品,是要去西大街、南大街,但生活日用,却极方便:巷北口就有了四间门面,一间卖醋,一间卖椒,一间卖盐,一间卖碱;巷南口又有一大铺,专售甘蔗,最受孩子喜爱,每天门口拥集很多,来了就赶,赶了又来。巷本无名,借得巷头巷尾酸辣苦咸甜,便"五味,五味",从此命名叫开了。

这巷子,离大街是最远的了,车从未从这里路过,或许就最保守着古老,也因保守的成分最多,便一直未被人注意过、改造过。但居民却看重这地方,住户越来越多,门窗越安越稠。东边木楼,从北向南,一百二十户,西边木楼,从南向北,一百零三户。门上窗上,挂竹帘的,吊门帘的,搭凉棚的,遮雨布的,一入巷口,各人一眼就可以看见自己门窗的标志。楼下的房子,没有一间不阴暗,楼上的房子,没有一间不裂缝;白天人人在巷里忙活,夜里就到每一个门窗去,门窗杂乱无章,却谁也不曾走错过。房间里,布幔拉开三道,三代界限划开;一张木床,妻子、儿子,香甜了一个家庭,屋外再吵再闹,也彻夜酣眠不醒了。

城内大街是少栽柳的,这巷里柳就觉得稀奇。冬天过去,春天几时到来,城里没有山河草林,唯有这巷子最知道。忽有一日,从远远的地方向巷中一望,一巷迷迷的黄绿,忍不住叫一声:"春来了!"巷里人倒觉得来得突然,近看那柳枝,却不见一片绿叶,以为是迷了。再从远处看,那黄黄的,绿绿的,又弥漫在巷中。这奇观儿曾惹得好多人来,看了就叹,叹了就折,巷中人就有了制度:君子动眼不动手。只有远道的客人难得来了,才折一枝二枝送去瓶插。瓶要瓷瓶,水要净水,在茶桌几案上置了,一夜便皮儿全绿,一天便嫩芽暴绽,三天吐出几片绿叶,一直可以长出五指长短,不肯脱落,娟秀如美人的长眉。

到了夏日,柳树全挂了叶子,枝条柔软修长如长发,数十缕一撮,数十撮一道,在空中吊了绿帘,巷面上看不见楼上窗,楼窗里却看清巷道人。只是天愈来愈热,家家门窗对门窗,火炉对火炉,巷里热气散不出去,人就全到了巷道。天一擦黑,男的一律裤头,女的一律裙子,老人孩子无顾忌,便赤着上身,将那竹床、竹椅、竹席、竹凳,巷道两边摆严,用水哗地泼了,仄身躺着卧着上去,茶一碗一碗喝,扇一时一刻摇,旁边还放盆凉水,一刻钟去擦一次。有月,白花花一片,无月,烟火头点点,一直到了夜阑,打鼾的、低谈的、坐的、躺的,横七竖八,如到了青岛的海滩。

若是秋天,这里便最潮湿,砖块铺成的路面上,人脚踏出坑凹,每一个砖缝都长出野草,又长不出砖面,就嵌满了砖缝,自然分出一块一块的绿的方格儿。房基都很潮,外面的砖墙上印着返潮后一片一片的渍,内屋脚地,湿湿虫繁生,半夜小解一拉灯,满地湿湿虫乱跑,使人毛骨悚然,正待要捉,却霎时无影。难得的却有了鸣叫的蛐蛐,水泥大楼上,柏油街道上都有着蛐蛐,这砖缝、木隙里却是它们的家园。孩子们喜爱,大人也不去捕杀,夜里懒散地坐在家中,倒听出一种生命之歌,欢乐之歌。三天,五天,秋雨就落一场,风一起,一巷乒乒乓乓,门窗皆响,索索瑟瑟,枯叶乱飞。雨丝接着斜斜下来,和柳丝一同飘落,一会拂到东边窗下,一会拂到西边窗下。末了,雨戛然而止,太阳又出来,复照玻璃窗上,这儿一闪,那儿一亮,两边人家的动静,各自又对映在玻璃上,如演电影,自有了天然之趣。

孩子们是最盼着冬天的了。天上下了雪,在楼上窗口伸手一抓,便抓回几朵雪花,五角形的,七角形的,十分好看,凑近鼻子闻闻有没有香气,却倏忽就没了。等雪在柳树下积得厚厚的了,看见有相识的打下边过,动手一扯那柳枝,雪块就哗地砸下,并不生疼,却吃一大惊,楼上楼下就乐得大呼小叫。逢着一个好日头,家家就忙着打水洗衣,木盆都放在门口,女的揉,男的投,花花彩彩的衣服全在楼窗前用竹竿挑起,层层叠叠,如办展销。风翻动处,常露出姑娘俊俏俏白脸,立即又不见了,唱几句细声细气的电影插曲,逗起过路人好多遐想。偶尔就又有顽童恶作剧,手握一小圆镜,对巷下人一照,看时,头儿早缩了,在木楼里嗤嗤痴笑。

这里每一个家里,都在体现着矛盾的统一:人都肥胖,而楼梯皆瘦,两个人不能并排,提水桶必须双手在前;房间都小,而立柜皆大,向高空发展,乱七八糟东西一股脑全塞进去;工资都少,而开销皆多,上养老,下育小,一个钱顶两个钱花,自由市场的鲜菜吃不起,只好跑远道去国营菜场排队；地位都低,而心性皆高,家家看重孩子学习,巷内有一位老教师,人人器重。当然没有高干、中干住在这里,小车不会来的,也就从不见交通警察,也不见一次戒严。他们在外从不管教别人,在家也不受人教管：夫妻平等,男回来早男做饭,女回来早女做饭。他们也谈论别人住水泥楼上的单元,但末了就数说那单元房住了憋气：一进房,门"砰"地关了,一座楼分成几十个世界。也谈论那些后有后院,前有篱笆花园的人家,但末了就又数说那平房住不惯：邻人相见,而不能相逾。他们害怕那种隔离,就越发维护着亲近,有生人找一家,家家都说得清楚：走哪个门,上哪个梯,拐哪个角,穿哪个廊。谁家娶媳妇,鞭炮一响,两边楼上楼下伸头去看,乐事的剪一把彩纸屑,撒下新郎新娘一头喜,夜里去看闹新房,吃一颗喜糖,说十句吉祥。谁说不出谁家大人的小名,谁家小孩的脾性呢？

他们没有两家是乡党的,汉、回、满,各种风俗。也没有说一种方言的,北京、上海、河南、陕西,南腔北调。人最杂,语言丰富,孩子从小就会说几种话,各家都会炒几种风味菜,除了外国人,哪儿来的人都能交谈,哪儿来的剧团,都要去看。坐在巷中,眼不能看四方,耳却能听八面,城内哪个商场办展销,哪个工厂办技术夜校,哪个书店卖高考复习资料,只要一家知道,家家便知道。北京开了什么会,他们要议论,某个球队出国得了冠军,他们要欢呼,哪个干部搞走私,他们要咒骂。议完了,笑完了,骂完了,就各自回家去安排各家的事情,因为房小钱少,夫妻也有吵的,孩子也有哭的。但一阵雷鸣电闪,立即便风平浪静,妻子依旧是乳,丈夫依旧是水,水乳交融,谁都是谁的俘虏；一个不笑,一个不走,两个笑了,孩子就乐,出来给人说：爸叫妈是冤家,妈叫爸是对头。

早上,是这个巷子最忙的时候。男的去买菜,排了豆腐队,又排萝卜队,女的给孩子穿衣喂奶,去炉子上烧水做饭。一家人匆匆吃了,但收拾打扮却费老长时间:女的头发要油光松软,裤子要线楞不倒,男子要领齐帽端,鞋光袜净,夫妻各自是对方的镜子,一切满意了,一溜一行自行车扛下楼,一声丁零,千声呼应,头尾相接,出巷去了。中午巷中人少,孩子可以隔巷道打羽毛球。黄昏来了,巷中就一派悠闲:老头去喂鸟儿,小伙去养鱼,女人最喜育花。鸟笼就挂满楼窗和柳桠上,鱼缸是放在走廊、台阶上,花盆却苦于没处放,就用铁丝木板在窗外凌空吊一个凉台。这里的姑娘和月季,突然被发现,立即成了长安城内之最,五年之中,姑娘被各剧团吸收了十人,月季被植物园专家参观了五次。

就是这么个巷子,开始有了声名,参观者愈来愈多了。一九八一年冬,我由郊外移居城内,天天上下班,都要路过这巷子,总是带了油盐酱醋瓶,去那巷头四间门面捎带,吃醋椒是酸辣,尝盐碱是咸苦。进了巷口,一直往南走,短短小巷,却用去我好多时间,走一步,看一步,想一步,千缕思绪,万般感想。出了南巷口,见孩子们又拥集在甘蔗铺前啃甘蔗,吃得有滋有味,小孩吃,大人也吃。我便不禁两耳下陷坑,满口生津,走去也买一根,果然水分最多,糖分最浓,且甜味最长。

延安街市记

街市在城东关,窄窄的,那么一条南低北高的慢坡儿上;说是街市,其实就是河堤,一个极不讲究的地方。延河在这里掉头向东去了,街市也便弯成个弓样:一边临着河,几十米下,水是深极深极的;一边是货棚店舍,仄仄斜斜,买卖人搭起了,小得可怜,出进都要低头。棚舍门前,差不多设有小桌矮凳,白日摆出来,夜里收回去。小商小贩的什物摊子,地点是不可固定,谁来得早,谁便坐了好处;常常天不明就有人占地了,或是用绳在堤栏杆上绷出一个半圆,或是搬来几个石头垒成一个模样。街面不大宽阔,坡度又陡,卖醋人北头跌了跤,醋水可以一直流到南头;若是雨天,从河滩看上去,尽是人的光腿,从延河桥头看下去,一满是浮动着的草帽。在陕北的高原上,出奇的有这么个街市,便觉得活泼泼的新鲜,情思很有些撩拨人的了。

站在街市上,是可以看到整个延安城的轮廓。抬头就是宝塔,似乎逢着天晴好日头,端碗酒,塔影就要在碗里;向南便看得穿整个南街;往北,一直是望得见延河的新头了。乍进这个街市,觉得不大协调,而环顾着四周的一切,立即觉得妥帖极了:四面山川沟岔,现代化的楼房和古老式的窑洞错落混杂,以山形而上,随地势而筑,对称里有区别,分散里见联系,各自都表现着恰到好处呢。

街市开得很早,天亮的时候,赶市的就陆陆续续来了。才下过一场雨,山川河谷有了灵气,草木绿得深,有了黑青,生出一种锃蓝的气霭。东川里河畔,原是做机场用的,如今机场迁移了,还留下条道路来,人们喜欢的是那水泥道两边的小路,草萋萋的,一尺来高,夹出的路面平而干净无尘,蚂蚱常常从脚下溅起,逗人情性,走十里八里,脚腿不会打硬了。山峁上,路瘦而白,有人下来,蹑手蹑脚地走那河边的一片泥沼地,泥起了盖儿,恰好负起脚,稀而并不粘鞋底。一头小毛驴,快活地跑着,突然一个腾跃,身子扭得像一张弓。

一入街市,人便不可细辨了,暖和和的太阳照着他们,满脸浮着油汗。他们都是匆匆的,即使闲逛的人,也要紧迫起来,似乎那是一个竞争者的世界,人的最大的乐趣和最起码的本能就是拥挤。最红火的是那些卖菜者:白菜洗得无泥,黄瓜却带着蒂巴,洋芋是奇特的,大如瓷碗小,小如拳头大,一律紫色。买卖起来,价钱是不必多议,称都翘得高高的,末了再添上一点,要么三个辣子,要么两根青葱,临走,不是买者感激,偏是卖主道声"谢谢"。叫卖声不绝的,要数那卖葵籽的,卖甜瓜的。延安的葵籽大而饱满,炒得焦脆;常言卖啥不吃啥,卖葵籽的却自个嗑一颗在嘴里了,喊一声叫卖出来。一般又不用称,一抓一两,那手比秤还准呢。瓜是虎皮瓜,一拳打下去,"砰"地就开了,汁液四流,粘手有胶质。

饭店是无言的,连牌子也不曾挂,门开得最早,关得最迟。店主人多是些婆姨,干净而又利落。一口小锅,既烧粉丝汤,也煮羊肉面;现吃现下。买饭的,坐在桌前,端碗就吃,吃饱了,见空碗算钱。然而,坐桌吃的多是外地人,农民是不大坐的,常常赶了毛驴,陕北的毛驴瘦筋筋的,却身负重载,被拴在堤河栏杆上,主人买得一碗米酒,靠毛驴站着,一口酒,一口黄面馍干粮。吃毕,一边牵着毛驴走,一边眼瞅着两旁货摊,一边舌头舔着嘴唇,还在说:好酒,好酒。

中午的时分,街市到了洪期,这里是万千景象,时髦的和过时的共存:小摊上,有卖火镰的,也有卖气体打火机的;人群中,有穿高跟皮鞋的女子,也有头扎手巾的老汉,时常是有卖刮舌子的就倚在贴有出售洗衣机的广告牌下。人们都用鼻音颇重的腔调对话,深沉而有铜的音韵。陕北是出英雄和美人的地方,小伙子都强悍而显英俊,女子皆丰满又极耐看。男女的青春时期,他们是山丹丹的颜色,而到了老年,则归返于黄土高原的气质,年老人都面黄而不浮肿,鼻耸且尖,脸上皱纹纵横,俨然是一张黄土高原的平面图。

两个老人,收拾得臃臃肿肿的,蹲在街市的一角,反复推让着手里的馍馍,然后一疙瘩一疙瘩塞进口里,没牙的嘴那么嚅嚅着,脸上的皱纹,一齐向鼻尖集中,嘴边的胡子就一根根乍起来:"新窑一满弄好了。"

"尔格儿就让娃们家订日子去。"

这是一对亲家,在街市上相遇了,拉扯着。在闹哄哄的世界,寻着一块空地,谈论着儿女的婚事。他们说得很投机,常常就仰头笑喷了唾沫溅出去,又落在脸上。拴在堤栏杆上的毛驴,便偷空在地上打个滚儿,叫了一声;整个街市差不多就麻酥酥地颤了。

傍晚,太阳慢慢西下了,延安的山,多不连贯,一个一个浑圆状的模样,山头上是被开垦了留作冬麦子的,太阳在那里泛着红光。河川里,一行一行的也是浑圆状的河柳却都成了金黄色。街市慢慢散去了,末了,一条狗在那里走上来,叼起一根骨头,很快地跑走了。

北方的农民,从田地里走到了街市,获得了生活的物质和精神的愉快,回到了每一孔窑洞里,坐在了每一家土炕上,将葵籽皮留在街市,留下了新生活的踪迹。延河滩上,多了一层结实的脚印,安静下来了。水依然流着,起着浪,从远远的雾里过来,一会儿开阔,一会儿窄小,弯了,直了,深沉地流去。

在米脂

> 走头头的骡子三盏盏的灯,
> 挂上那铃儿哇哇的声。
> 白脖子的哈巴朝南咬,
> 赶牲灵的人儿过来了;
> 你是我的哥哥你招一招手,
> 你不是我的哥哥你走你的路。

在米脂县南的杏子村里,黎明的时候,我去河里洗脸,听到有人唱这支小调。一时间,山谷空洞起来,什么声音也不再响动;河水柔柔的更可爱了,如何不能掬得在手;山也不见了分明,生了烟雾,淡淡地化去了,只留下那一抛山脊的弧线。我仄在石头上,醉眼蒙眬,看残星在水里点点,明灭长短的光波。我不知这是谁唱的。三年前,我听过这首小调的唱片,但那是说京腔的人唱的,毕竟是太洋了,后来又在西安大剧院听人唱过,又觉得抒扬有余,神韵不足。如今在这么一个边远的山村,一个欲明未明的清晨,唱起来了,在它适应的空间里,味儿有了,韵儿有了。

歌唱的,是一位村姑。在上岸的柳树根下,她背向而坐;伸手去折一枝柳梢，一片柳叶落在水里，打个旋儿，悠悠地漂下去了。

这是极俏的人，一头淡黄的头发披着，风动便飘忽起来，浮动得似水中的云影，轻而细腻，倏忽要离头而去。耳朵一半埋在发里，一半白得像出了乌云的月亮。她微微地斜着身子，微微地低了头，肩削削的，后背浑圆，一件蓝布衫子，窈窕地显着腰段。她神态温柔、甜美，我不敢弄出一点响动，一任儿让小曲摄了魂去。

这是一首古老的小调，描绘的是一个迷人的童话。可以想象到，有那么一个村子，是陕北极普遍的村子。村后是山，没有一块石头，浑圆得像一个馒头，山上有一二株柳，也是浑圆的，是一个绿绒球。山坡下是一孔一孔窑洞，窑里放着油得光亮的门箱，窑窗上贴着花鸟剪纸，窑门上吊着印花布帘，羊儿在崖畔上啃草，鸡儿在场垴上觅食。从门前小路上下去，一拐一拐，到了河里，河水很清，里边有印着丝纹的石子，有银鳞的小鱼，还有蝌蚪，黑得像眼珠子。少妇们来洗衣，一块石板，是她们一席福地。衣服艳极了，晾在草地上，于是，这条河沟就全照亮了。

有那么一个姑娘，该叫什么名字呢？她是村里佼佼者。父母守她一个，村里人爱她，见过她的人都爱她。她家在大路口开了个饭店，生意兴旺，进店的，为了吃饭，也为着见她。她却最是端庄，清高得很，对谁也不肯一笑。

姑娘有姑娘的意中人，眼波只属于清风，只属于他。他是后山的后生，十八岁或者二十岁，每天要从这里路过去县上赶脚。进得店来，看见她，粗茶淡饭也香，喝口凉水也甜，常常饥着而来，待会便走，不吃不喝也就饱了。她给他擀面，擀得白纸一张，切面，刀案齐响，下到锅里莲花转，捞到碗里一窝丝。她一回头，他正看她，给她一笑，她想回他个笑，但她却变了脸。他低了头，连脖子都红了，却看见了桌布下她露出的两只鞋尖。她看出他的意思了，却更冷了脸儿，饭端上来,偏不拿筷子。他问;她说:"在筷笼,你没长手?"他凉了心,吃得没味,出去了。她得意地笑,终又恨他,骂他"屠头"。

他几天竟不来了,她坐在家里等。等得久了,头也懒得梳,她说:"不来了,好!"但却哭了。

天天却听见门外树上的喜鹊叫。她走出来,却是他在用石子打那鸟儿。她愣了,眼泪都流了出来。他瞧着她喜欢,向她走来,她却又上了气:"为什么打鸟?""我恨!""恨鸟儿?""它住在这里。""那碍你什么了?""也恨我。""恨你?""恨我不是鸟儿!"她想了想,突然笑了。他一看她,她立即面壁不语。他向她走近来,她却又走了,一直走到窑里。只想他会一挑帘儿进来,回头一看,他没有进来,走出窑看时,他却走了,边走边抹着眼泪。

她盼他再来。再盼他来。他却再也没来。每天赶脚人从门口来往,三头五头的骡子,头上缠着红绸,绸上系着铜铃,铜铃一响,她出门就看,骡子身上架着竹筐,一边是小米,南瓜,土豆,一边是土布,羊皮,麻线,他领头前边走,乜她一眼,鞭儿甩得"叭叭"地响,走过去了。

一次,两次,眼睁睁看他过去了,她恨自己委屈了他,又更恨那个他!夜里拿被子堆一个他,指着又骂又捶又咬,末了抱住流眼泪。等着他又路过了,她看着他的身影,又急切切盼着他能回过头来,向她招一招手……

小调停了,我却叹息起来,千般万般儿猜想,那后生是招了招手呢,还是在走他的路? 一抬头,却见岸那边走来一个年轻人,白生生赶了一群羊,正向那唱小调的村姑摇手。村姑走了过去,双双走到了岩那边的洼地,坐在深深的茅草丛中去了。茅草在动着,羊鞭插在那里,是他们的卫兵。

我悄悄退走了,明白这边远的米脂,这贫瘠的山沟,仍然是纯朴爱情的乐土,是农家自有其乐的地方。

通渭人家

通渭是甘肃的一个县,我去的时候正是五月,途经关中平原,到处是麦浪滚滚,成批成批的麦客蝗虫一般从东往西撵场子,他们背着铺盖,拿着镰刀,涌聚在车站、镇街的屋檐下和地头,与雇主谈条件,讲价钱,争吵、咒骂,甚或就大打出手。环境的污染,交通的混乱,让人急迫而烦躁,却也感到收获的紧张和兴奋。一进入陇东高原,渐渐就清寂了,尤其过了会宁,车沿着苦丁河在千万个峁塬沟岭间弯来拐去,路上没有麦客,田里也没有麦子,甚至连一点绿的颜色都没有,看来,这个地区又是一个大旱年,颗粒无收了。太阳还是红堂堂地照着,风也像刚从火炉里喷出来,透过车窗玻璃,满世界里摇曳的是丝丝缕缕的白雾,搞不清是太阳下注的光线,还是从地上蒸腾的气焰,一切都变形了,开始是山,是路,是路边卷了叶子的树,再后是蹴在路边崖塄上发痴的人和人正看着不远处铁道上疾驶而过的火车。火车一吼长笛,然后是轰然的哐哐声。司机说:你听你听,火车都在说,甘肃——穷,穷,穷,穷……

我就是这样到了通渭。

通渭缺水,这在我来之前就听说的,来到通渭,其严重的缺水程度令我瞠目结舌。我住的宾馆里没有水,服务员关照了,提了一桶水放在房间供我洗脸和冲马桶,而别的住客则跑下楼去上旱厕。小小的县城正改造着一条老街,干燥的浮土像面粉一样,脚踩下去噗噗地就钻一鞋壳。小巷里一群人拥挤着在一个水龙头下接水,似乎是有人插队,引起众怒,铝盆被踢出来咣啷啷在路道上滚。一间私人诊所里,一老头趴在桌沿上接受肌肉注射,擦了一个棉球,又擦一个棉球,大夫训道:五个棉球都擦不净?!老头说:河里没水了嘛。城外河里是没水了,衣服洗不成,擦澡也不能,一只鸭子从已是一片糨糊的滩上往过走,看见了盆子大的一个水潭,潭里还聚着一团蝌蚪,中间的尾巴在极快地摆动,四边的却越摆越慢,最后就不动了,鸭子伸脖子去啄,泥黏得跌倒,白鸭子变成了黄鸭子。城里城外溜达了一圈,我走近街房屋檐下的货摊上买矿泉水喝,滩边卧着的一条狗吐了舌头呼哧呼哧不停地喘,摊主骂道:你呼哧得烦不烦!然后就望着天问我那一疙瘩云能不能落下雨来?天上是有一疙瘩乌云,但飘着飘着,还没有飘过街的上空就散了。

　　我懦懦地回宾馆去,后悔着不该接受朋友的邀请,在这个时候来到了通渭,但是,我又一次驻脚在那个丁字路口了,因为斜对面的院门里,一个老太太正在为一个姑娘用线绞拔额上的汗毛,我知道这是在"开脸",出嫁前必须做的工作。在这么热的天气里,她即将要做新娘了吗?姑娘开罢了脸,就站在那里梳头,那是多么长的一头黑发呀,她立在那里无法梳,便站在了凳子上,梳着梳着,一扭头,望见了我正在看她。赶忙过来把院门关了。院门的门环在晃荡着,安装门环的包铁突出饱满。"往这儿看!"一个声音在说,我脸刷地红起来,扭过脖子,才发现这声音并不是在说我,而一个剃着光头的男人脖子上架了小儿就在我前面走。光头是一边走一边让小儿认街两边店铺门上的字,认得一个了,小儿用指头就在光头顶上写,写了一个又一个。大人问怎么不写了?小儿说:后边有人看着我哩。我是笑着,一直跟他们走过了西街。

这天晚上,我见到了通渭县的县长,他的后脖是酱红颜色,有着几道褶纹,脖子伸长了,褶纹就成白的。县长是天黑才从乡下检查蓄水节溉工程回来,听说我来了就又赶到宾馆。我们一见如故,自然就聊起今年的旱情,聊起通渭的状况,他几乎一直在说通渭的好话,比如通渭人的生存史就是抗旱的历史,为了保住一瓢水,他们可以花万千力气,而一旦有了一瓢水,却又能干出万千的事来。比如,干旱和交通的不便使通渭成为整个甘肃最贫困的县,但通渭民风却质朴淳厚,使你能想到陶潜的《桃花源记》。

"是吗?"我有些不以为然地冲着他笑,"孟子可是说过:衣食足,知礼仪。"

"孟子是不知道通渭的!"

"我也是到过许多农村,如果哪个地方民风淳厚,那个地方往往是和愚昧落后连在一起的……"

"可通渭恰恰是甘肃文化普及程度最高的县!"县长几乎有些生气了,他说明日他还要去乡下的,让我跟着他去亲眼看看,就不会说这样的话了。

我真的跟着县长去乡下了,转了一天,又转了一天。在走过的沟沟岔岔里,没有一块不是梯田的,且都是外高内低,挖着蓄水的塘,进入大的小的村庄,场畔有引水渠,巷道里有引水渠,分别通往人家门口的水窖。可以想象,天上如果下雨,雨水是不能浪费的,全然会流进地里和窖里。农民的一生,最大的业绩是在自己的手里盖一院房子,而盖房子很重要的一项工程就是修水窖,于是便产生了窖工的职业。小的水窖可以盛几十立方水,大的则容量达到数千立方,能管待一村的人与畜的全年饮用。一户人家富裕不富裕,不仅看其家里有着多少大缸装着苞谷和麦子,有多少羊和农具衣物,还要看蓄有多少水。当然，他们的生活是非常简单的，待客最豪华的仪式是杀鸡，有公鸡杀公鸡，没公鸡就杀还在下蛋的母鸡，然后烙油饼。但是，无论什么人到了门口，首先会问道：你喝了没？不管你回答是渴着或是不渴，主人已经在为你熬茶了。通渭不产茶叶，窖水也不甘甜，虽然熬茶的火盆和茶具极其精致，熬出的茶都是黑红色，糊状的，能吊出线，而且就那么半杯。这种茶立即能止渴和提起神来，既节约了水又维系了人与人之间的亲情。

我出身于乡下，这几十年里也不知走过了多少村庄，但我从未见过像通渭人的农舍收拾得这么整洁，他们的房子有砖墙瓦顶的，更多的还是泥抹的土屋，但农具放的是地方，柴草放的是地方，连楔在墙上的木橛也似乎经过了精心的设计。厨房里大都有三个瓮按程序地沉淀着水，所有的碗碟涮洗干净了，碗口朝下错落地垒起来，灶火口也扫得干干净净。越是缺水，越是喜欢着花草树木，广大的山上即便无能力植被，自家的院子里却一定要种几棵树，栽几朵花，天天省着水去浇，一枝一叶精心得像照看自己的儿女。我经过一个卧在半山窝的小村庄时，一抬头，一堵土院墙内高高地长着一株牡丹，虽不是花开的季节，枝叶隆起却如一个笸篮那么大。山沟人家能栽牡丹，牡丹竟长得这般高大，我惊得大呼小叫，说："这家肯定生养了漂亮女人！"敲门进去，果然女主人长得明眸皓齿，正翻来覆去在一些盆里倒换着水。我不明白这是干啥，她笑着说穷折腾哩，指着这个盆里是洗过脸洗过手的水，那个盆里是涮过锅净过碗的水，这么过滤着，把清亮的水喂牲口和洗衣服，洗过衣服了再浇牡丹的。水要这么合理利用，使我感慨不已，对着县长说：瞧呀，鞋都摆得这么整齐！台阶上是有着七八双鞋，差不多都破得有了补丁，却大小分开摆成一溜儿。女主人倒有些不好意思了，说：图个心里干净嘛！

正是心里干净，通渭人处处表现着他们精神的高贵。你可以顿顿吃野菜喝稀汤,但家里不能没有一张饭桌;你可以出门了穿的衣裳破旧,但不能不洗不浆;你可以一个大字不识,但中堂上不能不挂字画。有好几次饭时我经过村庄的巷道,两边门口蹲着吃饭的老老少少全站起来招呼,我当然是要吃那么一个蒸熟的洋芋的,蘸着盐巴和他们说几句天气和收成,总能听到说谁家的门风好,出了孝子。我先是不解这话的意思,后来才弄清他们把能考上大学的孩子称作孝子,是说一个孩子若能考上大学就为父母省去好多熬煎,若是这孩子考不上学,父母就遭罪了。重视教育这在中国许多贫困地区是共同的特点,往往最贫穷的地方升学率最高,这可以看作是人们把极力摆脱贫困的希望放在了升学上。通渭也是这样,它的高考升学率一直在甘肃名列前茅,但通渭除了重视教育外,已经扩而大之到尊重文字,以至于对书法的收藏发展到了一种难以想象的疯狂地步。在过去,各地都有焚纸炉,除了官府衙门焚化作废的公文档案外,民间有专门捡拾废纸的人,捡了废纸就集中焚烧,许多村镇还贴有"敬惜字纸"的警示标语,以为不珍惜字与纸的,便会沦为文盲,即使已经是文人学子也将退化学识。现在全县九万户人家,不敢说百分之百家里收藏书法作品,却可以肯定百分之九十五的人家墙上挂有中堂和条幅。我到过一些家境富裕的农民家,正房里、厦屋里每面墙上悬挂了装裱得极好的书法作品,也去过那些日子苦焦的人家,什么家当都没有,墙上仍挂着字。仔细看了,有些是明清时一些国内大家的作品,相当有价值,而更多的则是通渭县现当代书家所写。县长说,通渭人爱字成风,写字也成风,仅现在成为全国书法家协会会员的人数,通渭是全省第一,而成为省书协会员的人数,在省内各县中通渭又是第一。书法有市场,书法家就多,书法家多,装饰店就多,小小县城里就有十多家,而且生意都好。我在一个只有十几户人家的小山村里,见到了其中三家挂有于右任和左宗棠的字,而一家的主人并不认字,墙上的对联竟是"玉楼宴罢醉和春,千杯饮后娇伺夜"。在另一家,一幅巨大的中堂,几乎占了半面墙壁,而且纸张发黄变脆,烟熏火燎的字已经模糊不清。我问这是谁的作品主人说不知道,他爷爷在世时就挂在老宅里,他父亲手里重新裱糊过一次,待他重盖了新屋,又拿来挂的。我仔细地辨了落款是"靖仁",去讨教村中老者,问靖仁是谁,老者说:靖仁呀,是前沟栓子他爷嘛,老汉活着的时候是小学的教书先生!把一个小学教师的字几代人挂在墙上,这令我吃惊。县长说,通渭有许多大的收藏家,那确实是不得了的宝贝,而一般人家贴挂字是不讲究什么名家不名家的,但一定得要求写字人的德行和长相,德行不高的人家写得再好,那不能挂在正堂,长相丑恶者也只能挂在偏屋,因为正堂的字前常年要摆香火的。

从乡下回到县城,许多人已经知道我来通渭了,便缠着要我为他们写字,可我怎么也想不到,来的有县上领导也有摆杂货摊的小贩,连宾馆看守院门的老头也三番五次地来。我越写来的人越多,邀我来的朋友见我不得安宁,就宣布谁再让写字就得掏钱,便真的有人拿了钱来买,也有人揣一个瓷碗,提一个陶罐,说是文物来换字,还有掏不出钱的,给我说好话,说得甚至要下跪,不给一个两个字就抱住门框不走。我已经写烦了,再不敢待在宾馆,去朋友家玩到半夜回来,房间门口还是站着五六个人。我说我不写字了,他们说他们坚决不向我索字,只是想看看我怎么写字。

在西安城里,书画的市场是很大的,书画却往往作为了贿品,去办升迁、调动、打官司或者贷款,我的情况就是如此,我也曾戏谑自己的字画推波助澜了腐败现象。但是在通渭,字画更多的是普通老百姓自己收藏,他们的喜爱成了风俗,甚至是一种教化和信仰。

在一个村里,县长领我去见一位老者,说老者虽不是村长,但威望很高。六月的天是晒丝绸的,村人没有丝绸,晒的却是字画,这位老者院子里晒的字画最多,惹得好多大人都去看,他家老少出来脸面犹如盆子大。我对老者说,你在村里能主持公道,是不是因为藏字画最多?他说:连字画都没有,谁还听你说话呀?县长就来劲了,叫嚷着他也为村人写几幅字,立即笔墨纸砚就摆开了,县长的字写得还真好,他写的是"一等人忠臣孝子,两件事读书耕田",写毕了,问道:怎么样?我说:好!他说:是字好还是内容好?我说字好内容好通渭好,在别的地方,维系社会或许靠法律和金钱,而通渭崇尚的是耕读道德。县长就让我也写写,讲明是不能收钱的,我提笔写了几张,写得高兴了,竟写了我曾在华山上见到的吉祥联:太华顶上玉井莲,花开十丈藕如船。

这天下午,一场雨就哗哗地降临了。村人欢乐得如过年节,我却躺在一面土炕上睡着了,醒来,县长还在旁边鼾声如雷。

几天后,我离开了通渭,临走时县长拉着我,一边搓着我胳膊上晒得脱下的皮屑,一边说:你来的不是好季节,又拉着你到处跑,让你受热受渴了。我告诉他:我来通渭正是时候!我要来通渭,带上我那些文朋书友,他们厌恶着城市的颓废和堕落,却又不得不置身于城市里那些充满铜臭与权柄操作的艺术事业中而浮躁痛苦着,我要让他们都来一回通渭!

进山东

第一回进山东,春正发生,出潼关沿着黄河古道走,同车里坐着几个和尚——和尚使我们与古代亲近——恍惚里,春秋战国的风云依然演义,我这是去了鲁国之境了。鲁国的土地果然肥沃,人物果然礼仪,狼虎的秦人能被接纳吗?沉沉的胡琴从那一簇蓝瓦黄墙的村庄里传来,余音绵长,和那一条并不知名的河,在暮色苍茫里蜿蜒而来又蜿蜒而去,弥漫着,如麦田上浓得化也化不开的雾气,我听见了在泗水岸上,有了"逝者如斯夫"的声音,从孔子一直说到了现在。

我的祖先,那个秦王嬴政,在他的生前是曾经焚书坑儒过的,但居山高为秦城,秦城已坏,凿池深为秦坑,自坑其国,江海可以涸竭,乾坤可以倾侧,唯斯文用之不息,如今,他的后人如我者,却千里迢迢来拜孔子了。其实,秦嬴政在统一天下后也是来过鲁国旧地,他在泰山上祀天,封禅是帝王们的举动,我来山东,除了拜孔,当然也得去登泰山,只是祈求上天给我以艺术上的想象和力量。接待我的济宁市的朋友说:哈,你终于来了!我是来了,孔门弟子三千,我算不算三千零一呢?我没有给伟大的先师带一束干肉,当年的苏武可以唱"执瓢从之,忽焉在后",我带来的唯是一颗头颅,在孔子的墓前叩一个重响。

一出潼关,地倾东南,风沙于后,黄河在前,是有了这么广大的平原才使黄河远去,还是有了黄河才有了这平原？哐唥哐唥的车轮整整响了一夜,天明看车外,圆天之下是铅色的低云,方地之上是深绿的麦田,哪里有紫白色的桐花哪里就有村庄,粗糙的土坯院墙,砖雕的门楼,脚步沉缓的有着黑红颜色而褶纹深刻的后脖的农民,和那叫声依然如豹的走狗——山东的风光竟与陕西关中如此相似！这种惊奇使我必然思想,为什么山东能产生孔子呢？那年去新疆,爱上了吃新疆的馕,怀里揣着一块在沙漠上走了一天,遇见一条河水了,蹲下来洗脸,"日"地将馕抛向河的上游,开始洗脸,洗毕时馕已顺水而至,捡起泡软的馕就水而吃,那时我歌颂过这种食品,正是吃这种食品产生了包括穆罕默德在内的多少伟人！而山东也是吃大饼的,葱卷大饼,就也产生了孔子这样的圣人吗？古书上也讲,泰山在中原独高,所以生孔子。圣人或许是吃简单的粗糙的食品而出的,但孔子的一部《论语》能治天下,儒家的文化何以又能在这里产生呢？望着这大的平原,我醒悟到平原是黄天厚土,它深沉博大,它平坦辽阔,它正规,它也保守而滞积,儒文化是大平原的产物,大平原只能产生出儒文化。那么,老庄的哲学呢,就产生于山地和沼泽吧。

在曲阜,我已经无法觅寻到孔子当年真正生活过的环境,如今以孔庙孔府孔林组合的这个城市,看到的是历朝历代皇帝营造起来的孔家的赫然大势。一个文人,身后能达到如此的豪华气派,在整个地球上怕再也没有第二个了。这是文人的骄傲。但看看孔子的身世,他的生前恓恓惶惶的形状,又让我们文人感到了一份心酸。司马迁是这样的,曹雪芹也是这样,文人都是与富贵无缘,都是生前得不到公正的。在济宁,意外地得知,李白竟也是在济宁住过二十余年啊！遥想在四川参观杜甫草堂,听那里人在说,流离失所的杜甫到成都去拜会他的一位已经做了大官的昔日朋友,门子却怎么也不传禀,好不容易见着了朋友,朋友正宴请上司,只是冷冷地让他先去客栈里住下好了。杜甫蒙受羞辱,就出城到郊外,仰躺在田埂上对天浩叹。尊诗圣的是因为需要诗圣,做诗圣的只能贫困潦倒。我是多么崇拜英雄豪杰呀,但英雄豪杰辈出的时代,斯文是扫地的。孔庙里,我并不感兴趣那些大大小小的皇帝为孔子树立的石碑,独对那面藏书墙钟情,孔老夫子当周之衰则否,属鲁之乱则晦,及秦之暴则废,遇汉之王则兴,乾坤不可久否,日月不可久晦,文籍不可久废啊!

当我立于藏书墙下留影拍照时,我吟诵的是米芾的赞词:"孔子孔子,大哉孔子!孔子以前,既无孔子;孔子之后,更无孔子。孔子孔子,大哉孔子!"出得孔府,回首看府门上的对联,一边有富贵二字,将富字写成"冨",一边有文章二字,将章字写成"章"。据说"冨"字没一点,意在富贵不可封顶,"章"字出头,意在文章可以通天。唏,这只是孔子后人的得意。衍圣公也是一代一代的,这如现在一些文化名人的纪念馆,遗孀或子女大都能当个纪念馆长一样的。做人是不是伟大的,先前姑且不论,死后能福及子孙后代和国人的就是伟大的人。孔子是这样,秦王嬴政是这样,毛泽东也是这样,看着繁荣富裕的曲阜,我就想到了秦兵马俑所在地临潼的热闹。

在孔庙里我睁大眼睛察看圣迹图,中国最早的这组石刻连环画,孔子的相貌并不俊美,头凹脸阔,豁牙露鼻。因父亲与一个年龄相差数十岁的女子结婚,他被称为野合所生,身世的不合俗理和相貌的丑陋,以及生存困窘,造就了千古素王。而秦嬴政呢,竟也是野合所得。有意思的是秦嬴政做了始皇,焚书坑儒,却也能到泰山封禅,他到了这里,不知对孔子作何感想?他登泰山天降大雨,想没想到过因泰山而有了孔子,也可以说因孔子而有了泰山,在泰山上他能祀天而求得以武功得天下又以武功守天下吗?

我在泰山上觅寻我的祖先遇雨而避的山崖和古松,遗憾地没有找到这个景点。听导游的人解说,我的祖先毕竟还是登上了山顶,在那里燃起了熊熊大火与天接通,天给了他什么昭示,后人恐怕不可得知,而事实是秦亡后,就在泰山之下,孔庙孔府孔林如皇宫一样蠹起而千万年里香火不绝。孔子就是五岳独尊的泰山吗?泰山就是永远的孔子吗?登泰山者,人多如蚁,而几多人真正配得上登泰山呢?我站在拱北石下向北面的峰头上看,我许下了我的宏愿,如果我有了完成夙命的能力和机会,我就要在那个峰头上造一个大庙的。我抚摸着拱北石,我以为这块石头是高贵的,坚强的,是一个拳头,是一个冲天的惊叹号。

古人讲:登泰山而一览众山小。周围的山确实是小的,小的不仅仅是周围的山,也小的是天下。我这时是懂得了当年孔子登山时的心境,也知道了他之所以惶惶如丧家之犬一样到处游说的那一份自信了。

我带回了一块石头,泰山上的石头。过去的皇帝自以为他们是天之骄子,一旦登基了就来泰山封禅的,但有的定都地远,他们可以来泰山祀天,也可以在自家门前筑一个土丘作为泰山来祀,而我只带回一块石头——泰山石是敢当的——泰山就永远属于我,给我拔地通天的信仰了。

进山东的时候,我是带了一批《土门》要参加签名售书活动的,在济宁城里搞了一场,书店的人又动员我能再到曲阜搞一次,我断然拒绝了。孔子门前怎能卖书呢?我带的是《土门》,我要上泰山登天门,奠地了还要祀天啊!我站在山顶的一级石阶上往天边看去,据说孔子当年就站在这儿,能看到苏州城门洞口的人物,可我什么也看不见,我是没有孔子的好眼力,但孔子教育了我放开了眼量,我需一副好的眼力去看花开花落,看云聚云散,看透尘世的一切。

怀着拜孔子、登泰山的愿望进山东,额外地在济宁参观了武氏祠的汉画像石，多么惊天动地的艺术！数百块的石刻中，令我惊异的是最多的画像竟是孔子见老子图。中国最伟大的会见，历史的瞬间凝固在天地间动人的一幕，年轻的孔子恭敬地站在那里，大袖筒中伸出两只雁头，这是他要送给老子的见面礼。孔子身后是颜回等二十人，四人手捧简册，而子路头有雄鸡，可能是子路生性喜辩爱斗的吧。这次会见，两人具体说了些什么，史料没有详载，民间也不甚传说，而礼仪之邦的芸芸众生却津津乐道，于此不疲，以至于有这么多的石刻图案。老子在西，孔子在东，孔子能如此地去见老子，但孔子生前为什么竟不去秦呢？这个问题我站在泰山顶上了还在追问自己，仍是究竟不出，孔子说登泰山而赋，我要赋什么呢？我要赋的就只有这一腔疑惑和惆怅了。

清涧的石板

车在陕北高原上颠簸,旅人已经十分地懒意了。从车窗里乜眼儿看去,两边尽是黄褐色的土峁,扑沓一堆的样子,又一个不连贯一个;顶上被开垦了,中腰修了梯田;活脱脱的秃头皱额老人呢。先还觉得有趣,慢慢便十分无聊,车上人差不多都闭上眼睛,昏昏欲睡去了。

但是,突然睁开眼来,却发现有了异样:山峁不再是重重暮气的老人了,它已经站起来,峭峭地有了崖,草木极盛;再往远看,山势一时生动,合时主峰兀现,开时脉络分明;随之便也听见了哗哗声,似流水,又不见水。车再往前开,便发现路正在石川里,石是青峥峥的,却并不浑然,分明看得见是一层一层叠压起来的,石川几米来宽,中间裂一窄缝,哗哗声便显得更大了。司机停下车来,说要给机器加水,提了桶下去,往那石缝里一跃一跳,立即就不见了。旅人都好奇起来,下车近去,原来河就在石缝里边,水流颇大,竟在里边拐来搞去,淘出四五尺宽的穴窟、渊潭;石岸更有了层次,越发杂乱;水是清极亮极的,看得见有一种鱼样的东西就趴在水下的石上,静静的,如何不曾冲去。

有人叫道:这便到了清涧县了。

陕北高原上,黄褐色的土里,突然有了青的石层,这便使人耳目一新,又有这么一道清水,立即就活泼泼地叫人爱怜了。

车继续往前走,石川越发幽深,常常转弯抹角,便闪出一个开阔地来。村庄也多起来了,全簇在山根,身后的石层,一道一道脉络,舒长而起伏,像是海的曲线,沉浮着山村人家。人家都是窑洞,却不是凿的土窑,也不是拱的砖窑,全然用着石板,那窑墙满是碎片立砌,一层斜左,一层斜右,像针织着的花纹,窑檐一摆儿用石板相接,如帽檐一般好看。间或就有了房子,房瓦是石板相接,有一人家正在修筑屋顶,房上站满了人,旁边的斜梯架上,匠人赤膀子背着石板,一步一挪;太阳在膀子上闪着油光,在石板上泛着青光,终于站在房上了,弓着腰,石板朝上,云幕的衬托下,像是背着一块青天。

河岸上,有人在叮叮当当凿着,然后是举着钢钎,弯着了身子,努力地撬动,咯咯噌噌的脆响,是分木裂帛的声音,一页页石板揭了起来,小的桌面大,大的席片小。装在毛驴车上被拉走了,老头四仰八叉睡在石板上吸烟,小儿却坐在车辕杆上赶驴,驴是不消赶的,他只是在车帮上吊一串小石板,用木棍敲着,叮叮当当,音亮而韵远。

旅人们再也不觉寂寞了,眉飞色舞,感叹起这天地造物的奇妙了:如果整个陕北是个秃头皱额的老人,这里该就是个灵光秀气的女子了,如果黄土高原是件光面羊皮大袄,清涧该是大袄上的一枚晶亮的玉扣了。清涧,是黄水的沉淀,是黄土的结晶,它是为着旅人的性情而形成的,还是为着改变黄土高原的概念而存在呢?

傍晚到了县城。县城不大,却依半山而筑,黑黝黝的一圈城墙,一色石板堆成,使人沉重而隐隐逼迫着一股寒气。走进城街,街巷极窄,两边建筑皆是石板所筑,虽然这里一天前才下过雨,路却无尘无泥。有人从小巷深处走来,满巷一片响声,放开喉咙歌唱一阵,音嗡嗡而有韵,久久不散。市民衣着华丽,习俗却还古旧,家家老小在门前石板桌前坐了喝茶,或是在石板棋盘上对弈。虽有自来水,女子们不愿在家洗涤,全抱了衣服在城边的河里,赤脚下水,在那青石板上擂着棒槌。

天黑下来了,旅人并没有睡意,依然在街上溜达,去量量城墙上石板的尺寸,去摸摸街面上石板的光滑。末了,长久地看着夜空,作一个遐想:夜空青蓝蓝的,那也是一张大石板吗?那星星就是石板的银钉吗?

天明起来,旅人们兴趣毫无减退,打问着石板的趣闻。旁人建议到城外乡村里走走吧。到了乡村,几乎就都要惊呼不已了,觉得到了一个神话的世界。那一切建筑,似乎从来没有砖和瓦的概念:墙是石板砌的,顶是石板盖的,门框是石板拱的,窗台是石板压的,那厕所,那台阶,那院地,那篱笆,全是石板的。走进任何一家去,炕面是石板的,灶台是石板的,桌子是石板的,凳子是石板的,柜子是石板的,锅盖是石板的,炕围是石板的。色也多彩,青、黄、绿、蓝、紫。主人都极诚恳,忙招呼在门前的树下,那树下就有一张支起的石板,用一桶凉水泼了,坐上去,透心的凉快。主妇就又抱出西瓜来,刀在石板磨石上磨了,嚓地切开,籽是黑籽,瓤是沙瓤。正吃着,便见孩子们从学校回来了,个个背一个书包,书包上系一片小薄石板,那是他们写字的黑板。一见有了生人,忽地跑开,兀自去一边玩起乒乓球。球案纯是一张石板,抽、杀、推、挡,球起球落,声声如珠落入玉盘。

终于在一所石板房里,遇见了一个石匠。老人已经六十二岁了,留半头白发,向后梳着,戴一副硬脚圆片镜,正眯了眼在那里刻一面石碑。碑面光腻,字迹凝重,每刻一刀,眉眼一凑,皱纹就爬满了鼻梁。我们攀谈起来,老人话短而气硬。他说,天下的石板,要数清涧,早年这个村里,土地缺贵,十家养不起一头牛,一家却出几个好石匠,打石板为生,卖石板吃饭,亏得这石板一层一层揭不尽,养活了一代一代清涧人。为了纪念这石板的功劳,他们祖传下来的待客的油旋,也就仿制成石板的模样,那么一层一层的,好吃耐看。他说,当年陕北闹红,这个村的石匠都当了红军,出没在石板沟,用石板做石雷,用石板烙面饼,硬是没被敌人消灭,却沉重地打击了敌人。他说,他的叔父,一个游击队的政委,不幸被敌人抓去,受尽了酷刑,不肯屈服,被敌人杀了头,挂在县城的石板城门上。他们又连夜攻城,取下头颅,以石匠最体面的葬礼,做了一合石板棺材掩埋了。结果,游击队并没有垮掉,反倒又一批石匠参加了游击队……

老人说着,慷慨而激奋,末了就又低头刻起碑文了,那一笔一画,入石三分。旅人都哑然了,觉得老人的话,像碑文一样刻在心上,他们不再是一种入了异境的好奇,而是如走进佛殿一般的虔诚,读哲学大典一般的庄重,静静地作各人的思索了,问起这里的生活,问起这里的风俗,末了,最感兴趣的是这里的人。

"到山上走走吧,你们会得到答案的。"老人指着河对面的山上说。

走到山上,什么也没有,只是一片墓地。每一个墓前不论大小新旧,出奇地都立着一块石板——一面刻字的石碑,形成一片石板林。近前看看,有死于战争时期的,有死于建设岁月的,每一块碑上,都有着生平。旅人们面对着这一面面碑的石板,慢慢领悟了老人的话:是的,清涧的人,民性就是强硬,他们活着的时候,是一面朴实无华的石板,锤錾下去,会冒出一串火花,他们死去了,石板却又要在墓前竖起来。他们或许是个将军,或许是个士兵,或许是个农民,或许是个村儒,但他们的碑子却冲地而起,直指天空,那是性格的象征,力量的象征,不屈的象征。

入川小记

我的家乡有句俗语:少不入川。少不入者,则四川天府之国,山光、水色、物产、人情,美而诱惑,一去便不复归也。此话流传甚广,我小的时候就记在心里,虽是警戒之言,但四川究竟如何美,美得如何,却从此暗暗地逗着我的好奇。一九八一年冬日,我们一行五人,从西安出发,沿宝成路乘车去了成都;走时雪下得很紧,都穿得十分暖和。秋天里宝成路遭了水灾,才修复通,车走得很慢,有些时候,竟如骑自行车一般。钻进一个隧洞,黑咕咚咚,满世界的轰轰隆隆,如千个雷霆、万队人马从头顶飞过;好容易出了洞口,见得光明,立即又钻进又一隧洞。借着那刹那间的天日,看见山层层叠叠,疑心天下的山峰全是集中到这里的。山头上积着厚雪,林木郁郁的模样,毛茸茸的像戴了顶白绒帽;山腰一片一片的红叶,不时便被极白的云带断开……又入隧洞了,一切又归于黑暗。如此两天一夜,实在是寂寞难堪,只好守着那车窗儿,吟起太白"蜀道难"的诗句,想:如今电气化铁路,且这般艰难,唐代时期,那太白骑一头瘦驴,携一卷诗书,冷冷清清,"怎一个愁字了得!"正思想,山便渐渐小了,末了世界抹得一溜平坦,这便是到了成都平原,心境豁然大变,车也驶得飞快,如挣脱了缰绳,一任春风得意似的。一下火车,闹嚷嚷的城市就在眼下,满街红楼绿树,金橘灿灿。在西北,这橘子是不大容易吃到的,如今见了,馋得直吐口水,一把分币便买得一大怀,掰开来,粉粉的,肉肉的,用牙一咬,汁水儿便口里溅出,不禁心灵神清,两腋下津津生风。惊喜之间,蓦地悟出一个谜来:这四川,不正是一个金橘吗?一层苦涩涩的橘皮,包裹着一团妙物仙品。外地来客,一到此地,一身征尘,吃到鲜橘,是在告诉着愈是好的愈是不易得到的道理啊!

走近市内,已是黄昏时分,天没有朗晴,夕阳看不到,云也看不到,一尽儿蒙蒙的灰白。我觉得这天恰到好处,脉脉地如浸入美人的目光里,到处洋溢着情味。树叶全没有动,但却感到有薰薰的风,眼皮、脸颊很柔和,脚下飘飘的,似乎有几分醉后的酥软。立即知道这里不比西北寒冷,穿着这棉衣棉裤是不大相宜,有些后悔不迭了。从街头往每一条小巷望去,树木很多,枝叶清新,路面潮潮的,不浮一点灰尘,家门口,都置有花草,即是在土墙矮垣上,也鲜苔缀满;偶尔一条深巷通向墙外,空地上有几畦白菜、萝卜,一青二白,便明白这地势极低,似乎用手在街上什么地方掘掘,就会咕涌涌现出一个清泉出来。街上的人多极,却未行色匆匆,男人皆瘦而五官紧凑,女人则多不烫发,随意儿拢一撮披在后背,依脚步袅袅拂动,如一片悠悠的墨云,又如一朵黑色的火焰。间或那男人女人的背上,用绳儿裹着一小孩骑上自行车,大人轻松,孩子自得,如作杂技,立即便感觉这个城市的节奏是可爱的缓慢,不同于外地。在那乱糟糟的生活旋涡里,突然走到这里,我满心满身地感到一种安逸、舒静,似乎有些悠悠超尘了。

在城里住下来,一刻儿也不愿待在房间,整日在街巷去走,街巷并不像天津那么曲折,但常常不辨了归途,我一向得意我的认路本领,但总是迷失方向,我不知这是什么原因,反正一任眼睛儿看去,耳朵儿听去,脚步儿走去。那街巷全是窄窄的,没有上海的高楼,也少于北京的四合院,那二层楼舍,全然木的结构,随便往哪一家门里看去,内房儿竹帘垂着,袅袅燃一炷卫生香烟。客间和内间的窗口,没有西北人贴着的剪纸,却都摆一盘盆景,有苍劲松柏的,有高洁梅兰的,有幽雅竹类的,更有着奇异的石材:砂碛石、钟乳石、岩浆石。那盆儿也讲究,陶质、瓷质、石质。设计起来,或雄浑,或秀丽,或奇伟,或恬静;山石得体,树势有味,以窗框为画框,恰如立体的挂幅。忍不住走进一家茶馆去了,那是多么忘我的境界,偌大的房间里,四面门板打开,仅仅几根木柱撑着屋顶,成十个茶桌,上百个竹椅,一茶一座,买得一角花茶,便有服务员走来,一手拎着热水壶,一条儿胳膊,从下而上,高高垒起几十个茶碗,哗哗哗散开来;那茶盖儿、茶碗儿、茶盘儿,江西所产,瓷细坯薄,叮叮传韵。正欣赏间,倒水人忽地从身后数尺之远,刷地倒水过来:水注茶碗,冲卷起而不溢出。将那茶盖儿斜盖了,燃起一支烟来,捏那盖儿将茶拨拨,便见满碗白气,条条微痕,久而不散,一朵两朵茉莉小花,冉冉浮开茶面。不需去喝,清香就沁人心胸,品开来,慢慢慢品,说不尽的满足。在成都待了几日,我早早晚晚都在茶馆泡着,喝着茶,听着身边的一片清谈,那音调十分中听,这么一杯喝下,清香在口,音乐在耳,一时心胸污浊,一洗而净,乐而不可言状也。

我们五人,皆关中汉子,嗜好辣子,出门远走,少不得有个辣子瓶儿带在身上。入了四川,方知十分可笑。第一次进了饭店,见那红油素面,喜得手舞足蹈,下决心天天吃这红油面了,没想各处走走,才知道这里的一切食物,皆有麻辣,那小吃竟一顿一样,连吃十天,还未吃尽。终日里,肚子不甚饥,却遇小吃店便进,进了便吃,真不明白这肚皮有多大的松紧!常常已经半夜了,从茶馆出来,悠悠地往回走,转过巷口,便见两街隔不了三家五家,门窗通明,立即颔下就显出两个小坑儿,喉骨活动,舌下沁出口水。灯光里,分明显着招牌,或是抄手,或是豆花面,或是蒸牛肉,或是豆腐脑;那字号起得奇特,全是食品前加个户主大姓,什么张鸭子,钟水饺,陈豆腐什么的。拣着一家抄手店进去,店小极,开间门面,中间一堵墙隔了,里边是家室,外边是店堂,锅灶盘在门外台阶,正好窗子下面。丈夫是厨师,妻子做跑堂,三张桌子招呼坐了,问得吃喝,妻子喊:"两碗抄手!"丈夫在灶前应:"两碗抄手!"妻子又过来问茶问酒,酒有泸州老窖,也有成都小曲,配一碟酱肉、香肠,来一盘胡豆、牛肉,还有那怪味兔块,调上红油、花椒、麻酱、香油、芝麻、味精。酒醇而柔,肉嫩味怪;立即面红耳赤,额头冒汗。抄手煮好了,妻子隔窗探身,一笊篱捞起,皮薄如白纸,馅嫩如肉泥,滋润化渣,汤味浑香,麻辣得唏唏溜溜不止,却不肯住筷。出了门,醉了八成,摇摇晃晃而走,想那神也如此,仙也如此,果然涌来万句诗词,只恨无笔无纸,不能显形,回旅社卧下,彻夜不醒,清早起来,想起夜里那诗,却荡然忘却,一句也不能做出了。

　　我常常琢磨:什么是成都的特点,什么是四川人的特点。在那有名的锦江剧院看了几场川剧,领悟了昆、高、胡、弹、灯五种声腔,尤其那高腔,甚是喜爱,那无丝竹之音,却有肉声之妙,当一人唱而众人和之时,我便也晃头晃脑,随之哼哼不已了。演出休息时,在那场外木栏上坐定,目观那园庭式的建筑,古香古色的场地,回味着上半场那以写意为主,虚实结合,幽默诙谐的戏曲艺术,似乎要悟出了点什么,但又道不出来。出了城廓,去杜甫草堂游了,去望江公园游了,去郊外农家游了,看见了那竹子,便心酥骨软,挪不动步来。那竹子是那么多!紫草竹、花楠竹、鸡爪竹、佛肚竹、凤尾竹、碧玉竹、道筒竹、龙鳞竹……漫步进去,天是绿绿的,地是绿绿的,阳光似乎也染上了绿。信步儿深入,遇亭台便坐,逢楼阁就歇,在那里观棋,在那里品茗。再往农家坐坐,侧身竹椅,半倚竹桌,抬头看竹皮编织的顶棚、内壁,涮湿竹的绿青色,俯身看柜子、箱子漆成干竹的铜黄色,再玩那竹子形状的茶缸、笔筒、烟灰盒,蓦地觉得,竹该是成都的精灵了。最是到了那雨天,天上灰灰白白,街头巷口,人却没有被逼进屋去,依然行走;全不会淋湿衣裳,只有仰脸儿来,才感到雨的凉凉飕飕。石板路是潮潮的了,落叶浮不起来,近处山脉,一时深、浅、明、暗,层次分明,远峰则愈高愈淡,末了,融化入天之云雾。这个时候,竹林里的叶子光极亮极,海棠却在寒气里绽了,黑铁条的枝上,繁星般孕着小苞,唯有一朵红了,像一只出壳的小鸭,毛茸茸的可爱,十分鲜艳,又十分迷丽。更有一种树,并不高的,枝条一根一根清楚,舒展而微曲地向上伸长,形成一个圆形,给人千种万种的柔情来了。我总是站在这雨的空气里,想我早些日子悟出的道理,越发有了充实的证明。是啊,竹,是这个城的象征,是这个城中人的象征:女子有着竹子的外形,腰身修长,有竹的美姿,皮肤细腻而呈灵光,如竹的肌质,那声调更有竹音的清律,秀中有骨,雄中有韵;男子则有竹的气质,有节有气,性情倔犟,如竹笋顶石破土,如竹林拥挤刺天。

  我太爱这欲雨非雨、乍湿还干的四川天了,醺醺地从早逛到晚,夜深了,还坐在锦江岸边,看两岸灯光倒落在江面,一闪一闪地不肯安静,走近去,那黑影里的水面如黑绸在抖,抖得满江的情味!街面上走来了一群少女,灯影里,腰身婀娜,秀发飘动,走上一座座木楼去了,只有一串笑声飘来。这黑绸似的水面抖得更情致了,夜在融融地化去,我也不知身在何处,融融地似也要化去了。

抚仙湖里的鱼

如此近地坐在海边,看海水摇曳出一片一片光波,如无数的刀在飞舞,而刹那间恍惚,整个海面陡然翘起,似乎要颠覆过来,这还是平生第一次。两千年的七月十五日下午,我就是这样坐在尖山下的小渔村口,面对着云南的抚仙湖。抚仙湖当地人称之是湖,我却认作它是海的,因为陕西缺水,少见多怪,把湖都叫作了海。海是这么的蓝!原以为水清无色,清得太过分了竟这般蓝,映得榕树也苍色深了一层。有人就坐在树下的石砌岸上,将赤着的脚浸在海里,上身的白衫发着荧光,却能看见水中那如藕的腿和染成绛红的脚的指甲。屋主用一种大的捞勺从海里舀水冲洗石子走道,舀上来的水里有一尾青脊梁的小鱼,欢乐地蹦着,然后就蹦到了海里。而榕树枝上就挂着了一个如罐似的铜锅,锅里正为我们烹着辣汁的鱼。

今天能吃到最鲜美的鱼了,我是这么想着,异常地兴奋。一份考古杂志上讲,人并不是猴子所变,而是来自水里。如果这种结论成立,鱼与人类应该算是亲近的,是鱼养活了人。花的开放是为着蜂蝶来采,鱼的生成就为着把坟墓建在人腹吗?那么,铜锅里的鱼来自海的哪一角呢?它活了多少岁月在等待着我这个北方的人?!

我环顾着海的周边,午后的霞光和水汽使群山虚化成水墨画中的皴染。唯独尖山在屋后,真实明显,它无基无序,拔地而起,阴影就铺了全部的渔村。将眼光尽量地往远处看,海的那边影影绰绰能看到有着楼房的县城,半个小时前,我们就是从那里驱车绕道从尖山的背后过来的。同来的云南人告诉说,她就是海那边县城的人,数百年前,海水并没有到尖山下,旧城就在这里,如果运气好,逢着个好的天气,清晨依稀能看见在海面上有原来县城的幻影。但我没福看到。我看到的只是这么几户人家的小渔村。或许这地方原本就是一个小渔村,小渔村发展成了旧城,旧城又发展成了小渔村。沧桑变化,变化成如今的模样真是再好不过的事了。据说那次旧城沉没,正好是一个晚上,除一对无眠的老夫妇逃出外,屋舍、人物、家畜全无消息。人是从水里爬上岸的动物,而那么一城的人又复归于水里,他们是变成了人鱼吗?一只水鸟贴着海面飞过来,兜一个圈儿,又贴着海面飞了去,在偶然望见的那一个崖头下,石头上坐着一个人,我想象那会不会坐着一个人首鱼身的美人鱼呢?

"那是捞鱼的。"陪我的人说。

"捞鱼的?"我怎么能相信呢,"坐在崖头下捞鱼?!"

原来这里的人很少荡船在海里张网捕鱼。古老的时候,他们用勺能连鱼带水舀上来,或者用竹茅在水里扎。如今鱼的需求量多了,也只是在崖头下的小石穴里等着鱼钻竹篓,这如同猎人的守株待兔。小石穴里,都是有泉水往海里流的,流出的泉和海的颜色不同,水质也不同,鱼顺着泉水往上游,只消在那儿放一个竹篓,鱼就进去了。泉水在海水中的光亮,如佛在尘世的召唤,海里那么多的鱼,能不能完满自己的生命,将坟墓修建在人的肚腹,就看它的造化了。

关于这个海里的鱼,是怎样的一种社会,有怎样的生存方式和信仰,真是无法想象的神秘。我提议能否去海上看看呢,于是搭乘了汽艇,遗憾地并没有见到一条鱼,鱼一定是沉潜在海底,海底里有水晶宫一样的去处吧？汽艇开得快起来，柔软的水面竟成了坚强的陆地，颠簸得身子生疼。陪同的人说要看鱼得阴历十五月圆的夜里，所有的鱼都游近了远处的那个孤岛下，若站在孤岛上可以看见四周一圈几米宽的鱼群带，白花花一片，鱼的划水声响成一种轰轰声。但那天不是阴历的十五，天又不是晚上，我仍是没有看到鱼，上得了孤岛，岛上住着一座佛庙，佛庙的门掩着，庙的花坛边坐着一群鲜艳的年轻女子，我弄不明白那是来庙里烧香的游客，还是鱼上了岸的化身？

汽艇又开始了在海上漫无目的地游弋，几乎是到了海的一角，海水变成了一条河向山垭间漫过去，陪我的人告诉说山垭那边仍是还有一个湖的，面积比这个湖还要大，两个湖便通过这条河连通的。天近了黄昏，穿过河去另一个海是不可能了，却生了玄想，如果要捞鱼，只站在那河里张一个网，那鱼就千船万担地收获了。

"不，"陪我的人叫起来，"两个湖的鱼从不相互往来的，河中间有一块礁石，就叫分鱼石，各自湖里的鱼游到那儿，全都掉头又游走了。"

"这是为什么？"

"这谁又知道为什么，恐怕各有各的地盘，各有各的家园，从不混乱的。"

这话说得真好。我说，鱼不混乱，人却混乱了，人污染了自己生存的地方，又以旅游的名义，到处去污染了。我一到云南听说这里环境优美，驱车就来了，从尖山后绕过来时，山脚那边已经是一个很繁华的小镇，有那么多现代的设施和那么多的游客。如果这里向外并没有道路，就那么几户的小渔村，该是多好呢？我一时也烦起了我和我一样丑恶的游客，蓦地倒醒悟了旧城沉没的秘密：是不是当旧城发展得人越来越多，他们就讨厌了作为人的生活而集体变成鱼了呢？

从海上返回小渔村，在一家厅室里，我看见了展示的两条青鱼的标本。鱼真是大，大到像一个人躺在那玻璃罩里。介绍的文字说，这两条鱼先后都是从湖里钓上来的。鱼是涂了防腐剂，看上去如活的一样，我看着鱼眼，鱼眼也看着我，我最后是不敢再看它的眼睛了，退出了厅室，鱼的眼睛还在看着我。

  夜里，我睡在昆明市豪华宾馆的床上，做了一个梦，我梦见了那两条大青鱼，大青鱼似乎在对我说什么，可我终听不明白鱼话，醒来我想起了小的时候看过的一出戏，戏是《柳生传书》。我是不是也该是那个柳生呢。可我给谁传书，传给谁去，怎么个传法？心中总有一团疑窦压着，所以写下了这篇文章求释然了。

走进塔里木

　　八月里走进塔里木,为的是看油田大会战。沿着那条震惊了世界的沙漠公路深入,知道了塔克拉玛干为什么被称作死亡之海,知道了中国人向大漠要油的决心有多大。那日的太阳极好,红得眼睛也难以睁开,喉咙冒烟,嘴唇干裂,浑身的皮也明显地觉得发紧。车上的司机告诉说,地表温度最高时是摄氏七十度,那才叫个烤呀!公路未修的时候,车队载着人和物资从库尔勒出发,沿着塔里木盆地边沿走,经过阿克苏,经过喀什,再到和田,这是多么漫长的道路,然后沙漠车才能进入塔克拉玛干腹地。这么一趟回来,人干巴巴的,完全都失了形!司机的话使我们看重了车上带着的那几瓶矿泉水,并且相互恶作剧,拧对方的肉,问:熟了没?喉咙也就疼得咽不下唾沫,将手巾弄湿捂在口鼻上。在热气里闷蒸了两个小时,突然间却起风了,先是柏油路上沙流如蛇,如烟,再就看见路边有人骑毛驴,人同毛驴全歪得四十度斜角地走,倏忽飘起,像剪纸一般落在远处的沙梁上。天开始黑暗,太阳不知坠到哪里去了,前边一直有四辆装载着木箱的卡车在疾驶,一辆已经在风中掀翻了,另外的三辆停在那里用绳索拉扯,仍摇晃如船。我们的小车是不敢停的,停下来就有可能打滚,但开得快又有御风起空的危险。司机说,这毕竟还不是大沙暴,在修这条公路和钻井的时候,大沙暴卷走了许多器械,单是推土机就有十多台没踪影了。我们紧张得脸都煞白了,幸好大的沙暴并没有发生,而沉甸甸的雾和沙尘,使车灯打开也难见路。艰艰难难地赶到塔中,风沙大得车门推不开,迎接我们的工人已都穿着棉大衣,谁也不敢张嘴,张嘴一口沙。

接待我们的是副调度长王兆霖,人称沙漠王的,他笑着说:中央领导每次来,天气总是好的,你们一来就坏了。我们也笑了,说这正是老天想让我们好好体验体验这里的生活嘛!

我们走进了大漠腹地,大漠让我们在一天之内看到了它多种面目,我们不是为浪漫而来,也不是为觅寻海市蜃楼和孤烟直长的诗句。塔里木大到一个法国的面积,号称第二个中东,它的石油储量最为丰富,地面自然条件又最为恶劣,地下地质结构又最为复杂,国家石油开发战略转移,二十一世纪中国石油的命运在此所系,那么,这里演绎着的是一场什么样的故事,这里的人如何为着自己的生存和为着壮丽的理想在奋斗呢?我们在塔中始终未逢到好天气,风沙依日肆虐,所带的衣服全部穿在身上,仍冻得嘴脸乌青。沙漠王是典型的石油人性格,高声快语,又诙谐有趣,领我们去看第一口千吨井,讲这里的过去,讲这里的将来。去英雄的沙漠车队,介绍每一个司机的故事,去看用铁板铺成跑道的飞机场,去亲自坐上沙漠车在沙梁间奔驶,领受颠簸的滋味,去看各处的活动房,去看工人床头上都放的什么书。在过去有关大庆油田的影视中,我们了解了石油人生活的简陋,而眼前的塔里木,自然条件的恶劣更甚于大庆,但生活区的活动房里却也很现代化了,有电视录像看,有空调机和淋浴器,吃的喝的全部从库尔勒运进,竟也节约下水办起了绿色试验园,绿草簇簇,花在风沙弥漫的黄昏里明亮。艰苦奋斗永远是石油人生活的主旋律,但石油人并不是只会做苦行僧,他们在用着干打垒的精神摧毁着干打垒,这里仍是改革的前沿阵地。不论是筑路、钻井、修房和运输,生产体制已经与世界接轨,机械和工艺是世界一流,效益当然也是高效益,新的时代,新的石油人,在荒凉的大漠里,为国家铸造着新的辉煌。

我们在沙漠腹地的日子并不长,嘴里的沙子总是刷不净,忽冷忽热的气候难以适应,我就感冒了,又开始拉肚子,但我们太喜欢那红色的信号服和安全帽,喜欢去井位,在飓风中爬井台,虽然到底弄不明白那里的生产程序和机械名称,却还要喋喋不休地问这问那。新疆是中国最大气的地方,过去的年月里容纳了多少逃难的人,逃婚的人,甚至逃罪的人,而今的塔里木油田上,为了一个共同的目标,五湖四海的人走到一起。塔里木改变了他们的人生观,培养了他们特有的性格和行为方式。他们是那样好客,给你说,给你唱,却极少提到这里的艰苦,也不抱怨这恶劣的气候,说许多趣话,甚至那些带彩的段子,使你感受到生命的蓬勃和饱满。我们采访了那些在石油战线上奋斗了一生的老大学生,更多地采访了那些才从大学毕业分配来的大学生,问他们为什么没有留在大城市,没有去东南沿海地区。他们对这些似乎毫无兴趣,只是互相戏谑:谁谁在这里举行婚礼的那天,竟自己喝醉了酒,沉睡得一夜不起;谁谁去出车,车在半途坏了,爬了两天两夜,又饥又渴昏倒在沙梁上,幸亏派飞机搜索才救回来,去修那辆车时,才发现车座下面还有着一瓶矿泉水的,真是笨得要死。谁谁的媳妇千里迢迢到库尔勒,指挥部派专车将人送到工地,说好明日再送回库尔勒,可活该倒霉,这一夜却起了特大沙暴,甭说亲热,连睁大眼睛端详一下媳妇都不可能。这些年轻人给我们留下了极深的印象,从沙漠回来后,当我们在繁华的城市坐着小车,就每每想起了他们。世上有许多东西我们一时一刻离不了,但我们却常常忽略,如太阳如空气,我们每日坐车,就忘了车的行走需要的是石油!现在的小孩子,肚子饥了要馍馍吃,馍馍是哪儿来的,孩子们只知道馍馍是从厨房来的。我们也做过一次小小的调查,问过十三个坐车的人:车没油了怎么办?回答都是:去加油站啊!谁又知道发生在沙漠中的这些极普通又极普遍的故事呢?

第二辑 我有一个狮子军

　　接触了不同岗位不同层次的石油人,临走时,我们见到了塔指的三个领导。邱中建,这是石油战线上无人不晓的一个名字,他的一生几乎与中国所有的大油田的历史连在一起,如今已是六十多岁的人,祖国需要他到塔里木来,需要他来指挥这一场新体制新工艺高水平高效益的石油大会战,他离开了北京和家人,一人就长年待在塔里木。钟树德呢,这位塔指的大功臣,为了中国的石油事业,他献出了自己的一只眼睛。他自始至终在塔指,大漠中的每一口井台上都流过他的血汗。当我们见到他的时候,他才从塔中回到库尔勒不久,而那只完全失明的眼睛,因失去了功能,沙子落进去,磨擦得还是血红血红。梁狄刚更是个传奇人物,他的母亲居住在香港,年纪大了,一直希望他也能定居香港,但他虽是大孝子,可忠孝难两全,当中央电视台的记者采访他时,他没有什么华丽的辞藻,只说了一句:我不能丢弃我的专业。与这些领导交谈,你如坐在一张世界地图前,坐在一张中国地图前,他们的襟怀和视角是那么大,绝口不提自己的事,只强调这一生就是要为中国找石油。塔里木油田可能是他们人生最后要找的一个大油田了,党和人民让他们来,这就是他们一生最大的幸福。但他们压力很大,因为中央领导一个接一个来塔里木,历史的重任使他们不敢懈怠,如何尽快地发现大的场面,使他们只有日日夜夜超负荷地工作着。

　　我们去塔里木,我们是几个普通得不能再普通的人,又行色匆匆,但石油人却是那样的热情!所到之处,工人们让签字。签什么字呀,一个作家浪得再有虚名,即就是写出的书到处有人读,而比起石油人是多么微不足道啊!他们一有机会就让我写毛笔字,我写惯了那些唐诗宋词,我依旧要这么写时,工人们却自己想词,他们想出的词几乎全是豪言壮语。这些豪言壮语在别的地方已经消失了,或者有,只是领导的鼓动词,而这里的工人却已经将这些语言渗进了自己的生活,他们实实在在,没有丁点虚伪和矫饰,他们就是这样干的,信仰和力量就来自这里。于是,我遵嘱写下的差不多都是"笑傲沙海"

"生命在大漠""我为祖国献石油"等等。写毕字,晚上躺下,眼前总还是这些石油人的一张张黑红的面孔,想,这里真是一块别种意义的净土啊,这就是涌动在石油战线上的清正之气,这也是支持一个民族的浩然之气啊!回到库尔勒,我们应邀在那里做报告。我们是作家,却并没有讲什么文学和文学写作的技巧,只是讲几天来我们的感受。是的,如何把恶劣的自然环境转化为生存的欢乐,如何把国家的重托和期望转化为工作的能量,如何把人性的种种欲求转化为特有的性格和语言,使我们进一步了解了石油人。如今社会,有些人在扮演着贪污腐化的角色,有些人在扮演着醉生梦死的角色,有些人在扮演着浮躁轻薄的角色,有些人在扮演着萎靡不振的角色,而石油人在扮演着自己的英雄角色。石油人的今生担当着的是找石油的事,人间的一股英雄气便驰骋纵横!

　　从沙漠腹地归来,经过了塔克拉玛干边沿的塔里木河,河道的旧址上是一眼望不到头的胡杨林。这些胡杨林证明着历史上海洋的存在,但现在它们全死了,成了之所以称为死亡之海的依据。这些枯死的胡杨粗大无比,树皮全无,枝条如铁如骨僵硬地撑在黄沙之上。据说,它们是千年不死,死了千年不倒,倒了千年不烂。去沙漠腹地时,我们路过这里,拍摄了无数的照片。胡杨林如一个远古战场的遗迹,悲壮得使我们要哭。返回再经过这里,我们又是停下来去拍摄。那里修公路时所堆起的松沙,扑扑腾腾涌到膝盖,我们大喊大叫。为什么呐喊,为谁呐喊,大家谁也没说,但心里又都明白,塔里木油田过去现在是没有个雕塑馆的,但有这个胡杨林,我们进入大漠腹地看到了当今的石油人,这些树就是石油人的形象,一树一个雕塑,一片林子就是一群英雄!我们狂热地在那里奔跑呐喊之后,就全跪倒在沙梁上,每人将矿泉水喝干,捧着沙子装了进去带走。这些沙子现在存放在我们各自的书房,我们不可能去当石油人,也不可能长时间生活在那里,而那个八月长留在记忆中,将要成为往后人生长途上要永嚼的一份干粮了。

第二辑　我有一个狮子军

夏河的早晨

　　这是一九九五年七月二十四日早上七点或者八点,从未有过的巨大的安静,使我醒来感到了一种恐慌,我想制造些声音,但×还在睡着,不该惊扰,悄然地去淋室洗脸,水凉得淋不到脸上去,裹了毛毡便立在了窗口的玻璃这边。想,夏河这么个县城,真活该有拉卜楞寺,是佛教密宗圣地之一,空旷的峡谷里人的孤单的灵魂必须有一个可以交谈的神啊!

　　昨晚竟然下了小雨,什么时候下的,什么时候又住的,一概不知道。玻璃上还未生出白雾,看得见那水泥街石上斑斑驳驳的白色和黑色,如日光下飘过的云影。街店板门都还未开,但已经有稀稀落落的人走过,那是一只脚,大概是右脚,我注意着的时候,鞋尖已走出玻璃,鞋后跟磨损得一边高一边低。

　　知道是个丁字路口,但现在只是个三角处,路灯杆下蹲着一个妇女。她的衣裤鞋袜一个颜色的黑,却是白帽,身边放着一个矮凳,矮凳上的筐里没有覆盖,是白的蒸馍。已经蹲得很久了,没有买主,她也不吃喝,甚至动也不动。

　　一辆三轮车从左往右骑,往左可以下坡到河边,这三轮车就蹬得十分费劲。骑车人是拉卜楞寺的喇嘛,或者是拉卜楞寺里的佛学院的学生,光了头,穿着红袍。昨日中午在集市上见到许多这样装束的年轻人,但都是双手藏在肩上披裹着的红衣里。这一个双手持了车把,精赤赤的半个胳膊露出来,胳膊上没毛,也不粗壮。他的胸前始终有一团热气,白乳色的,像一个不即不离的球。

终于对面的杂货铺开门了,铺主蓬头垢面地往台阶上搬瓷罐,搬扫帚,搬一筐红枣,搬卫生纸,搬草绳,草绳捆上有一个用各色玉石装饰了脸面的盘角羊头,挂在了墙上,又进屋去搬……一个长身女人,是铺主的老婆吧,头上插着一柄红塑料梳子,领袖未扣,一边用牙刷在口里搓洗,一边扭了头看搬出的价格牌,想说什么,没有说,过去用脚揩掉了"红糖每斤四元"的"四"字,铺主发了一会儿呆,结果还是进屋取了粉笔,补写下"五",写得太细,又改写了一遍。

从上往下走来的是三个洋人。洋人短袖短裤,肉色赤红,有醉酒的颜色,蓝眼睛四处张望。一张软不塌塌白塑料袋儿在路沟沿上潮着,那个女洋人弯下腰看袋儿上的什么字,样子很像一匹马。三个洋人站在了杂货铺前往里看,铺主在微笑着,拿一个镶着玉石的人头骨做成的碗比画,洋人摆着手。

一个妇女匆匆从卖蒸馍人后边的胡同闪出来,转过三角,走到了洋人身后。妇女是藏民,穿一件厚墩墩的袍,戴银灰呢绒帽,身子很粗,前袍一角撩起,露出红的里子,袍的下摆压有绿布边儿,半个肩头露出来,里边是白衬衣,袍子似乎随时要溜下去。紧跟着是她的孩子,孩子老撑不上,踩了母亲穿着的运动鞋带儿,母子节奏就不协调了。孩子看了母亲一下,继续走,又踩了带儿,步伐又乱了,母亲咕哝着什么,弯腰系带儿,这时身子就出了玻璃,后腰处系着红腰带结就拖拉在地上。

没有更高的楼,屋顶有烟囱,不冒烟,烟囱过去就目光一直到城外的山上。山上长着一棵树,冠成圆状,看不出叶子。有三块田,一块是麦田,一块是菜花田,一块土才翻了,呈铁红色。在铁红色的田边支着两个帐篷,一个帐篷大而白,印有黑色花饰,一个帐篷小,白里透灰。到夏河来的峡谷里和拉卜楞寺过去的草地上,昨天见到这样的帐篷很多,都是成双成对的鸳鸯状,后来进去过一家,大的帐篷是住处,小的帐篷是厨房。这么高的山梁上,撑了帐篷,是游牧民的住家吗?还是供旅游者享用的?可那里太冷,谁去睡的?

"你在看什么?"

"我在看这里的人间。"

"看人间?你是上帝啊?!"

我回答着,自然而然地张了嘴说话,说完了,却终于听到了这个夏河的早晨的声音。我回过头来,×已经醒,是她支着身与我制造了声音。我离开了窗口的玻璃,对×说:这里没有上帝,这里是甘南藏区,信奉的是佛教。

晚雨

来时,太阳依然照红,天与地平行着,呆呆地,可望不可即。现在是有云了。是的,呆望久了就生感应,云是地上的水追逐天上的太阳所致呢,还是天上的太阳爱恋了凹地却掩了脸面的羞赧和无奈的忧郁?云在涌动着,云在急急地酝酿。我知道,这酝酿得已经太久太久了,终没有交会成雨落下来,如果云真是那一位洛神,伴着凤凰,乘着祥瑞,旋即又飘逸而去,这天地还要等待着一尽苍老吗?

不不,这一次雨下起来了,云沉重得不可忍耐,如龙门里的黄河水一样哗哗啦啦下来了!

多么感谢这一场雨,原本可以乘车而行,偏要徒步淋着,虽然夜黑如墨,到处有狼与鬼魅。远远有什么光亮倏忽闪过,却看见了无数的雨脚在身前脚后,是别一种的花放。两年前坐船过龙门,铜汁般的黄河水面翻涌着牡丹样的涡纹,我快活得说是踏上了华贵地毯,今晚的花放,是地毯的铺延而至的境界吗?应该歇一歇,近旁恰有一座小屋,屋檐下立定了,雨下得更大,看檐雨如帘,幽光里这正是如丝如玻璃的帷幔吗?爱这晚雨,也爱这晚雨中的屋檐,动了手去拾檐雨,湿软可人,悄声道一声"好雨知时节",风即将雨散成珍珠,扑淋得满头满脸,发也乱了,衣也乱了,伸出舌接雨,接住一条了狠劲地吮,恨不得拔了两根。周身的细胞全膨胀了,瞬间里耳目全失,生命粉碎,唯感觉活着,感觉到世界原来是这么小,小到如一颗桃子!啊,桃子红软,夸父就并不会死去,那拐杖而生的邓林里,有桃子解渴解救了。瞬间里柔弱不起,听见了是伟大的一个静里的胸中的心,听见了屋檐上的呢喃颤吟。哦,屋檐上是有两只鸟的,一根绳索上相偎相依。这是一对夫妇在观晚雨的吗?是雨时而来才恰恰两个歇聚一起,他们在说什么,感觉着一种缘分在雨晚里实现吗?恍惚里我也觉得数百年前,在世界的另一个什么地方,这屋檐下与我有一笔冤债未还了。

雨下得又一阵紧了,黑暗里一切都在放肆开来,路旁的杨树鼓掌,一声儿啪啪啦啦,白日里泛着暗红的垂柳或高或低或宽或窄地变态,蚯蚓在鸣,蚂蚁在叫。望着黑际中还有着的两颗星子,竟然还有星子,是别的什么吗?并不大的,但美丽绝伦,忽隐忽现。这肯定是佛眼,喜悦如莲。那一年去韩城山塬,看见过枝丫交错丰腴温柔的柿树,我曾称之为树佛,企盼着自己有一日幻变成小鸟落进去承受它的色容,今晚却第一次感受了佛眼与我这么近,这么地亲!

且听,高高的空中有雷在响了,有电在闪了。今晚,大地是交会了,雨才下得这么大,才有它们欢乐的雷电。我活在这个天地里,多么祝福着这太长久的渴旱后这一晚。是感叹着这一场晚雨,是晚了,来得晚,但毕竟这雨是来了,咽下一切遗憾,就永远永远记住这一个雨晚。

天到底是天,地到底是地,雨又住了,天地又分开平行。替天地说一句蓝桥上的话:"且将这身子寄养着别处,这每一晚月亮出来做眼,你看着我吧,我看着你吧。"默默地在夜里去,我也想,古时的意念中,天是龙的世界,羊是地的象征,一个是神圣一个是美丽,合该是要连缀的,它们不结合,大自然就要干渴。雨是必下不可的,那就等再一场雨吧!或许有着长长久久的雨会下得没时没空没来没去没黑没白。天地再不平行而苍茫一片,那时我们不要盘古,永远不要盘古!

风雨

树林子像一块面团了,四面都在鼓,鼓了就陷,陷了再鼓;接着就向一边倒,漫地而行的;呼地又腾上来了,飘忽不能固定;猛地又扑向另一边去,再也扯不断,忽大忽小,忽聚忽散,完全没有方向了。然后一切都在旋,树林子往一处挤,绿似乎被拉长了许多,往上扭,往上扭,落叶冲起一个偌大的蘑菇长在了空中。哗的一声,乱了满天黑点,绿全然又压扁开来,清清楚楚看见了里边的房舍,墙头。

垂柳全乱了线条,当抛举在空中的时候,却出奇地显出清楚,霎那间僵直了,随即就扑撒下来,乱得像麻团一般。杨叶千万次地变着模样:叶背翻过来,是一片灰白;又扭转过来,绿深得黑清。那片芦苇便全然倒伏了,一节断茎斜插在泥里,响着破裂的颤声。

一头断了牵绳的羊从栅栏里跑出来,四蹄在撑着,忽地撞在一棵树上,又直撑了四蹄滑行,末了还是跌倒在一个粪堆旁,失去了白的颜色。一个穿红衫子的女孩冲出门去牵羊,又立即要返回,却不可能了,在院子里旋转,锐声叫唤,离台阶只有两步远,长时间走不上去。

槐树上的葡萄蔓再也攀附不住了,才松了一下曲蜷的手脚,一下子像一条死蛇,哗哗啦啦脱落下来,软成一堆。无数的苍蝇都集中在屋檐下的电线上了,一只挨着一只,再不飞动,也不嗡叫,黑乎乎的,电线愈来愈粗,下坠成弯弯的弧形。

  一个鸟窠从高高的树端掉下来,在地上滚了几滚,散了。几只鸟尖叫着飞来要守住,却飞不下来,向右一飘,向左一斜,翅膀猛地一颤,羽毛翻成一团乱花,旋了一个转儿,倏忽在空中停止了,瞬间石子般掉在地上,连声响儿也没有。

  窄窄的巷道里,一张废纸,一会儿贴在东墙上,一会儿贴在西墙上,突然冲出墙头,立即不见了。有一只精湿的猫拼命地跑来,一跃身,竟跳上了房檐,它也吃惊了;几片瓦落下来,像树叶一样斜着飘,却突然就垂直落下,碎成一堆。

  池塘里绒被一样厚厚的浮萍,凸起来了,再凸起来,猛地撩起一角,唰地揭开了一片;水一下子聚起来,长时间的凝固成一个锥形;啪地摔下来,砸出一个坑,浮萍冲上了四边塘岸,几条鱼儿在岸上的草窝里蹦跳。

  最北边的那间小屋里,木架在吱吱地响着。门被关住了,窗被关住了,油灯还是点不着。土炕的席上,老头在使劲捶着腰腿,孩子们却全趴在门缝,惊喜地叠着纸船,一只一只放出去……

落叶

　　窗外,有一棵法桐,样子并不大的,春天的日子里,它长满了叶子。枝根的,绿得深,枝梢的,绿得浅;虽然对立相间而生,一片和一片不相同,姿态也各有别。没风的时候,显得很丰满,娇嫩而端庄的模样。一早一晚的斜风里,叶子就活动起来,天幕的衬托下,看得见那叶背上了了的绿的脉络,像无数的彩蝴蝶落在那里,翩翩起舞,又像一位少妇,丰姿绰约的,作一个妩媚的笑。

　　我常常坐在窗里看它,感到温柔和美好。我甚至十分嫉妒那住在枝间的鸟夫妻,它们停在叶下欢唱,是它们给法桐带来了绿的欢乐呢,还是绿的欢乐使它们产生了歌声的清妙?

　　法桐的欢乐,一直要延长一个夏天。我总想,那鼓满着憧憬的叶子,一定要长大如蒲扇的,但到了深秋,叶子并不再长,反要一片一片落去。法桐就消瘦起来,寒碜起来,变得赤裸裸的,唯有些嶙嶙的骨。而且亦都僵硬,不再柔软婀娜,用手一折,就一节一节地断了下来。

　　我觉得这很残酷,特意要去树下捡一片落叶,保留起来,以作往昔的回忆。想:可怜的法桐,是谁给了你生命,让你这般长在土地上?既然给了你这一身的绿的欢乐,为什么偏偏又要一片一片收去呢?

　　来年的春上,法桐又长满了叶子,依然是浅绿的好,深绿的也好。

我将历年收留的落叶拿出来,和这新叶比较,叶的轮廓是一样的。喔,叶子,你们认识吗,知道这一片是那一片的代替吗?或许就从一个叶柄眼里长上来,凋落的曾经那么悠悠地欢乐过,欢乐的也将要寂寂地凋落去。

　　然而,它们并不悲伤,欢乐时须尽欢乐,如此而已,法桐竟一年大出一年,长过了窗台,与屋檐齐平了!

　　我忽然醒悟了,觉得我往日的哀叹大可不必,而且有十分的幼稚呢。原来法桐的生长,不仅是绿的生命的运动,还是一道哲学的命题在验证:欢乐到来,欢乐又归去,这正是天地间欢乐的内容;世间万物,正是寻求着这个内容,而各自完成着它的存在。

　　我于是很敬仰起法桐来,祝福于它:它年年凋落旧叶,而以此渴着来年的新生,它才没有停滞,没有老化,而目标在天地空间里长成材了。

天上的星星

大人们快活了,对我们就亲近,虽然那是为了使他们更快活,我们也乐意呢;但是,他们烦恼了,却要随意骂我们讨厌,似乎一切烦恼都要我们负担,这便是我们做孩子的,千思万想儿,也不曾明白。天擦黑,我们才在家捉起迷藏,他们又来烦了,大声呵斥,只好蹑蹑地出来,在门前树下的竹席上,躺下去,纳凉是了。

闲得实在无聊极了。四周的房呀,墙呀,树的,本来就不新奇,现在又模糊了,看上去黝黝的似鬼影。天上月亮还没有出来,星星也不见,昏亮亮的一个大大的天空。我们伤心了,垂下脑袋,不知道这夜该如何过去,痴呆呆儿守着瞌睡虫爬上眼皮。

"星星!"妹妹突然叫了一声。

我们都抬起头来,原本是无聊得没事可做,随便看看罢了。但是,就在我们头顶,出现了一颗星星,小小的,却极亮极亮,分明看出是有无数个光角儿的。我们就好奇起来,数着那是四个光角儿呢,还是五个光角儿,但就在这个时候,那星的周围里,又出现了几个星星,就是那么一瞬间,几乎不容觉察,就明亮亮地出现了。呵,两颗,三颗……不对,十颗,十五颗……奇迹是这般迅速地出现,愈数愈多,再数亦不可数,一时间,漫天满空,一片闪亮,像陡然打开了百宝箱,灿灿的,灼灼的,目不暇给了呢。我们只知道夜夜天上要有星星,但从没注意到这么出现,那是雨天的池塘,霎时浮了万千水泡? 又是无数沉睡的孩子,蓦地睁开了光彩的眼睛? 它们真是一群孩子呢,一出现就要玩一个调皮的谜儿啊! 这些鬼精灵儿,从哪儿来的? 是一个家族的兄妹,还是从天涯海角集合起来,要开什么盛会了呢?

夜空再也不是荒凉的了,星星们都在那里热闹,有装熊的,有学狗的,有操勺的,有挑担的,也有的高兴极了,提了灯笼一阵风似的跑……

我们都快活起来了,一起站在树下,扬着小手。星星们似乎很得意了,向我们挤弄着眉眼,鬼鬼地笑。

过了一会儿,月亮从村东口的那个榆树丫子里升上来了。它总是从那儿出来,冷不丁地,常要惊飞了树上的鸟儿。先是玫瑰色的红,像是喝醉了酒,刚刚睡了起来,蹒跚地走。接着,就黄了脸,才要看那黄中的青紫颜色,它就又白了,白极白极的,夜空里就笼上了一层淡淡的乳白色气。我们都不知道这月亮是怎么啦,却发现那些星星怎么就少了许多,留下的也淡了许多,原是灿灿的亮,变成了弱弱的光。这竟使我们大吃了一惊。

"这是怎么啦?"妹妹慌慌地说。

"月亮出来了嘛。"我说。

"月亮出来了为什么星星就少了呢?"

我们面面相觑,闷闷不得其解。坐了一会儿,似乎就明白了:这漠漠的夜空,恐怕是属于月亮的,它之所以由红变黄,由黄变白,一定是生气星星们的不安分,在吓唬它们哩。

"哦,月亮是天上的大人了。"妹妹说。

我们都没有了话说。我们深深懂得做大人们的威严,又深深可怜起这些星星了:月亮不在的时候,它们是多么有精光灵气,月亮出现了,就变得这般猥琐了。

我们突然又回想起了一切:原来天上并不甚好,月亮睡着了的时候,它才让星星出来,它出来了,就要星星退去。那纷纷扬扬的雪片,五个角的,七个角的,全是薄亮亮的,不就是星星的尸骸吗?或许,就燃起晚霞的大火来烧它们,要不,星星为什么从来就没有叶,也没有根,只是那么赤裸裸的星颗呢?

我们再也不忍心看那些星星了,低了头走到门前的小溪边,要去洗洗手脸。谁也不言语,默默想着我们做孩子的不幸:是我们太小了,太多了吗?

溪水浅浅地流着,我们探手下去,才要掬起一抔来,但是,我们差不多全看见了,就在那水底里,有着无数的星星。

"啊,它们藏在这儿了。"妹妹大声地说。

我们赶忙下溪去捞,但无论如何也捞不上来,看那哗哗的水流,也依然冲不走它们。我们明白了,那一定是星星不能在天上,偷偷躲藏在那里了。我们就再不声张,不让大人们知道,让它们静静地躲在那里好了。

于是,我们都走回屋里,上床睡了。却总是睡不稳,害怕那躲藏在水底的星星会被天上的月亮发现。可惜藏在水底的星星太少了,那无数的还在天上闪着光亮。它们虽然很小,但天上如果没有它们,那会是多么寂寞啊!

大人们又骂我们不安生睡觉了。骂过一通,就打起鼾声。我们赶忙爬起来,悄悄溜到门外,将脸盆儿、碗盘儿、碟缸儿都拿了出去,盛了水,让更多更多的星星都藏在里边吧。

荒野地

这原本是庄稼地,却生长了一片荒草。荒草一人余高,繁荣得蓬勃健美。月夜下没有风,亦不到潮露水的时分,草的枝叶及成熟的穗实萧萧而立,但一种声息在响,似乎是草籽在裂壳坠落,似乎是昆虫在咬噬,静伫良久,跳动的是体内的心一颗。扮演着的是《聊斋》里的人物,时间更进入亘古的洪荒,遥遥地听见了神对命运的招引。

月亮在天上明亮着一轮,看得清其中的一抹黑影,真疑心是荒野地的投影,而地上三尺之外便一片迷蒙。夜是保密的,于是产生迟到的爱情。躲过那远远的如炮楼一般的守护庄稼的庵架,一只饥渴的手握住了一只饥渴的手,一瞬间十指被胶合,同时感受到了热,却冷得索索而抖。

一溜黑地蹚过,松软如过草滩,又分明是脚上穿了宽松的鞋。可怜的农人种下了这一溜洋芋,四周的荒草却使它们未能健长,挖掘过的地上没有收获到拳大的洋芋。肥沃的土地上明日的清晨却能看到两行交织的脚印。

已经是草地的中央了,失却的则是东南西北的方向。境界幽幽。心身在启示着坐下来,恰好有两块石头,等待这石头是多少个年月,石头也差不多等待得发凉了。天地之间,塞壅的是这荒草,人也是荒草的一棵，再有一棵。说话的是眼睛，说尽着唐诗宋词的篇章。头顶上的月亮丰丰满满。需要有点风，风果然而至。草把月划成了有条纹的物件，且在晃动不已。不知名的昆虫在呻吟着，散发着那特有的气味。待到死过去几次，又活过来几次，一切安静了，望月亮又如深下去的一眼井水，来分辨那里面的身影了。

佛殿一样的地方，得到的是心身的和谐，方明白那一溜松软的黑地是通往未来的甬道，铺着毡毯。

生长庄稼的土地却长满了这么多荒草，这是失职的农人的过错吗？但荒草同样在结饱满的果籽，这便是土地的功能。失职的农人或许要诅咒的，而娇弱无能的庄稼没有荒草这么并不需要节令、耕作、肥料而顽强健壮啊！

因为草，人归复了原本的形态，这个月下夜晚是这么苍茫壮阔。

生之苦难与悲愤，造就着无尽的残缺与遗憾，超越了便是幽默的角色，再不寄希望于梦境和来世，就这么在荒野地中坐下，坐下如两块石头。或许坐上百年上千年，或许很短的一刻，但已够了。

走出了荒野地，另一处草浅的地方，仍发现了曾是长过瓜果的，是南瓜或是西瓜，肯定也是未收获到要收获的东西，瓜田早废了，瓜叶腐败为泥，而绳一样纵横的瓜蔓却还发白地将也已为泥的印缀在地上。踏着这白绳的空格走，像是游戏。突然就会想起月亮上的那一株桂树，还有那一位勇敢的却砍不断树身的吴刚。

而毕竟有这么一块荒野地。

第三辑　生活的一种

残佛

去泾河里捡玩石,原本是懒散行为,却捡着了一尊佛,一下子庄严得不得了。那时看天,天上是有一朵祥云,方圆数里唯有的那棵树上,安静地歇栖着一只鹰,然后起飞,不知去处。佛是灰颜色的沙质石头所刻,底座两层,中间镂空,上有莲花台。雕刻的精致依稀可见,只是已经没了棱角。这是佛要痛哭的,但佛不痛哭,佛没有了头,也没有了腹,莲台仅存盘起来的一只左脚和一只搭在脚上的右手。那一刻,陈旧的机器在轰隆隆作响,石料场上的传送带将石头传送到粉碎机前,突然这佛石就出现了。佛石不是金光四射,它被泥沙裹着,依然丑陋,这如同任何伟人独身于闹市里立即就被淹没一样,但这一块石头样子毕竟特别,忍不住抢救下来,佛就如此这般地降临了。

我不敢说是我救佛,佛是需要我救的吗?我把佛石清洗干净,抱回来放在家中供奉,着实在一整天里哀叹它的苦难,但第二天就觉悟了,是佛故意经过了传送带,站在了粉碎机的进口,考验我的感觉。我庆幸我的感觉没有迟钝,自信良善本泯,勇气还在。此后日日为它焚香,敬它,也敬了自己。或说,佛是完美的,此佛残成这样,还算佛吗?人如果没头身,残骸是可恶的,佛残缺了却依然美丽。我看着它的时候,香火袅袅,那头和身似乎在烟雾中幻化而去,而端庄和善的面容就在空中,那低垂的微微含笑的目光在注视着我。"佛,"我说,"佛的手也是佛,佛的脚也是佛。"光明的玻璃粉碎了还是光明的。瞧这一手一脚呀,放在那里是多么安祥!

或说,佛毕竟是人心造的佛,更何况这尊佛仅是一块石头。是石头,并不坚硬的沙质石头,但心想事便可成,刻佛的人在刻佛的那一刻就注入了虔诚,而被供奉在庙堂里度众生又赋予了意念,这石头就成了佛。钞票不也仅仅是一张纸吗,但钞票在流通中却威力无穷,可以买来整庄的土地,买来一座城,买来人的尊严和生命。

或说,那么,既然是佛,佛法无边,为什么会在泾河里冲撞滚磨?对了,是在那一个夏天,山洪暴发,冲毁了佛庙,石佛同庙宇的砖瓦、石条、木柱一齐落入河中,砖瓦、石条、木柱都在滚磨中碎为细沙了,而石佛却留了下来,正因为它是佛!请注意,泾河的泾字,应该是经,佛并不是难以逃过大难,佛是要经河来寻找它应到的地位,这就是他要寻到我这里来。古老的泾河有过柳毅传书的传说,佛却亲自经河,洛河上的甄氏成神,飘渺一去成云成烟,这佛虽残却又实实在在来我的书屋,我该呼它是泾佛了。

我敬奉着这一手一脚的泾佛。

许多人得知我得了一尊泾佛,瞧着皆说古,一定有灵验,便纷纷焚香磕头,祈祷泾佛保佑他发财,赐他以高官,赐他以儿孙,他们生活中缺什么就祈祷什么,甚至那个姓王的邻居在打麻将前也来祈祷自己的手气。我终于明白,泾佛之所以没有了头没有了身,全是被那些虔诚的芸芸众生乞了去的,芸芸众生的最虔诚其实是最自私。佛难道不明白这些人的自私吗,佛一定是知道的,但佛就这么对待着人的自私,他只能牺牲自己而面对着自私的人,这个世界就是如此啊。

我把泾佛供奉在书屋,每日烧香,我厌烦人的可怜和可耻,我并不许愿。

"不,"昨夜里我在梦中,佛却在说,"那我就不是佛了!"

今早起来,我终于插上香后,下跪作拜,我说,佛,那我就许愿吧,既然佛作为佛拥有佛的美丽和牺牲,就保佑我灵魂安妥和身躯安宁,作为人活在世上就好好享受人生的一切欢乐和一切痛苦烦恼吧。

人都是忙的,我比别人会更忙,有佛亲近,我想以后我不会怯弱,也不再逃避,美丽地做我的工作。

月迹

我们这些孩子,什么都觉得新鲜,常常又什么都不觉满足;中秋的夜里,我们在院子里盼着月亮,好久却不见出来,便坐回中堂里,放了竹窗帘儿闷着,缠奶奶说故事。奶奶是会说故事的,说了一个,还要再说一个……奶奶突然说:"月亮进来了!"

我们看时,那竹窗帘儿里,果然有了月亮,款款地,悄没声儿地溜进来,出现在窗前的穿衣镜上了:原来月亮是长了腿的,爬着那竹帘格儿,先是一个白道儿,再是半圆,渐渐那爬得高了,穿衣镜上的圆便满盈了。我们都高兴起来,又都屏气儿不出,生怕那是个尘影儿变的,会一口气吹跑了呢。月亮还在竹帘儿上爬,那满圆却慢慢儿又亏了,缺了;末了,便全没了踪迹,只留下一个空镜,一个失望。奶奶说:"它走了,它是匆匆的;你们快出去寻月吧。"

我们就都跑出门去,它果然就在院子里,但再也不是那么一个满满的圆了,尽院子的白光,是玉玉的,银银的,灯光也没有这般儿亮的。院子的中央处,是那棵粗粗的桂树,疏疏的枝,疏疏的叶,桂花还没有开,却有了累累的骨朵儿。我们都走近去,不知道那个满圆儿去哪儿了,却疑心这骨朵儿是繁星儿变的;抬头看着天空,星儿似乎就比平日少了许多。月亮正在头顶,明显大多了,也圆多了,清清晰晰看见里边有了什么东西。

"奶奶,那月上是什么呢?"我问。

"是树,孩子。"奶奶说。

"什么树呢?"

"桂树。"

我们都面面相觑了,倏忽间,哪儿好像有了一种气息,就在我们身后袅袅,到了头发梢儿上,添了一种淡淡的痒痒的感觉,似乎我们已在了月里,那月桂分明就是我们身后的这一棵了。

奶奶瞧着我们,就笑了:"傻孩子,那里边已经有人了呢。"

"谁?"我们都吃惊了。

"嫦娥。"奶奶说。

"嫦娥是谁?"

"一个女子。"

哦,一个女子。我想,月亮里,地该是银铺的,墙该是玉砌的:那么好个地方,配住的一定是十分漂亮的女子了。

"有三妹漂亮吗?"

"和三妹一样漂亮的。"

三妹就乐了:"啊啊,月亮是属于我的了!"

三妹是我们中最漂亮的,我们都羡慕起来;看着她的狂样儿,心里却有了一股儿的忌妒。我们便争执了起来,每个人都说月亮是属于自己的。奶奶从屋里端了一壶甜酒出来,给我们每人倒了一小杯儿,说:"孩子们,你们瞧瞧你们的酒杯,你们都有一个月亮哩!"

我们都看着那杯酒,果真里边就浮起一个小小的月亮的满圆。捧着,一动不动的,手刚一动,它便酥酥地颤,使人可怜儿的样子。大家都喝下肚去,月亮就在每一个人的心里了。

奶奶说:"月亮是每个人的,它并没有走,你们再去找吧。"

我们越发觉得奇了,便在院里找起来。妙极了,它真没有走去,我们很快就在葡萄叶儿上,磁花盆儿上,爷爷的锹刃儿上发现了。我们来了兴趣,竟寻出了院门。

院门外,便是一条小河。河水细细的,却漫着一大片的净沙;全没白日那么的粗糙,灿灿地闪着银光,柔柔和和得像水面了。我们从沙滩上跑过去,弟弟刚站到河的上湾,就大呼小叫了:"月亮在这儿!"

妹妹几乎同时在下湾喊道:"月亮在这儿!"

我两处去看了,两处的水里都有月亮,沿着河沿跑,而且每一处的水里都有月亮了。我们都看起天了,我突然又在弟弟妹妹的眼睛里看见了小小的月亮。我想,我的眼睛里也一定是会有的。噢,月亮竟是这么多的:只要你愿意,它就有了哩。

我们就坐在沙滩上,掬着沙儿,瞧那光辉,我说:"你们说,月亮是个什么呢?"

"月亮是我所要的。"弟弟说。

"月亮是个好。"妹妹说。

我同意他们的话。正像奶奶说的那样:它是属于我们的,每个人的。我们就又仰起头来看那天上的月亮,月亮白光光的,在天空上。我突然觉得,我们有了月亮,那无边无际的天空也是我们的了:那月亮不是我们按在天空上的印章吗?

大家都觉得满足了,身子也来了困意,就坐在沙滩上,相依相偎地甜甜地睡了一会儿。

对月

月,夜愈黑,你愈亮,烟火熏不脏你,灰尘也不能污染,你是浩浩天地间的一面高悬的镜子吗?

你夜夜出来,夜夜却不尽相同;过几天圆了,过几天又亏了;圆得那么丰满,亏得又如此缺陷!我明白了,月,大千世界,有了得意有了悲哀,你就全然会照了出来的。你照出来了,悲哀的盼你丰满,双眼欲穿;你丰满了,却使得意的大为遗憾,因为你立即又要缺陷去了。你就是如此千年万年,陪伴了多少人啊,不管是帝王,不管是布衣,还是学士,还是村孺,得意者得意,悲哀者悲哀,先得意后悲哀,悲哀了而又得意……于是,便在这无穷无尽的变化之中统统消失了,而你却依然如此,得到了永恒!

你对于人就是那砍不断的桂树,人对于你就是那不能歇息的吴刚?而吴刚是仙,可以长久,而人却要以短暂的生命付之于这种工作吗?

这是一个多么奇妙的谜语!从古至今,多少人万般思想,却如何不得其解,或是执迷,将便为战而死,相便为谏而亡,悲、欢、离、合,归结于天命;或是自以为觉悟,求仙问道,放纵山水,遁入空门;或是勃然而起,将你骂杀起来,说是徒为亮月,虚有朗光,只是得意时锦上添花,悲哀时火上加油,是一个面慈心狠的阴婆,是一泊平平静静而溺死人命的渊潭。

月,我知道这是冤枉了你,是曲解了你。你出现在世界,明明白白,光光亮亮。你的存在,你的本身就是说明这个世界,就是在向世人做着启示:万事万物,就是你的形状,一个圆,一个圆的完成啊!

试想,绕太阳而运行的地球是圆的,运行的轨道也是圆的,在小孩手中玩弄的弹球是圆的,弹动起来也是圆的旋转。圆就是运动,所以车轮能跑,浪涡能旋。人何尝不是这样呢?人再小,要长老;人老了,却有和小孩一般的特性。老和少是圆的接榫。冬过去了是春,春种秋收后又是冬。老虎可以吃鸡,鸡可以吃虫,虫可以蚀杠子,杠子又可以打老虎。就是这么不断地否定之否定,周而复始,一次不尽然一次,一次又一次地归复着一个新的圆。

所以,我再不被失败所惑了,再不被成功所狂了,再不为老死而悲了,再不为生儿而喜了。我能知道我前生是何物所托吗?能知道我死后变成何物吗?活着就是一切,活着就有乐,活着也有苦,苦里也有乐;犹如一片树叶,我该生的时候,我生气勃勃地来,长我的绿,现我的形,到该落的时候了,我痛痛快快地去,让别的叶子又从我的落疤里新生。我不求生命的长寿,我却要深深地祝福我美丽的工作,踏踏实实地走完我的半圆,而为完成这个天地万物运动规律的大圆尽我的力量。

月,对着你,我还能说些什么呢?你真是一面浩浩天地间高悬的明镜,让我看见了这个世界,看见了我自己,但愿你在天地间长久,但愿我的事业永存。

关于树

树默默地长着,长得很高。打开窗户,枝条上就会栖有一只美丽的小鸟,鸣啭着,可人极了。逢上细雨蒙蒙,在栅栏前独立,湿气里,那雨正沿了叶尖往下迟迟久久滑动,似无若有的一声坠金。想天地之广大,念人生好匆忙,捡一片飘落下来的枯叶,一根根数着心形般的那些纤纤细脉,几许淡愁,天分明是十分地黑了。

教科书上讲:在这个地球上,有着人,也同样有着兽,有着草木。草木似乎是地球的奢侈品了。那么,占一席阴凉,祛那暑热,砍几枝做薪,煮饭烧茶,伐解了,做许许多多家具,倒欣赏那泉状的纹路。这一切皆如此地理所当然,树就是这么个树而已了。

偶尔在一个雪天,心情挺好,望着那黑硬的奇形怪样的枝柯,要突发玄想,树是一个什么样的妖魔从地下冒出?这晚上定会做出许多的噩梦。

圆圆的地球在天空中滚动得太久了,严严实实地封闭了它的精光元气;树为释放地气而存在着,她的每一片叶子就是内气外行的手掌。正正经经的气功师啊!被人爱是树的企望,爱人更是树的幸福,爱欲的博大精深,竟使她归于了无言乃大愚,沉静而寂寞。

×君,我是你窗前的每日所见的一棵树啊,可你知道我是哪一日长出了地面,又是怎样一日一日地高大吗?

静

去年秋季,我去兴庆宫公园划了一次船。去的那天,天阴,没有太阳,但也没有下雨,游人少极少极的。我却觉得这时节最好了,少了那人的吵闹,也少了那风声雨声;天灰灰的,略见些明朗,好像一位端庄的少妇,褪了少女的欢悦,也没上了年纪的人的烦躁,恰是到了显着本色的好处。

同游的是我的妻,她最是懂得我,新近学着作画,是东山魁夷的崇拜者。我们租得一只小船,她坐船首,我坐船尾;这船就是我们的,盛满了脉脉的情味。桨在岸上一点,船便无声地去了,我们蓦地一惊,平日脚踏实地的一颗心,顿时提了起来,一时觉得像飞出了地球的吸引层,失去了重量,也失去了控制,一任飘飘然去了。

船箭一般地飞去了四五米,突然一个后退,一瞬间地停止了,像一个迷丽丽的梦,突然醒了,觉得凭一只木船,身已在了水上。心倒妥妥地落下来,默默看着对方,都脸色苍白,脖颈上的筋努力地用劲,便无声地笑了。妻说:古人讲羽化而登仙,其实大致如此,并不会轻松的。这话倒也极是。

倏忽间,船就打旋起来,像一片落下的柳叶,便见光滑的水面有了波纹,像放射了电波,一个弧圈连着一个弧圈,密密的,细细的,传到湖心。以前只认为水是无生命的,现在却是有了神经;神经碰在了岸上,又折回来,波纹就不再是光洁的弧线,成了跳跃的曲线,像书写的外文,同时有一股麻酥酥的滋味袭上心头了。桨继续划动着,起落没有声息,无数的漩涡儿悠悠地向四边溜去,柔得可爱,腻得可爱,妻用手去捉拿,但一次也没有成功。

我们调正了方向,向湖心划去,妻终是力小,船老向一边弯,末了就兜着圈儿。她坐到船尾来,我们紧挨着,一起落桨,一起用力,船首翘起来,船尾似乎就要沉了。但水终没有涌进后舱。我们身子深深往下落,正好可以平视那湖面。水和天并没有相接,隔着的是一痕长堤,堤边密密地长了灌木,叫不上名儿的什么藤蔓缠得黏黏糊糊,堤上是枫树和垂柳,枫叶成三角模样,把天变成像撒开的小纸片儿,垂柳却一直垂到树下,像是齐齐站了美人,转身过去,披了秀发,使你万般思绪儿,去猜想她的眉眼。湖面上,远处的水纹迅速地过来了,过来了,看了好久,那水纹依然离得我们很远,像美人的眨着的脉脉的眼,又像是嘴边的绽着的羞涩涩的笑。我们终于明白那柳之所以背过去,原来将眉眼留在了水里。

船到湖心,我们便不再划,将桨双双收在舱里,任船儿自在。妻便作起画来,我仰躺在船里,头枕在船帮,兀自看着天,天也是少妇的脸,我突然觉得天和这水,端庄者对端庄者,默默地相视。它们是友好的,又是距离着,因此它们不像月亮绕太阳太紧,出现月圆月缺,它们永远的天是天,水是水,千年万年。我还要再想下去,突然一时万念俱灰,空白得如这天,如这水一般的了。

划了两个钟头,湖面上依然没有第二只船,一切都是水,灰灰的,白白的。我一时想作些诗,来形容这水的境界,却无论如何想不出来。我去过革命公园的湖,那水里有了茸茸的绿藻,绿得有些艳了,也去过莲湖公园的湖,那里生了锈红的浮萍,红得有些俗了:全没有兴庆宫公园的湖来得单纯,来得朴素。我只好说,兴庆宫公园湖里的水,单纯得像水一样,朴素得像水一样。

  诗没有作成,我起身去看妻的画,她却画了一痕土岸,岸上一株垂柳,一动不动的一株垂柳,柳条自上而下,像一条条拉直的线。柳的下方,是一只船,孤零零的一只船。除此都空白了。我说,我看懂了这画,我不必要再作诗了,她真是东山魁夷的弟子,是最深知这兴庆宫公园的湖水了。

夜籁

当学生的时候,血气方刚,常要做以济天下的人物;莽撞撞地闯进社会几年,弄起笔墨文学,一事无成,才知道往日幼稚得可怜,不觉心灰意懒,且"行于当所行""止于所不可止"了。借仲秋的日子,去陕南度假散心,坐了十多日船,行了上千里路,随便往两岸的山上一望,便见秋收后的庄稼地正在深翻,老牛,木犁,疙瘩绳。或者,是歇响的时候了,老牛站在那里,四蹄直立、尾巴直垂,犁沟里坐着默默的农夫:劳作后的疲倦,瞬间凝固的雕塑。我心中感慨:天下最劳心者,文人;最劳力者,农夫。劳力者给了劳心者以粮食;劳心者却不能于劳力者有所作为,不觉喟然长叹!

夜里,船到了山湾间,月显得很小,两岸黝黝的山影憧憧沉在水里,使人觉得山在水上有顶,水下有根,但河里却铺了银,平静静的似乎不流,越发使人惶恐。到了渡口,船走不了,只好向岸上的山村投宿,一道石板小路引着向山坡根去了。石板是锃蓝的、赭红的,一块连着一块,人脚踹得它光滑细腻,发着幽幽的光,像池塘平浮水面的荷叶。在石板路上走,一步一个响声,常常使人觉得后边有人跟着;看半山坡上的灯光,星星点点,似乎对称,又见分散。一直到了坡根,那灯光却再不见,路成了窄巷,陡然向坡上爬去,常常是前边突然无路,一个直角,巷子向旁边拐去了。两边高高的人家,前院墙石块垒起十来丈高,后屋墙却依山而筑,仅二尺有余。灯光正从那家小小的石窗照下来,犹如一道白柱。一个极俊俏的女子,探头往下看着,打一个口哨,麻酥酥的,立即就捂了脸,作认错了人的害羞。

我走近一家院落,院门是桐木板的,窄而短,门环却小碗口般大,挨墙弯着一株古柏,绳索似的皮纹,疙疙瘩瘩的根爬满了门前的石阶。敲一下门,响声很空,院子有了脚步声,一个老头把门开了。正要询问,坡那边的石窗光又一亮。那个极俊俏的女子又出现了,一个口哨,麻酥酥的,巷子里有了脚步声。

"这猴女子!"老头说。

"她在做什么?"我也有些奇怪了。

"恋爱吧,"老头说,"这么冷的,又要去河边,你恋过,你说说,恋爱有火吗?"

我笑了,不觉向河边望去,那河竟离得很近,看得见那并排的几只木船,月光下亮得分明。一位诗人描写过这种境界,说那船是河神的套鞋。如今,两个人影走上了空船,有一个是那极俊俏的女子吧。船客走了,河神走了,只有明月,明月初照人哟。

老头是个厚道人,热情地接待了我。他老伴到闺女家去了,夜里剩下他一人,正在灶火口熬茶。茶锅小极小极,只有拳头那么大,系在一条铁丝上,架在火上,像烧着一个黑瓷蛋儿。火不甚旺,老头几次俯下身去吹,嘴皱得像个火筒,烟就罩了一层,我咯咯地咳嗽起来。

"就好,就好。"老头抱歉地说,"快蹲下,烟高不烟低。"

茶熬好了,老头倒给我了一小碗黑汤儿。喝一口,苦得直吐舌头。

"这是什么茶?"我说。

"龙叶茶,自己上山采的。"他说,"香吗?"

我该怎么说呢,我看着这烟火熏得黑漆漆的石屋,看着这火光一闪一闪泛着黑瓷一样幽光的老人脸,我摇摇头了,知道这些农夫,大都没钱去买那高质茶叶,便自己采了什么叶子熬喝这又苦又涩的汁汤了。

"你们城里人是喝不惯的,"老头苦笑了,"可我们却珍贵呢。你喝喝,后味叫香呢。"

但我无论如何不敢去喝了,老头便接过喝起来,喝一口,舌头就伸出来在毛茸茸的嘴唇上舔一下,发出一种很响的声音。他又熬了第二锅,喝了,又熬了第三锅,喝了。然后,闭了眼睛,坐在地上,将那弯曲的背、脚、手、脖子,使劲伸展,然后鼻孔里长时间地出气,一双小眼睛显得明亮多了。

看着老人的舒服劲,我心里滋润起来,恨不能自己变成个小虫儿,钻进他的鼻孔,好让他再舒舒服服地打个喷嚏。

"今天地里干啥了?"我说。

"翻地呗。"他说,"天又旱得厉害,地瓷得扳不开啊!"

"真苦了你,这么大年纪了。"

"哪里!一辈子还不是这么过来的,多亏这茶呢!一天不喝几锅,头疼,骨头也散架了,这茶是农家乐,一喝乏劲没有了,百事都忘了呢。"

老人说着,哈哈地笑起来,精神十分活跃,问起城里的人吃的什么呀,穿的什么呀,这秋天里,都在干些甚事呀,比如今天晚上,又在干着什么呢?我一一回答着老人,感到深深的内疚,老人却又哈哈笑了,说:"土命人也不像你说的可怜,苦是苦,苦中仍有甜呢,好比是咱这茶,可惜你不愿喝一口。"

这当儿,院门又在很空地敲响,老头出去开门了,院子里立即有了一老一少的女人声。进了堂屋来,果然是一个老太婆,和一个穿红格子新袄的女子。那女子嬉皮笑脸的,一看见我,却嘎地止了声,躲进灯影黑处去了。老太婆便说:"他大伯,你瞧瞧,明日要出嫁了,穿这件红袄儿可合适?丽儿,你站过来!"

那女子在黑影说:"娘!"

老太婆似乎才看见了我,忙笑笑,说:"城里人看就看吧,明日要办事了,千人万人要看呢,城里人会笑话你?"

我明白这是位要做新娘的女子,忙连声道喜,那女子扭扭捏捏站在灯下,却转过了头,不让我看她的脸。

"合身,合身!"老头说,"柱子那头准备停当了?"

"他有什么好准备的?明日唢呐一吹,他过来入洞房就是了。"

老太婆牵了女子,笑笑地出门去了,在院门口很响地说:"他大伯,明日你一定来啊!"

老头回来,重新坐在灶火口,又咕咕地熬他的茶了,说这家是个独女,哪儿都不去,就招了女婿过来。这女婿也逗,哪儿也不去,就要来这村子。他开始从怀里掏出一卷钱点起来。钱票很烂,油腻腻的,像湿了水。

"明日我要上十元钱礼呢。"

"你们这儿还兴这规矩?"我想这农民,手里能有多少钱呢,偏遇着这红白喜事,这么破费的。

"取个吉利嘛。"他说,"城里人要笑这是老封建了,可山里人把这事看得重,一生能有几次乐事呢?你若不走,明日你也来热闹热闹吧。"

我无空满足老头的邀请,看着老头又喝了一碗茶水,便听见院门外的古柏上,有斑鸠在咕咕地叫,老头说夜不早了,便要我去睡。睡在东边的炕上,月光从石窗上银银地照进来,我不知道河边木船上的人——那个极俊俏的女子,走了没有?

老头喝毕了茶,叮叮当当刮了一遍木犁上的泥,也睡下了,打着很响的呼噜,慢慢地,一切都静下来了。我却无论如何睡不着,想当年做学生的情景,想这几年的风风雨雨,拳拳之情,一时又涌上心际了,便觉得今天夜里,有好多事要想,却又无从想起,有好多事情已经意会,却又不可道出。石头屋子是这般的静寥,像个寺院。

　　远处,偶尔有一声狗叫,声音在窄窄的石头巷里,或在高高的对面崖上,撞出了回音,嗡嗡传韵。立即,有了一种什么声音,从石窗下的巷底传来,先是模模糊糊,再就清晰了,原来是在"招魂":

　　"回来呵——!"一声苍老的叫声。

　　"回——来了!"一个稚语。

　　"回来呵——!"

　　"回——来了!"

　　这"招魂"我是知道的。小时候在乡下的老家,常有这种迷信的活动:小孩受惊了,或是跌了一跤,或是得了一病,整天哭闹,痴呆,做母亲的便在夜深人静之时,一手抱了孩子,一手提了灯笼,从巷子走过,母亲叫一声"回来呵"!孩子应一声"回来了"!再在地上撮一点土,放在孩子的额头上,怎么现在还相信这个呢?

　　"回来呵——!"苍老的叫声。

　　"回——来了!"幼稚的应声。

　　"招魂"声慢慢地从巷子里远去了。我默默地数着他们的招呼声,想象着那一团灯笼的移动,计算着他们的脚步,一下,二下,三下……夜,安宁了,石屋里静得像个寺院,我均匀地呼吸着,便睡去了。

孤独地走向未来

好多人在说自己孤独,说自己孤独的人其实并不孤独。孤独不是受到了冷落和遗弃,而是无知己,不被理解。真正的孤独者不言孤独,偶尔作些长啸,如我们看到的兽。

弱者都是群居着,所以有芸芸众生。弱者奋斗的目的是转化为强者,像蛹向蛾的转化,但一旦转化成功了,就失去了原本满足和享受欲望的要求。国王是这样,名人是这样,巨富们的挣钱成了一种职业,种猪们的配种更不是为了爱情。

我见过相当多的郁郁寡欢者,也见过一些把皮肤和毛发弄得怪异的人,似乎要做孤独,这不是孤独,是孤僻,他们想成为六月的麦子,却在仅长出一尺余高就出穗孕粒,结的只是蝇子头般大的实。

每个行当里都有着孤独的人,在文学界我遇到了一位。他的声名流布全国,对他的诽谤也铺天盖地,他总是默默,宠辱不惊,过着日子和进行着写作,但我知道他是孤独的。

"先生,"我有一天走近了他,说,"你想想,当一碗肉大家都在眼睛盯着并努力去要吃到,你却首先将肉端跑了,能避免不被群起而攻之吗?"

他听了我的话,没有说是或者不是,也没有停下来握一下我的手,突然间泪流满面。

"先生,先生……"我撑着他还要说。

"我并不孤独。"他说,匆匆地走掉了。

我以为我要成为他的知己,但我失败了,那他为什么要流泪呢?"我并不孤独"又是什么意思呢?

一年后这位作家又出版了新作,在书中的某一页我读到了"圣贤庸行,大人小心"八个字,我终于明白了。尘世并不会轻易让一个人孤独的,群居需要一种平衡,忌妒而引发的诽谤、扼杀、羞辱、打击和迫害,你若不再脱颖,你将平凡;你若继续走,走,终于使众生无法赶超了,众生就会向你欢呼和崇拜,尊你是神圣。神圣是真正的孤独。

走向孤独的人难以接受怜悯和同情。

生活的一种
——答友人书

院再小也要栽柳,柳必垂。晓起推窗如见仙人曳裙侍立,月升中天,又似仙人临镜梳发;蓬屋常伴仙人,不以门前未留小车辙印而憾。能明灭萤火,能观风行。三月生绒花,数朵过墙头,好静收过路女儿争捉之笑。

吃酒只备小盅,小盅浅醉,能推开人事、生计、狗咬、索账之恼。能行乐,吟东坡"吾上可陪玉皇大帝,下可以陪卑田院乞儿",以残墙补远山,以水盆盛太阳,敲之熟铜声。能嘿嘿笑,笑到无声时已袒胸睡卧柳下。小儿知趣,待半小时后以唾液蘸其双乳,凉透心臆即醒,自不误了上班。

出游踏无名山水,省却门票,不看人亦不被人看。脚往哪儿,路往哪儿,喜瞧巉岩钩心斗角,倾听风前鸟叫声硬。云在山头,登上山头云却更远了,遂吸清新空气,意尽而归。归来自有文章作,不会与他人同,既可再次意游,又可赚几个稿费,补回那一双龙须草鞋钱。

读闲杂书,不必规矩,坐也可,站也可,卧也可。偶向墙根,水蚀斑驳,瞥一点而逮形象,即与书中人、物合,愈看愈肖。或听室外黄鹂,莺莺恰恰能辨鸟语。

与人交,淡,淡至无味,而观知极味人。可邀来者游华山"朽朽桥头",敢亡命过之将"××到此一游"书于桥那边崖上者,不可近交。不爱惜自己性命焉能爱人?可暗示一女子寄求爱信,立即复函意欲去偷鸡摸狗者不交。接信不复冷若冰霜者亦不交,心没同情岂有真心?门前冷落,恰好,能植竹看风行,能养菊赏瘦,能识雀爪文。七月长夏睡翻身觉,醒来能知"知了"声了之时。

养生不养猫,猫狐媚。不养蛐蛐,蛐蛐斗殴残忍。可养蜘蛛,清晨见一丝斜挂檐前不必挑,明日便有纵横交错,复明日则网精美如妇人发罩。出门望天,天有经纬而自检行为,朝露落雨后出日,银珠满缀,齐放光芒,一个太阳生无数太阳。墙角有旧网亦不必扫,让灰尘蒙落,日久绳粗,如老树盘根,可作立体壁画。读传统,读现代,常读常新。

要日记,就记梦。梦醒夜半,不可睁目,慢慢坐起回忆静伏入睡,梦复续之。梦如前世生活,或行善,或凶杀,或作乐,或受苦,记其迹体验心境以察现实,以我观我而我自知,自知乃于嚣烦尘世则自立。

出门挂锁,锁宜旧,旧锁能避孟贼破损门,屋中箱柜可在锁孔插上钥匙,贼来能保全箱柜完好。

敲门

人问我最怕什么？回答：敲门声。在这个城里我搬动了五次家，每次就那么一室一厅或两室一厅的单元，门终日都被敲打如鼓。每个春节，我去郊县的集市上买门神，将秦琼敬德左右贴了。二位英雄能挡得住鬼，却拦不住人的，来人的敲打竟也将秦琼的铠甲敲烂。敲门者一般有规律，先几下文明礼貌，待不开门，节奏就紧起来，越敲越重，似乎不耐烦了，以至于最后"咚"地用脚一踢。如今的来访者，谦恭是要你满足他的要求，若不得意，就是传圣旨的宦官或是有搜查令的警察了。可怜做我家门的木头的那棵树，前世是小媳妇，还是公堂前的受挞人，罪孽深重。

我曾经是有敲声就开门的，一边从书房跑出来，一边喊："来了来了！"来的却都是莫名其妙的角色，几乎干什么的都有，而一律是来为难我的事，我便没完没了地陪他们，我感觉我的头发就这么一根根地白了。以后，没有预约的我坚决不开门，但敲打声使我无法读书和写作，只有等待着他们的走开。贼也是这么敲门的，敲过没有反应就要撬门而入，但我是不怕贼的，贼要偷钱财，我是没钱财，贼是不偷时间的，而来偷我时间的人却锲而不舍，连续敲打，我便由极度的反感转为欣赏：看你能敲多久？！门终于是不敲了。可过一会儿，敲声又起，才知敲者并没有走,他的停歇或许是敲累了,或许以为我刚才在睡觉或上厕所,为此敲敲停停,停停敲敲,相信我在家中,非敲开不可。我只有在家不敢作声,越是不敢作声,喉咙越发痒想咳嗽,小便也憋起来,我恨我成了一名逃犯。

狡兔三窟,我想,我还不如只兔子。这么大的城里广厦千万间,怎么就没有一个别处的秘密房子让我安静睡一觉和读书写作呢?我当然不敢奢想有深宅大院,有门子在前可以挡驾,有那么一小间放张桌子和小床即可,但我不能。以至于我在任何地方去上厕所,都设想有这么个地方,把蹲坑填了,封了天窗,也蛮好嘛。我的房间从来是一室一厅或二室一厅,前无院子,后无后门,什么人寻我,都是瓮中捉鳖。

事实是,我并不是个不需要朋友的人,读书写作之余,我也要约三朋四友来喝酒呀,谈天呀,博弈搓麻将,但往往是想念的朋友不来,来的都是不想见的人。我曾坚持不开门,挡住了几次我的从老家来的亲戚,他们是忙人,敲几下以为我不在家就走了,过后令我捶胸顿足。我挡不住的是那些要我写条幅去送他的上级的人,是那些有什么堂会让我捧场的人,或是他们什么事也没有,顺脚过来要解闷的,他们有的是闲工夫,上午来敲不开门,下午又来敲,今日敲不开,明日再来敲,或许就蹲在门外和楼下。他们是猎人,守在那里等小兽出来。

明代的陈继儒说过:闭户即是深山,闭户哪里又能是深山呢?

或说,那是你红火啊。可我并不红火,红火能住这么小的房子吗?如果我是官人家,客来又有重礼,所求之事谈完即走,走时还得说:不打扰了,您老辛苦,需要休息。找我的双手空空,只吸我的烟,喝我的茶。如果我是歌星影星,从事的就是热闹工作,可我热闹了能写出什么文章?又是读陈继儒的小品,陈先生恐怕在世时也多骚扰,曾想去作隐,但他说:"隐者多躬耕,余筋骨薄,一不能;多弋钓,余禁杀,二不能;多有二顷田,八百桑,余贫瘠,三不能;多酌水带索,余不耐苦饥,四不能。"我同陈继儒一样,我可能者,也是"唯嘿处淡饭著述而已"。但"淡饭"几十年一贯,"著述"也只是为了生计和爱好,"嘿处"竟如此不能啊!想想从事写作以来,过几年就受冲击,时时备受诽谤,命运之门常被敲打,灵魂何时有过安妥?而家居之门也被这般敲打不绝,真是声声惊心。小儿发愿,愿明月长圆,终日如昼,我却盼永远是在夜里,夜里又要落雪下雨,使门永不被敲打。

但这怎么可能呢?我还要活的,我还有豪华的志向,还有上养老下哺小,红尘更深,我的门恐怕还是不停地被人敲打。我的命就是永远被人敲门,我的门就是被人敲的命吧。有一日我要死了,墓碑上是可以这样写的:这个人终于被敲死了!

第三辑 生活的一种

说话

我出门不大说话,是因为我不会说普通话。人一稠,只有安静着听,能笑的也笑,能恼的也恼,或者不动声色。口舌的功能失去了重要的一面,吸烟就特别多,更好吃辣子,吃醋。

我曾经努力学过普通话,最早是我补过一次金牙的时候,再是我恋爱的时候,再是我有些名声,常常被人邀请。但我一学说,舌头就发硬,像大街上走模特儿的一字步,有醋熘过的味儿。自己都恶心自己的声调,也便羞于出口让别人听,所以终没有学成。后来想,毛主席都不说普通话,我也不说了。而我的家乡话外人听不懂,常要一边说一边用笔写些字眼,说话的思维便要隔断,越发说话没了激情,也没了情趣,于是就干脆不说了。

数年前同一个朋友上京,他会普通话,一切应酬由他说,遗憾的是他口吃,话虽说得很慢,仍结结巴巴,常让人有没气儿了,要过去了的危险感觉。偏有一日在长安街上有人问路,这人竟也是口吃,我的朋友就一语不发,过后我问怎么不说,他说,人家也是口吃,我要回答了,那人以为我是在模仿戏弄,所以他是封了口的。受朋友的启示,以后我更不愿说话。有一年夏天,北京的作家叫莫言的去新疆,突然给我发了电报,让我去西安火车站接他,那时我还未见过莫言,就在一个纸牌上写了"莫言"二字在车站转来转去等他,一个上午我没有说一句话,好多人直瞅着我也不说话。那日莫言因故未能到西安,直到快下午了,我迫不得已问一个人×次列车到站了没有,那人先把我手中的纸牌翻了过儿,说:"现在我可以对你说话了,我不知道。"我才猛然醒悟到纸牌上写着莫言二字。这两个字真好,可惜让别人用了笔名。我现在常提一个提包,是一家聋哑学校送我的,我每每把有"聋哑学校"的字样亮出来,出门在外觉得很自在。

不会说普通话,有口难言,我就不去见领导,见女人,见生人,慢慢乏于社交,越发瓜呆。但我会骂人,用家乡的土话骂,很觉畅美。我这么说的时候,其实心里很悲哀,恨自己太不行,自己就又给自己鼓劲,所以在许多文章中,我写我的出生地绝不写是贫困的山地,而写"出生的地方如同韶山",写不会说普通话时偏写道:普通话是普通人说的话嘛!

一个和尚曾给我传授过成就大事的秘诀:心系一处,守口如瓶。我的女儿在她的卧房里也写了这八个字的座右铭,但她写成"心系一处,守口如平",平是我的乳名,她说她也要守口如爸爸。

不会说普通话,我失去了许多好事,也避了诸多是非。世上有流言和留言——流言凭嘴,留言靠笔——我不会去流言,而滚滚流言对我而来时,我只能沉默。

观沙砾记

正是中午,我在岸边的柳荫下乘凉,一抬头,看见河滩的沙地里,腾腾的有着一层雾气,一丝一缕的,曲线儿的模样。看得久了,又似若有若无,灿灿的却在那雾气之中,有了什么在闪光,有的如火苗,那么一小朵,里圈是红的,外圈是白的,飘忽不可捉摸;有的如珍珠,跳跃着无数光环,目不能细辨,似乎其中有红、黄、绿、紫的色彩;有的如星星,三角形的,五角形的,光芒乍长乍短。我一时不知这是什么东西,叫小女儿去寻看,只是一片河滩,满地沙砾,漠漠视而不识,而升腾的雾气灼灼,使人不能久站。回到柳阴下又看,那光亮又在那里闪耀。女儿照着一点光走去,双手捡起,捂在掌内走过来,看时,乃是一块小小的沙石片儿。

石片极平凡,三角形状,边角已成光滑,上边隐隐有几道石纹,并不算美;放在手中,不见有彩,拿近眼前,黯淡无光。女儿很是纳闷,问:它在沙滩灿烂,在这里失色,这是怎么回事?

是怎么回事,我也不得其解。反复揣摩石片,想起"橘生淮南则为橘,生于淮北则为枳"的古语,猜这是地方不同所致,这石片或是从山上来的,风吹雨打,裂成碎片,随水走川过峡,万里浪淘,停在这河滩里了;这水,这气,这日,才使其显了本色,互相辉映,有了灿灿之光。如今拿在手中,没了那些就得不到其天然色泽了。由此看来,天上的星星,也是这样:它在天上,便有光亮,成其为星,落在地上了,纯乎一块陨石,有人幻想上天摘星,以此炫耀,恐怕摘下来,也是一块冰冷顽石吧!再去推想,我们居住的地球,我们看来,是土,是石,可从别的星球看去,也一定会有光有色。那么,鱼在水里,有动有神,来来去去,可谓悠然,若捞上岸来,便会翅不如毛,尾亦无力了。鸟在云际,有容有声,高高低低,可谓自若,若坠入水去,便要有翅不能飞,有爪不能划了。世上什么东西生存,只有到了它生存的自然之中,才见其活力,见其本色,见其生命,见其价值。人往往有其好心,忽视自然规律,欲以己之意,加于他物,结果往往适得其反。

沙砾本是无情,也有如此属性,而万千世界,人为第一,百人百貌,百貌百性,不能定然,不可固一。应是让其充分发挥自己的条件下,不拘一格,各呈其才。那么,人便更是活的,就有生气,就有创造,这个人世就有了最伟大的、最光辉的色彩。

女儿还在哀叹沙砾,说是死了,是不是还能再活?我让女儿把那石片儿抛到河滩去,站在柳荫下静观,便见又灿灿然,烁烁然了。女儿笑之,我亦笑之,沙砾似乎也在笑,一闪一闪的,绽闪着金色的微笑。

"卧虎"说

我说的"卧虎",其实是一块石头,被雕琢了,守在霍去病的墓侧。自汉至今,鸿雁南北迁徙,日月东西过往,它竟完好无缺,倒是天光地气,使它生出一层苔衣,驳驳点点的,如丽皮斑纹一般。黄昏里,万籁俱静了,走近墓地,拨荒草悠悠然进去,蓦地见了:风吹草低,夕阳腐蚀,分明那虎正骚动不安地冲动,在未跃欲跃的瞬间;立即要使人十二分地骇怕了!怯生生绕着看了半天,却如何不敢相信寓于这种强劲的动力感,竟不过是一个流动的线条和扭曲的团块结合的石头的虎,一个卧着的石虎,一个默默的稳定而厚重的卧虎的石头!

前年冬日,我看到这只卧虎时,喜爱极了,视有生以来所见的唯一艺术妙品,久久揣赏,感叹不已,想生我育我的商州地面,山川水土,拙厚、古朴、旷远,其味与卧虎同也。我知道,一个人的文风与性格统一了,才能写得得心应手,一个地方的文风和风尚统一了,才能写得入情入味,从而悟出要作我文,万不可类那种声色俱厉之道,亦不可沦那种轻靡浮艳之华。"卧虎",重精神,重情感,重整体,重气韵,具体而单一,抽象而丰富,正是我求之而苦不能的啊!

我在那墓场待了三日,依依不肯离去。我总是想:一个混混沌沌的石头,是出自哪个荒寂的山沟呢?被雕刻家那么随便一凿,便活生生成了一只虎了？而固定的独独一块石头,要凿成虎,又受了多大的限制？可正是有了这种限制,艺术才得到了最充分的自由吗？貌似缺乏艺术,而真正的艺术则来得这么的单纯,朴素,自然,真切!

静观卧虎,便进入一种千钧一发的境界,卧虎是力的象征。我们的民族,是有辉煌的历史,但也有过一片黑暗和一片光明的年代,而一片光明和一片黑暗一样都是看不清任何东西的。现在,正需要五味子一类的草药,扶阳补气,填精益髓。文学应该是与世界相通的吧,我们的文学也一样是需要五味子了,如此而已。

但是,这竟不是一个仰天长啸的虎,竟不是一个扑、剪、掀、翻的虎,偏偏要使它欲动,却终未动地卧着?卧着,内向而不呆滞,寂静而有力量,平波水面,狂澜深藏,它卧了个恰好,是东方的味,是我们民族的味。

以中国传统的美的表现方法,真实地表达现代中国人的生活和情绪,这是我创作追求的东西。但是,实践却是那么艰难,每走一步,犹如乡下人挑了鸡蛋筐子进闹市,前虑后顾,唯恐有了不慎,以致怀疑到了自己的脚步和力量。终有幸见到了"卧虎",我明白了,且明白往后的创作生涯,将更进入一种孤独境地。喜从此有了"源于高度的自信",进一步"精于其道的自感"(这是袁运甫的画语),我想,艺术于我是亲近的。

我的"卧虎"啊……

说生病

有一种病,在身上七年八年不愈,要想想,这一定是有原因了。泄露了不该泄露的天的机密?说破了不该说破的人的隐私?上帝的阴谋最多可以意会而不能言传的。那么,这病就特别的有意义,自感是一位先知先觉、勇敢的普罗米修斯,甘受惩罚吧。或许,人是由灵魂和肉体两方结合的,病便是灵魂与天与地与大自然的契合出了问题,灵魂已不能领导了肉体所致,一切都明白了吧,生出难受的病来,原来是灵魂与天地自然在做微调哩。

真如果这么对待了生病,有病在身就是一种审美。静静地躺在床上,四面的墙涂得素白,定着眼看白墙墙便不成墙——如盯着一个熟悉的汉字就要怀疑这不是那个汉字——墙幻作驻云,恰有穿白衣白帽白口罩的"天使"女子送了药来。吊针的输液管里晶莹的东西滴滴下注,作想这管子一头在天上,是甘露进入身子。有人来探视,都突然温柔多情,说许多受感动的话,送食品,送鲜花。生了病如立了功,多么富有,该干的事都不干了,不该享受的都享受了,且四肢清闲,指甲疯长,放下一切,心境恬淡,陶渊明追求的也不过这般悠然。

最妙的是太阳暖和,一片光从窗子里进来跌在地上,正好窗外有一株含苞的梅,梅枝落雪,苞蕾血红,看作是敛羽静立的丹顶鹤,就下床来,一边披了下坠的衣襟一边在光里捉那鹤影。刚一闷住,鹤影已移,就体会了身上的病是什么形状儿的,如针隙透风,如香炉细烟,如蚕抽丝,慢慢地离你而去的呢。

暂不要来人的好,人越多越寂寞,摆一架古琴也不必装弦,用心随情随意地弹。直挨到太阳转黑月亮升起,插一盘小电炉来煎中药,把带耳带嘴的砂锅用清水涤了又涤,药浸泡了,香点燃了,选一个八卦中的方位和时分,放上砂锅就听叽叽咕咕的响声吧。药是山上的灵根异草,采来就召来了山川丛林中的钟毓光气,它们叽咕是酝酿着怎么扶助你,是你的神仙和兵卒。煎过头遍,再煎二遍,满屋里浓浓的味,虽然搅药不能用筷子,更不得用双筷——双筷是吃饭的——用一根干桃棍儿慢慢地搅,那透过蘸湿了的蒙在砂锅上的麻纸蒸汽弥漫,你似乎就看到了山之精灵在舞蹈,在歌唱,唱你的生命之曲。

躺在床上吧,心可以到处流浪,你无处不在,无所不能,从未有过这般的勇敢和伟大,简直可以要作一部类屈原的《离骚》。当你游历了天上地下,前世和来世,熄了灯要睡去了,你不妨再说一些话,给病着的某一部位说话。你告诉它:×呀,你对我太好了,好得使我一直不觉得你的存在。当我知道了你的部位,你却是病了。这都是我的错,请你原谅。我终于明白了在整个身子里你是多么的重要,现在我要依靠你了,要好好保护你了,一切都拜托你了,×!人的身体每一处都会说话,除嘴有声外,各部无音,但所有的部位都能听懂话的,于是感受会告诉心和大脑,那有病的部位精神焕发,有了千军万马的英雄在同病毒战斗。什么"用人不疑"的仁,什么"士为知己者死"的义,瞬间里全体会得真切和深刻。

生病到这个份儿上,真是人生难得生病,西施那么美,林妹妹那么好,全是生病生出了境界,若活着没生个病,多贫穷而缺憾。佛不在西天和经卷,佛不在深山寺庙里,佛在熙熙攘攘的人群里,生病只要不死,就要生出个现世的活佛是你的。

说舍得

　　世界是阴与阳的构成,人在世上活着也就是一舍一得的过程。我们不否认我们有着强烈的欲望,比如面对了金钱、权势、声名和感情,欲望是人的本性,也是社会前进的动力。但是,欲望这头猛兽常常使我们难以把握,不是不及,便是过之,于是产生了太多的悲剧:有人愈是要获得愈是获得不了;有人终于获得了却大受其害。会活的人,或者说取得成功的人,其实懂得两个字:舍得。不舍不得,小舍小得,大舍大得。翻读古书,历史上有过许多著名人物,韩信能胯下受辱方成大器;勾践卧薪尝胆终得灭吴;田忌与齐王赛马,以下驷对齐上驷,上驷对齐中驷,中驷对齐下驷,舍了小负之悲,得了全胜之喜。人是如此,万事万物何尝不也是这样呢?蛇是在蜕皮中长大,金是在沙砾中淘出,按摩是疼痛后的舒服,春天是走过冬天的繁荣。回顾我们经历过的事吧,许多时候我们因没有小忍而坏了大谋,许多时候我们吃了一点亏懊丧不已不久却赢取了利好,为了保持我们的本真没有被一时的浮华迷惑,声名太盛则又使我们失去了行动的自在。舍舍得得,得得舍舍就充满在我们琐碎的日常生活中,演绎着成功和失败的故事啊。

　　舍得实在是一种哲学,也是一种艺术。

第四辑　安妥我灵魂的这本书

读张爱玲

先读的散文，一本《流言》，一本《张看》；书名就劈面惊艳。天下的文章谁敢这样起名，又能起出这样的名，恐怕只有个张爱玲。女人的散文现在是极其的多，细细密密的碎步儿如戏台上的旦角，性急的人看不得，喜欢的又有一班只看颜色的看客，嗷儿嗷儿叫好，且不论了那些油头粉面，单是正经的角儿，秦香莲、白素贞、七仙女……哪一个又能比得崔莺莺？张的散文短可以不足几百字，长则万言，你难以揣度她的那些怪念头从哪儿来的，连续性的感觉不停地闪，组成了石片在水面的一连串地漂过去，溅一连串的水花。一些很著名的散文家，也是这般贯通了天地，看似胡乱说，其实骨子里尽是道教的写法——散文家到了大家，往往文体不纯而类如杂说——但大多如在晴朗的日子里，窗明几净，一边茗茶一边瞧着外边；总是隔了一层，有学者气或佛道气。张是一个俗女人的心性和口气，嘟嘟嘟地唠叨不已，又风趣，又刻薄，要离开又想听，是会说是非的女狐子。

看了张的散文，就寻张的小说，但到处寻不着。那一年到香港，什么书也没买，只买了她的几本，先看过一个长篇，有些失望，待看到《倾城之恋》《金锁记》《沉香屑》那一系列，中她的毒已经日深——世上的毒品不一定就是鸦片，茶是毒品，酒是毒品，大凡嗜好上瘾的东西都是毒品。张的性情和素质,离我很远,明明知道读她只乱我心,但偏是要读。使我常常想起画家石鲁的故事。石鲁脑子病了的时候,几天里拒绝吃食,说:"门前的树只喝水,我也喝水!"古今中外的一些大作家,有的人的作品读得多了,可以探出其思维规律,循法可学,有的则不能,这就是真正的天才。张的天才是发展得最好者之一,洛水上的神女回眸一望,再看则是水波浩淼,鹤在云中就是鹤在云中,沈三白如何在烟雾里看蚊飞,那神气毕竟不同。我往往读她的一部书,读完了如逛大的园子,弄不清了从哪儿进门的,又如何穿径过桥走到这里?又像是醒来回忆梦,一部分清楚,一部分无法理会,恍恍惚惚。她明显地有曹霑的才情,又有现今人的思考,就和曹氏有了距离,她没有曹氏的气势,浑淳也不及沈从文,但她的作品的切入角度,行文的诡谲以及弥漫的一层神气,又是旁人无以类比。

天才的长处特长,短处极短,孔雀开屏最美丽的时候也暴露了屁股,何况张又是个执拗的人。时下的人,尤其是也稍耍弄些文字的人,已经有了毛病,读作品不是浸淫作品,不是学人家的精华,启迪自家的智慧,而是卖石灰就见不得卖面粉,还没看原著,只听别人说着好了,就来气,带气入读,就只有横挑鼻子竖挑眼。这无损于天才,却害了自家。张的书是可以收藏了常读的。

与许多人来谈张的作品,都感觉离我们很远,这不指所描叙的内容,而是那种才分如云,以为她是很古的人。当知道张现在还活着,还和我们同在一个时候,这多少让我们感到形秽和丧气。

《西厢记》上说:不会相思,学会相思,就害相思!《西厢记》上又说:好思量,不思量,怎不思量?嗨,与张爱玲同活在一个世上,也是幸运,有她的书读,这就够了!

好读书

好读书就得受穷。心用在书上,便不投机将广东的服装贩到本市来赚个大价,也不取巧在市东买下肉鸡针注了盐水卖到市西;车架后不会带单位几根铁条几块木板回来做做沙发,饭盒里也不捎工地上的水泥来家修个浴池。钱就是那几张没奖金的工资,还得抠着买涨了价的新书,那就只好穿不悦人目的衣衫,吸让人发呛的劣烟,吃大路菜,骑没铃的车。但小屋里有四架五架书,色彩之斑斓远胜过所有电器,读书读得了一点新知,几日不吃肉满口中仍是余香。手上何必戴那么重的金银,金银是矿,手铐也是矿嘛!老婆的脸上何必让涂那么厚的脂粉,狐狸正是太爱惜它的皮毛,世间才有了打猎的职业!都说当今贼多,贼却不偷书,贼便是好贼。他若要来,钥匙在门框上放着,要喝水喝水,要看书看书,抽屉的作家证中是夹有两张国库券。但贼不拿,说不定能送一条字条:"你比我还穷!"三百年后这字条还真成了高价文物。其实,说穷也不是穷到要饭,出门还是要带十元钱的,大丈夫嘛,视钱如粪土,它就只能装在鞋壳里头。

好读书就别当官。心谋着书,哪里还有时间串上级领导的家去联络感情,也没有钱,拿什么去走通关关卡卡?即使当官,有没有整日开会的坐功?签发的文件上能像在新书上写读后感一样随便?或许知道在顶头上司面前要如谦谦后生,但懒散惯了,能在拜会时屁股只搭个沙发沿儿?也懂得猪没架子都不长,却怎么戏要成性突然就严肃了脸面?谁个要整,要防谁整,能做到喜怒不露于色?何事得方,何事得圆,能控制感情用事?读书人不反对官,但读书人当不了好官,让猫拉车,车就会拉到床下。那么,住楼就住顶层吧,居高却能望远,看戏就坐后排吧,坐后排看不清戏却看得清看戏的人。不要指望有人来送东西,也不烦有人寻麻烦,出门没人见面笑,也免了有朝一日墙倒众人推。

好读书必然没个好身体。一是没钱买蜂王浆,用脑过度头发稀落,吃咸菜牙齿好肠胃虚寒;二是没权住大房间,和孩子争一张书桌,心绪浮躁易患肝炎;三是没时间,白日上班,晚上熬夜,免不了神经衰弱。但读书人上厕所时间长,那不是干肠,是在蹲坑读书;读书人最能忍受老婆的嘟囔,也不是脾性好,是读书入了迷两耳如塞。吃饭读书,筷子常会把烟灰缸的烟头送到口里,但不易得脚气病,因为读书时最习惯抠脚丫子。可怜都是蜘蛛般的体形,都是金鱼似的肿眼,没个倾国倾城貌,只有多愁多病身。读书人的病有读书病的药,药不在《本草》而直接是书。一是得本性酷好之书;二是得急需之书;三是得未见之书。但这药医生常不用,有了病就让住院,住院也好,总算有了囫囵时间读书了。所以,约伙打架,不必寻读书人,那鸡爪似的手没四两力,要欺负也不必对读书人,老虎吃鸡不是山中王。读书人性缓,要急急不了他,心又大,要气气不着,要让读书人死,其实很简单,给他些樟脑丸,因为他们是书虫。

说了许多好读书的坏处,当然坏处还多,譬如好读书不是好丈夫,好读书没有好人缘,好读书性古钻。但是,能好读书必有读书的好,譬如能识天地之大,能晓人生之难,有自知之明,有预料之先,不为苦而悲,不受宠而欢,寂寞时不寂寞,孤独时不孤独,所以绝权欲,弃浮华,潇洒达观,于嚣烦尘世而自尊自重自强自立不卑不畏不俗不谄。说到这儿,有人在骂:瞧,这就是读书人的酸劲了,为什么不说"万般皆下品,唯有读书高"呢?真是阿 Q 精神喽!这骂得好,能骂出个阿 Q 来,便证明你在读书了,不读书怎么会知道鲁迅先生曾写过个阿 Q 呢?因此还是好读书着好。

等着一个送醴泉的人

安妥我灵魂的这本书
——《废都》后记

　　一晃荡,我在城里已经住罢了二十年,但还未写出过一部关于城的小说。越是有一种内疚,越是不敢贸然下笔,甚至连商州的小说也懒得作了。依我在四十岁的觉悟,如果文章是千古的事——文章并不是谁要怎么写就可以怎么写的——它是一段故事,属天地早有了的,只是有没有夙命可得到。姑且不以国外的事作例子,中国的《西厢记》《红楼梦》,读它的时候,哪里会觉它是作家的杜撰呢?恍惚如所经历,如在梦境。好的文章,囫囵囵是一脉山,山不需要雕琢,也不需要机巧地在这儿让长一株白桦,那儿又该栽一棵兰草的。这种觉悟使我陷于了尴尬,我看不起了我以前的作品,也失却了对世上很多作品的敬畏,虽然清清楚楚这样的文章究竟还是人用笔写出来的,但为什么天下有了这样的文章而我却不能呢?!检讨起来,往日企羡的什么辞章灿烂,情趣盎然,风格独特,其实正是阻碍着天才的发展。鬼魅狰狞,上帝无言。奇才是冬雪夏雷,大才是四季转换。我已是四十岁的人,到了一日不刮脸就面目全非的年纪,不能说头脑不成熟,笔下不流畅,即使一块石头,石头也要生出一层苦衣的,而舍去了一般人能享受的升官发财、吃喝嫖赌,那么搔秃了头发,掏虚了身子,仍没美文出来,是我真个没有夙命吗?

我为我深感悲哀。这悲哀又无人与我论说。所以,出门在外,总有人知道了我是某某后要说许多恭维话,我脸烧如炭;当去书店,一发现那儿有我的书,就赶忙走开。我愈是这样,别人还以为我在谦逊。我谦逊什么呢?我实实在在地觉得我是浪了个虚名,而这虚名又使我苦楚难言。

有这种思想,作为现实生活中的一个人来说,我知道是不祥的兆头。事实也真如此。这些年里,灾难接踵而来,先是我患乙肝不愈,度过了变相牢狱的一年多医院生活,注射的针眼集中起来,又可以说经受了万箭穿身;吃过大包小包的中药草,这些草足能喂大一头牛的。再是母亲染病动手术;再是父亲得癌症又亡故;再是妹夫死去、可怜的妹妹拖着幼儿又回住在娘家;再是一场官司没完没了地纠缠我;再是为了他人而卷入单位的是是非非中受尽屈辱,直至又陷入到另一种更可怕的困境里,流言蜚语铺天盖地而来……我没有儿子,父亲死后,我曾说过我前无古人后无来者了。现在,该走的未走,不该走的都走了,几十年奋斗的营造的一切稀里哗啦都打碎了,只剩下了肉体上精神上都有着毒病的我和我的三个字的姓名,而名字又常常被别人叫着写着用着骂着。

这个时候开始写这本书了。

要在这本书里写这个城了,这个城里却已没有了供我写这本书的一张桌子。

在一九九二年最热的天气里,托朋友安黎的关系,我逃离到了耀县。耀县是药王孙思邈的故乡,我兴奋的是在药王山上的药王洞里看到一个"坐虎针龙"的彩塑,彩塑的原意是讲药王当年曾经骑着虎为一条病龙治好了病的。我便认为我的病要好了,因为我是属龙相。后来我同另一位搞戏剧的老景被安排到一座水库管理站住,这是很吉祥的一个地方。不要说我是水命,水又历来与文学有关,且那条沟叫锦阳川就很灿烂辉煌;水库地名又是叫桃曲坡,曲有文的含义,我写的又多是女人之事,这桃便更好了。在那里,远离村庄,少鸡没狗,绿树成荫,繁花遍地,十数名管理人员待我又敬而远之,实在是难得的清静处。整整一个月里,没有广播可听,没有报纸可看,没有麻将,没有扑克。每日早晨起来去树林里掏一股黄亮亮的小便了,透着树干看远处的库面上晨雾蒸腾,直到波光粼粼了一片银的铜的,然后回来洗漱,去伙房里提开水,敲着碗筷去吃饭。夏天的苍蝇极多。饭一盛在碗里,苍蝇也站在了碗沿上,后来听说这是一种饭苍蝇,从此也不在乎了。吃过第一顿饭,我们就各在各的房间里写作,规定了谁也不能打扰谁的,于是一直到下午四点,除了大小便,再不出门。我写起来喜欢关门关窗,窗帘也要拉得严严实实,如果是一个地下的洞穴那就更好。烟是一根接一根地抽,每当老景在外边喊吃饭了,推开门直感烟雾笼罩了你了!再吃过了第二顿饭,这一天里是该轻松轻松了,就趿个拖鞋去库区里游泳。六点钟的太阳还毒着,远近并没有人,虽然勇敢着脱光了衣服,却只会狗刨式,只能在浅水里手脚乱打,打得腥臭的淤泥上来。岸上的蒿草丛里嘎嘎地有嘲笑声,原来早有人在那里窥视。他们说,水库十多年来,每年要淹死三个人的,今年只死过一个,还有两个指标的。我们就毛骨悚然,忙爬出水来穿了裤头就走。再不敢去耍水,饭后的时光就拿了长长的竹竿去打崖畔儿上的酸枣。当第一颗酸枣红起来,我们就把它打下来了,红红的酸枣是我们唯一能吃到的水果。后来很奢侈,竟能贮存很多,专等待山梁背后的一个女孩子来了吃。这女孩子是安黎的同学,人漂亮,性格也开朗,她受安黎之托常来看望我们,送笔呀纸呀药片呀,有时会带来几片烙饼。夜里,这里的夜特别黑,真正的伸手不见五指,我们就互相念着写过的章节,念着念着,我们常害肚子饥,但并没有什么可吃的。我们曾经设计过去偷附近村庄农民的南瓜和土豆,终是害怕了那里的狗,未能实施。管理站前的丁字路口边是有一棵核桃树的,树之顶尖上有一颗青皮核桃,我去告诉了老景,老景说他早已发现。黄昏的时候我们去那里抛着石头掷打,但总是目标不中,歇歇气,搜集了好大一堆石块瓦片,掷完了还是打不下来,倒累得脖子疼胳膊疼,只好一边回头看着一边走开。这个晚上,已经是十一点了,老景馋得不行,说知了的幼虫是可以油炸了吃的,并厚了脸借来了电炉子、小锅、油、盐,似乎手到擒来,一顿美味就要到口了。他领着我去树林子;用手电在这棵树上照照,又到那棵树上照照,树干上是有着蝉的壳,却没有发现一只幼虫。这样为着觅食而去,觅食的过程却获得了另一番快感。往后的每个晚上这成了我们的一项工作。不知为什么,幼虫还是一只未能捉到,捉到的倒是许多萤火虫,这里的萤火虫到处在飞,星星点点又非常的亮,我们从林子中的小路上走过,常恍惚是身在了银河的。

老景长得白净,我戏谑他是唐僧,果然有一夜一只蝎子就钻进他的被窝咬了他,这使我们都提心吊胆起来,睡觉前翻来覆去地检查屋之四壁,抖动被褥。蝎子是再也没有出现的,而草蚊飞蛾每晚在我们的窗外聚会,黑乎乎地一疙瘩一疙瘩的,用灭害灵去喷,尸体一扫一簸箕的。我们便认为这是不吉利的事。我开始打磨我在香山捡到的一块石头,这石头很奇特,上边天然形成一个"大"字,间架结构又颇似柳体。我把"大"字石头雕刻了一个人头模样系在脖子上,当作我的护身符。这护身符一直系着,直到我写完了这部书。老景却在树林子里捡到了一条七寸蛇的干尸,那干尸弯曲得特别好,他挂在白墙上,样子极像一个凝视的美妙的少女。我每天去他房间看一次蛇美人,想入非非。但他要送我,我不敢要。

在耀县锦阳川桃曲坡水库——我永远不会忘记这个地名的——

待过了整整一个月,人明显是瘦多了,却完成了三十万字的草稿。那间房子的门口,初来时是开绽了一朵灼灼的大理花的,现在它已经枯萎。我摘下一片花瓣夹在书稿里下山。一到耀县,我坐在一家咸汤面馆门口,长出了一口气,说:"让我好好吃顿面条吧!"吃了两海碗,口里还想要,肚子已经不行了,坐在那里立不起来。

  回到西安,我是奉命参加这个城市的古文化艺术节书市活动的。书市上设有我的专门书柜,疯狂的读者抱着一摞一摞的书让我签名,秩序大乱,人潮翻涌,我被围在那里几乎要被挤得粉碎。几个小时后幸得十名警察用警棍组成一个圆圈,护送了我钻进大门外的一辆车中急速遁去。那样子回想起来极其可笑。事后我的一个朋友告诉说,他骑车从书市大门口经过时,正瞧着我被警察拥着下来,吓了一跳,还以为我犯了什么罪。我那时确实有犯罪的心理,虽然我不能对着读者说我太对不起你们了,但我的脸上没有一丝笑容。离开了被人拥簇的热闹之地,一个人回来,却寡寡地窝在沙发上吸烟落泪。人人都有一本难念的经,我的经比别人更难念。对谁去说?谁又能理解?这本书并没有写完,但我再没有了耀县的清静,我便第一次出去约人打麻将,第一次夜不归宿,那一夜我输了个精光。但写起这本书来我可以忘记打麻将,而打起麻将了又可以忘记这本书的写作。我这么神不守舍地握着日子,白天害怕天黑,天黑了又害怕天亮。我感觉有鬼在暗中逼我,我要彻底毁掉我自己了,但我不知道我该怎么办。这时候,我收到一位朋友的信,他在信中骂我迷醉于声名之中,为什么不加紧把这本书写完?!我并没有迷醉于声名之中,正是我知道成名不等于成功,才痛苦得不被人理解,不理解又要以自己的想法去做,才一步步陷入了众要叛亲要离的境地!但我是多么感激这位朋友的责骂,他的骂使我下狠心摆脱一切干扰,再一次逃离这个城市去完成和改抄这本书的全稿了。我虽然还不敢保险这本书到底会写成什么模样,但我起码得完成它!

于是我带着未完稿又开始了时间更长更久的流亡写作。

我先是投奔了户县李连成的家。李氏夫妇是我的乡党,待人热情,又能做一手我喜爱吃的家乡饭菜。一九八六年我改抄长篇小说《浮躁》就在他家。去后,我被安排在计生委楼上的一间空屋里。计生委的领导极其关照,拿出了他们崭新的被褥,又买了电炉子专供我取暖,我对他们的接纳十分感激,说我实在没法回报他们,如果我是一个妇女,我宁愿让他们在我肚子上开一刀,完成一个计划生育的指标。一天两顿饭,除了按时去连成家吃饭,我就待在房子里改写这本书,整层楼上再没有住人,老鼠在过道里爬过,我也能听得它的声音。窗外临着街道,因不是繁华地段,又是寒冷的冬天,并没有喧嚣。只是太阳出来的中午,有一个黑脸的老头总在窗外楼下的固定的树下卖鼠药,老头从不吆喝,却有节奏地一直敲一种竹板。那梆梆的声音先是心烦,由心烦而去欣赏,倒觉得这竹板响如寺院禅房的木鱼声,竟使我愈发心神安静了。先头的日子里,电炉子常要烧断,一天要修理六次至八次;我不会修,就得喊连成来。那一日连成去乡下出了公差,电炉子又坏了,外边又刮风下雪,窗子的一块玻璃又撞碎在楼下,我冻得握不住笔,起身拿报纸去夹在窗纱扇里挡风;刚夹好,风又把它张开;再去夹,再张开,只好拉闭了门往连成家去。袖手缩脖下得楼来,回头看三楼那个还飘动着破报纸的窗户,心里突然体会到了杜甫的《茅屋为秋风所破歌》的境界。

住过了二十余天,大荔县的一位朋友来看我,硬要我到他家去住,说他新置了一院新宅,有好几间空余的房子。于是连成亲自开车送我去了渭北的一个叫邓庄的村庄,我又在那里住过了二十天。这位朋友姓马,也是一位作家,我所住的是他家二楼上的一间小房。白日里,他在楼下看书写文章,或者逗弄他一岁的孩子;我在楼上关门写作,我们谁也不理谁。只有到了晚上,两人在一处走六盘象棋。我们的棋艺都很臭,但我们下得认真,从来没有悔过子儿。渭北的天气比户县还要冷,他家的楼房又在村头,后墙之外就是一眼望不到边的大平原,房子里虽然有煤火炉,我依然得借穿了他的一件羊皮背心,又买了一条棉裤,穿得臃臃肿肿。我个子原本不高,几乎成了一个圆球,每次下那陡陡的楼梯就想到如果一脚不慎滚下去,一定会骨碌碌直滚到院门口去的。邓庄距县城五里多路,老马每日骑车进城去采买肉呀菜呀粉条呀什么的。他不在,他的媳妇抱了孩子也在村中串门去了。我的小房里烟气太大,打开门敞着,我就站立在楼栏杆处看着这个村子。正是天近黄昏,田野里浓雾又开始弥漫,村巷里有许多狗咬,邻家的鸡就扑扑棱棱往树上爬,这些鸡夜里要栖在树上,但竟要栖在四五丈高的杨树梢上,使我感到十分惊奇。

　　二十天里,我烧掉了他家好大一堆煤块,每顿的饭里都有豆腐,以致卖豆腐的小贩每日数次在大门外吆喝。他家的孩子刚刚走步,正是一刻也不安静地动手动脚,这孩子就与我熟了,常常偷偷从水泥楼梯台爬上来,冲着我不会说话地微笑。老马的媳妇笑着说:"这孩子喜欢你,怕将来也要学文学的。"我说,孩子长大干什么都可以,千万别让弄文学。这话或许不应该对老马的媳妇说,因为老马就是弄文学的,但我那时说这样的话是一片真诚。渭北农村的供电并不正常,动不动就停电了,没有电的晚上是可怕的,我静静地长坐在藤椅上不起,大睁着夜一样黑的眼睛。这个夜晚自然是失眠了,天亮时方睡着。已经是十一点了,迷迷糊糊睁开眼,第一个感觉里竟不知自己是在哪儿。听得楼下的老马媳妇对老马说:"怎不听见他叔的咳嗽声,你去敲敲门,不敢中了煤气了!"我赶忙穿衣起来,走下楼去,说我是不会死的,上帝也不会让我无知无觉地自在死去,却问:"我咳嗽得厉害吗?"老马的媳妇说:"是厉害,难道你不觉得?!"我对我的咳嗽确实没有经意,也是从那次以后留心起来,才知道我不停地咳嗽着。这恐怕是我抽烟太多的缘故。我曾经想,如果把这本书从构思到最后完稿的多半年时间里所抽的烟支接连起来,绝对地有一条长长的铁路那么长。

当我所带的稿纸用完了最后的一张,我又返回到了户县,住在了先前住过的房间里。这时已经月满,年也将尽,"五豆""腊八"、二十三,县城里的人多起来,忙忙碌碌筹办年货。我也抓紧着我的工作,每日无论如何不能少于七千字的速度。李氏夫妇瞧我脸面发胀,食欲不振,想方设法地变换饭菜的花样,但我还是病了,而且严重地失眠。我知道一走近书桌,书里的庄之蝶、唐宛儿、柳月在纠缠我;一离开书桌躺在床上,又是现实生活中纷乱的人事在困扰我。为了摆脱现实生活中人事的困扰,我只有面对了庄之蝶和庄之蝶的女人,我也就常常处于一种现实与幻想混在一起无法分清的境界里。这本书的写作,实在是上帝给我大大的安慰和太大的惩罚,明明是一朵光亮美艳的火焰,给了我这只黑暗中的飞蛾兴奋和追求,但诱我进去了却把我烧毁。

腊月二十九的晚上,我终于写完了全书的最后一个字。

对我来说,多事的一九九二年终于让我写完了,我不知道新的一年我将会如何地生活,我也不知道这部苦难之作命运又是怎样。从大年的三十到正月的十五,我每日回坐在书桌前目注着那四十万字的书稿,我不愿动手翻开一页。这一部比我以前的作品更优秀呢,还是情况更糟?是完成了一桩夙命呢,还是上苍的一场戏弄?一切都是茫然,茫然如我不知我生前为何物所变、死后又变何物。我便在未做全书最后的一次润色工作前写下这篇短文,目的是让我记住这本书带给我的无法向人说清的苦难,记住在生命的苦难中又唯一能安定我破碎了的灵魂的这本书。

《高老庄》后记

今年我将出版我的文集,一共是十四卷,没有包括过去的《废都》和现在完成的《高老庄》。设计封面的曹刚先生在每一卷上以一个字做装饰,他选用了"大风起兮云飞扬,威加海内兮归故乡,安得猛士兮守四方"。这是刘邦的诗,二十三个字。瞬间的感觉里,我立即知道我的一生是会能写出二十三卷书的。《高老庄》应该为第十六卷,也就是我在这个世纪的最后一部长篇。

在世纪之末写完《高老庄》,我已经是很中年的人了。人是有本命年的,几乎每一个中国人在自己的本命年里莫不是恐慌惧怕,同样,天地运动也有它的周期性,过去的世纪之末景象如何,我们不能知道,但近几年来全球范围内的频繁的战争、骚乱、饥荒、瘟疫、旱涝、地震、恶性事故和金融危机,使得整个人类都焦躁着。世纪末的情绪笼罩着这个世界,于我正偏偏在中年。中年是人生最身心憔悴的阶段,上要养老,下要哺小,又有单位的工作,又有个人的事业,肩膀上扛的是一大堆人的脑袋,而身体却在极快地衰败。

经历了人所能经受的种种事变(除过坐牢),我自信我是一个坚强的男人,我也开始相信了命运,总觉得我的人生剧本早被谁之手写好,我只是一幕幕往下演的时候,有笑声在什么地方轻轻地响起。

《道德经》再不被认作是消极的世界观,《易经》也不再是故弄玄虚的东西,世事的变幻一步步看透,静正就附体而生,无所羡慕了,已不再宠辱动心。一早一晚都在仰头看天,象全在天上,蹲下来看地上熙熙攘攘物事,一切式又都在其中。年初的一个黄昏,低云飞渡,我出门要干事去,当一脚要踏下去的时候,我突然看见了一只虫子就在脚下活活地蠕动,但我的脚因惯性已无法控制,踏下去就把它踏死了。

我站在那里,悲哀了许久,忏悔着我无意的伤害,却一时想到这只虫子是多么像我们人类呀,这虫子正快乐地或愁苦地生活着,突然被踏死,虫子们一定在惊恐着这是一场什么灾难呢?也就在那个晚上,我坐在书房里,脑子里还想着虫子们的思考,电视中正播放着西藏的山民向神灵祈祷的镜头,蓦地醒悟这个世界上根本是不存在着神灵和魔鬼的,之所以种种离奇的事件发生,古代的比现代的多,乡村的比城市的多,边地的比内地的多,那都是大自然的力的影响。

类似这样的小事,和这样的小事的启示,几乎不断地发生在我的中年,我中年阶段的世界观就逐渐变化。我曾经在一篇短文里写过这样的话:道被确立之后,德将重新定位。于是,对于文学,我也为我的评判标准和审美趣味的变化而惊异了。

当我以前阅读《红楼梦》和《楚辞》,阅读《老人与海》和《尤里西斯》,我欣赏的是它们的情调和文笔,是它们的奇思妙想和优美,但我并不能理解他们怎么就写出了这样的作品。而今重新捡起来读,我再也没兴趣在其中摘录精彩的句子和段落,感动我的已不在了文字的表面,而是那作品之外的或者说隐于文字之后的作家的灵魂!偶尔的一天,我见到了一副对联,其中下联是"青天一鹤见精神",我热泪长流,我终于明白了鹤的精神来自于青天!回过头来,那些曾令我迷醉的一些作品就离我远去了,那些浅薄的东西,虽然被投机者哗众取宠,被芸芸众生人云亦云地热闹,却为我不再受惑和所骗。对于整体的,浑然的,元气淋漓而又鲜活的追求,使我越来越失却了往昔的优美、清新和形式上的华丽。我是陕西的商州人,商州现属西北地,历史上却归之于楚界,我的天资里有粗犷的成分,也有性灵派里的东西,我警惕了顺着性灵派的路子走去而渐巧渐小,我也明白我如何地发展我的粗犷苍茫,粗犷苍茫里的灵动那是必然的。我也自信在我初读《红楼梦》和《聊斋志异》,我立即有对应感,我不缺乏他们的写作情致和趣味,但他们的胸中的块垒却是我在世纪之末的中年里才得到理解。我是失却了一部分我最初的读者,他们的离去令我难过而又高兴,我得改造我的读者,征服他们而吸引他们。

我对于我写作的重新定位,对于曾经阅读过的名著的重新理解,我觉得是以年龄、经历的丰富后做基础的,时代的感触和人生的感触并不是每一个人都能深切体会的,即使体会,站在了第一台阶也只能体会到第二台阶,而不是从第一台阶就体会到了第四第五台阶。世纪末的阴影挥之不去的今天,少男少女们在吟唱着他们的青春的愁闷,他们其实并没有多大的愁,满街的盲流人群步履急促,他们唠唠叨叨着所得的工钱和物价的上涨,他们关心的仅是他们自身和他们的家人。大风刮来,所有的草木都要摇曳,而钟声依然是悠远而舒缓地穿越空间,老僧老矣,他并没有去悬梁自尽,也不激愤汹汹,他说着人人都听得懂的家常话。

《高老庄》落笔之后,许多熟人和生人碰见了我,总在问我又写了什么? 我能写什么呢,长期以来,商州的乡下和西安的城镇一直是我写作的根据地,我不会写历史演义的故事,也写不出未来的科学幻想,那样的小说属于别人去写,我的情结始终在现当代。我的出身和我的生存的环境决定了我的平民地位和写作的民间视角,关怀和忧患时下的中国是我的天职。

但我有致命的弱点,这犹如我生性做不了官(虽然我仍有官衔)

一样,我不是现实主义作家,而我却应该算作一位诗人。对于小说的思考,我在许多文章里零碎地提及,尤其在《白夜》的后记里也有过长长的一段叙述,遗憾的是数年过去,回应我的人寥寥无几。

这令我有些沮丧,但也使我很快归于平静,因为现在的文坛,热点并不在小说的观念上,没有人注意到我,而我自《废都》后已经被烟雾笼罩得无法让别人走近。现在我写《高老庄》,取材仍是来自于商州和西安,但我绝不是写的是商州和西安,我从来也没承认过我写的就是行政管理意义上的商州和西安,以此延伸,我更是反对将题材分为农村的和城市的甚或各个行业。我无论写的什么题材,都是我营造我虚构世界的一种载体,载体之上的虚构世界才是我的本真。

我终生要感激的是我生活在商州和西安二地,具有典型的商州民间传统文化和西安官方传统文化孕育了我作为作家的素养,而在传统文化的其中淫浸愈久,愈知传统文化带给我的痛苦,愈对其种种弊害深恶痛绝。

我出生于一九五二年,正好是二十世纪的后半叶,经历了一次一次窒息人生命的政治运动和贫穷,直到现在,国家在改革了,又面临了一个速成的年代。我的一个朋友曾对我讲过,他是在改革年代里最易于接受现代化的,他购置了新的住宅,买了各种家用电器,又是电脑,VCD,摩托车,但这些东西都是传统文化里的人制造的第一代第二代产品,三天两头出现质量毛病,使他饱尝了修理之苦。

他的苦我何尝没有体会呢,恐怕每一个人都深有感触。文学又怎能不受影响,打上时代的烙印呢?我或许不能算时兴的人,我默默地欢呼和祝愿那些先导者的举动,但我更易于知道我们的身上正缺乏什么,如何将西方的先进的东西拿过来又如何作用,伟大的五四运动和五四运动中的伟人们给了我多方面的经验和教训。

我在缓慢地、步步为营地推动着我的战车,不管其中有过多少困难,受过多少热讽冷刺甚或误解和打击,我的好处是依然不掉头就走。生活如同一片巨大的泥淖,精神却是莲日日生起,盼望着浮出水面开绽出一朵花来。

《高老庄》里依旧是一群社会最基层的卑微的人,依旧是蝇营狗苟的琐碎小事。我熟悉这样的人和这样的生活,写起来能得于心又能应于手。为什么如此落笔,没有扎眼的结构又没有华丽的技巧,丧失了往昔的秀丽和清晰,无序而来,苍茫而去,汤汤水水又黏黏糊糊,这缘于我对小说的观念改变。我的小说越来越无法用几句话回答到底写的什么,我的初衷里是要求我尽量原生态地写出生活的流动,行文越实越好,但整体上却极力去张扬我的意象。这样的作品是很容易让人误读的,如果只读到实的一面,生活的琐碎描写让人疲倦,觉得没了意思,而又常惹得不崇高的指责,但只谈到虚的一面,阅历不够的人却不知所云。

我之所以坚持我的写法,我相信小说不是故事也不是纯形式的文字游戏,我的不足是我的灵魂能量还不大,感知世界的气度还不够,形而上与形而下结合部的工作还没有做好。人在中年里已挫了争胜好强心,静伏下来踏实地做自己的事,随心所欲地去做,大自在地去做,我毕竟还有七卷书要写。沈从文先生在他的《边城》里写:"他或许明日就回来,或许永远也不回来了。"我套用他的话,我寄希望于我的第十七卷书,或者就寄希望于那第二十四卷了。

我的诗书画

所谓文学,都是给人以精神的享受,但弄文学的,却是最劳作的苦人,我之所以作诗作书作画,正如去公园里看景,产生于我文学写作的孤独寂寞,产生了就悬于墙上也供于我精神的生活。既是一种私活,我为我而作,其诗其书其画,就不同世人眼中的要求标准,而是我眼中的,心中的。

正基于此,很多年来,我就一直做这种工作。过一段,房子的四壁就悬挂一批;烦腻了,就顺手撕去重换一批。这种勇敢,大有"无知无畏"的气概。这种习性儿,也自惹我发笑,认为是文人的一种无聊。

无聊的举动,虽源于消遣,却也有没想到的许多好处。

诗人并不仅是作诗的人,我是极信奉这句话的。诗应该充溢着整个世界,无论从事任何事业,要取得成功,因素或许是多方面的,但心中永远保持着诗意,那将是最重要的一条。我试验于小说、散文的写作,回到生活中去,或点灯熬油笔耕于桌案,艰难的劳动常常会使人陷入疲倦;苦中寻乐的,只有这诗。诗可以使我得到休息和安怡,得到激动和发狂,使心中涌动着写不尽的东西,永远保持不竭的精力,永远感到工作的美丽。当这种诗意的东西使我膨胀起来,禁不住现于笔端的,就是我平日写下的诗了。当然这种诗完全是我为我而作,故一直未拿去发表。这如同一棵树,得到阳光雨露的滋润,它就要生出叶子,叶子脱了,落降归根,再化作水、泥被树吸收,再发新叶。树开花,或许是为外界开的,所以它有炫目悦色之姿;叶完全是为自己树干生存而长,叶只有网的脉络和绿汁。

　　诗要流露出来,可以用分行的文学符号,当然也可以用不分行的线条的符号,这就是书,就是画。当我在乡间的山阴道上,看花开花落,观云聚云散,其小桥、流水、人家,其黑山、白月、昏鸦,诗的东西涌动,却意会而苦于无言语道出,我就把它画下来。当静坐房中,读一份家信,抚一节镇纸,思绪飞奔于童年往事,串缀于乡邻人物,诗的东西又涌动,却不能写出,又不能画出,久闷不已,我就书一幅字来。诗、书、画,是一个整体,但各自有不可替代的功能,它们可以使我将愁闷从身躯中一尽儿排泄而平和安宁,亦可以在我兴奋之时发酵似的使我张狂而饮酒般的大醉。

　　已经声明,我作诗作书作画并不是取悦于别人的欣赏,也就无须有什么别人所依定的格式,换一句话说,就是没有潜心钻研过世上名家的诗的格律、画的技法、书的讲究。所以,《艺术界》的编辑同志来我这里,瞧见墙上的诗书画想拿去刊登,我反复说明我的诗书画在别人眼里并不是诗书画,我是在造我心中的境,借其境抒我的意。无可奈何,又补写了这段更无聊的文字,以便解释企图得以笑纳。

图书在版编目（CIP）数据

等着一个送醴泉的人 / 贾平凹著. --北京：人民日报出版社，2018.1
ISBN 978-7-5115-5306-5

Ⅰ．①等… Ⅱ．①贾… Ⅲ．①散文集－中国－当代 Ⅳ．①I267

中国版本图书馆 CIP 数据核字（2018）第019252号

书　　　名：	等着一个送醴泉的人
作　　　者：	贾平凹
出 版 人：	董　伟
责任编辑：	陈　红
装帧设计：	刘　晓
出版发行：	人民日报出版社
社　　　址：	北京金台西路2号
邮政编码：	100733
发行热线：	（010）65369509　65369527　65369846　65363528
邮购热线：	（010）65369530　65363527
编辑热线：	（010）65369844
网　　　址：	www.peopledailypress.com
经　　　销：	新华书店
印　　　刷：	三河市恒升印装有限公司
开　　　本：	710 mm×1000 mm　　1/16
字　　　数：	205 千
印　　　张：	16
印　　　次：	2018年1月第1版　2018年1月第1次印刷
书　　　号：	ISBN 978-7-5115-5306-5
定　　　价：	28.00 元

书目表
SHU MU BIAO

书名	定价	书名	定价
童年	18.00 元	冯骥才精选集	28.00 元
名人传	20.00 元	张贤亮精选集	28.00 元
鲁滨孙漂流记	20.00 元	汪曾祺精选集	28.00 元
汤姆·索亚历险记	18.00 元	高晓声精选集	28.00 元
汤姆叔叔的小屋	16.00 元	沈从文精选集	25.00 元
假如给我三天光明	23.00 元	林海音精选集	25.00 元
泰戈尔诗集	20.00 元	林徽音精选集	18.00 元
老人与海	16.00 元	鲁迅精选集	21.00 元
金银岛	16.00 元	老舍精选集	20.00 元
瓦尔登湖	20.00 元	萧红精选集	21.00 元
在人间 我的大学	30.00 元	徐志摩精选集	21.00 元
战争与和平（上下）	70.00 元	朱自清精选集	21.00 元
母亲	24.00 元	艾青诗集	28.00 元
基督山伯爵（上下）	65.00 元	海子诗集	28.00 元
红与黑	28.00 元	迟子建精选集	28.00 元
堂吉诃德	40.00 元	毕淑敏精选集	29.00 元
三个火枪手	37.00 元	林夕精选集	28.00 元
简·爱	30.00 元	刘心武精选集	28.00 元
飘（上下）	58.00 元	贾平凹精选集	28.00 元
海底两万里	23.00 元	白洋淀纪事	29.00 元
古希腊神话与传说	31.00 元	唐诗三百首	25.00 元
钢铁是怎样炼成的	25.00 元	宋词三百首	31.00 元
复活	28.00 元	寂静的春天	20.00 元
呼啸山庄	20.00 元	我是猫	26.00 元
福尔摩斯探案集	37.00 元	给青年的十二封信	15.00 元
大卫·科波菲尔（上下）	52.00 元	谈美书简	18.00 元
巴黎圣母院	29.00 元	奇迹总会有	30.00 元
悲惨世界（上下）	65.00 元	三千里地九霄云	30.00 元
傲慢与偏见	20.00 元	顾城诗集	28.00 元
莎士比亚戏剧集	20.00 元	西游记（上下）	46.00 元
猎人笔记	22.00 元	水浒传（上下）	56.00 元
昆虫记	18.00 元	三国演义（上下）	40.00 元
镜花缘	31.00 元	红楼梦（上下）	56.00 元
四世同堂	59.00 元